일반공격이 전체공격에 2회 공격인 엄마는 좋아하세요?

6

STORY INAKA DACHIMA
ILLUST IIDA POCHI. VOLUME 6

수영복 엄마는
좋아하세요?

엄마와 함께
바다에 가는 건 모험인가요?

창가 자리에서 느긋하게 보내고 있는 오전의 한 때.
현관 앞을 청소하고 있던 마마코가 한 통의 편지를 손에 들고 돌아왔다.
"편지가 왔네. 【친애하는 오오스키 마마코 님】 이라고 적혀 있어. 어머나, 정중한 인사 감사해요."
"편지한테 감사하면 어떻게 해. ……그런데, 어떤 내용이야?"
"【자식에게 바다에 가자는 제안을 해봤습니다만, 바로 거절당했습니다. 사춘기가 된 자식과 함께 해수욕을 갈 방법이 있다면 알려주세요】 라고 적혀 있어."
"흐음……. 사춘기가 된 자식이라면, 나와 비슷한 나이겠네."
테이블 앞에 앉아 턱을 괸 마사토는 맞은편에 있는 동료들을 쳐다보았다.
차를 즐기고 있던 와이즈와 메디는 물론이고, 포타도 사춘기라 할 수 있을 것이다.
"엄마와 해수욕…… 으음…… 나는 백보 양보하면 같이 갈 수도 있어."
"저는 얼마든지 오케이예요. 어머님과 함께 체육관 풀장을 다닌 적도 있거든요."
"저는…… 어머니가 너무 바빠서 같이 해수욕을 가본 적이 없지만…… 함께 간다면 정말 즐거울 것 같아요!"
"여자애들은 괜찮은가 보네. 하긴, 그럴지도 몰라. ……하지만 남자들은……."
"마 군, 걱정하지 마!"
"걱정이 안 될 리가 없잖아. 저기, 엄마. 잠깐만 있어봐. 뭘 하려는 거야……?"
마마코는 자신만만한 미소를 지으면서 바다의 성검 알투라를 치켜들었다.
"만물의 어머니인 바다여……. 당신도 어머니라면 내 심정을 이해할 거야. 엄마도 때로는 아이와 함께 해수욕이 하고 싶어……. 이 마음을 이해한다면, 힘을 빌려줘!"
어머니의 소망이 기적을 일으켰다.
그 순간, 성검에서 뿜어져 나온 대량의 물이 마마코를 감싸듯 소용돌이쳤다.
마마코는 그 물줄기가 만들어낸 공간 안에서 서둘러 옷을 갈아입었다…….
"성검의 힘을 이용하는 게 아니라, 직접 옷을 갈아입는 거냐고……. 잠깐만……
이봐아아아아앗?! 그거 완전 시스루잖아아아아앗?!"
물로 되어 있어서 투명감이 있는 정도가 아니라, 안이 완전히 비쳐 보이는 탈의실인 점은 제쳐두기로 하고…….
물보라가 휘몰아치더니, 수영복을 입은 마마코가 모습을 드러냈다.
"우후후. 어떠니? 물놀이 버전 엄마야."
"오오~! 알고는 있었지만, 진짜로 몸매가 끝내준다니깐!"
"튜브에 간식까지 가지고 있군요. 물놀이 준비를 완벽하게 마친 것 같네요."
"지금 바로 해수욕을 할 수 있겠어요! 저도 지금 바로 바다에 가고 싶어졌어요!"
"그럼 확 지금부터 다 같이 해수욕을 하러 가는 건 어떻겠니?"
"""와아~!"""
"어? 진짜? 지금 말이야?"
마사토의 의견은 완전히 무시한 채, 마마코와 여자들은 그런 이야기를 나눴다.
"자아, 마 군. 엄마와 함께 바다로 모험을 떠나자. 출발~."
"오……가 아니라, 잠깐만 있어볼래?! 그 꼴로 바다까지 갈 생각이야?! 그건 나쁜 의미의 모험이잖아! 관둬어어어어엇!"
수영복 차림인 마마코가 서슴없이 밖으로 나가려고 하자, 마사토는 필사적으로 어머니를 뜯어말렸다.

소레라
SORERA
적대조직 리벨레 사천왕 중 한 명. 아만테와 마찬가지로 맞선 파티를 방해 위해, 해골 무늬 드레스 차림으로 참가.
"남자애의 솔직한 의견을 들려줄래~?"
"무슨 말이든 해봐!"
"자, 자, 자!"
"저도 열심히 할게요!"
와이즈
WISE
정열적인 드레스 차림으로 소악마를 꿈꾸는 얼간이 여고생 현자.
포타
PORTA
공주님 드레스 차림으로 보호 욕구를 자극하는 여행상인 소녀.

“누가 마 군을 두근거리게 만드는
드레스 차림을 선보이는지 승부하자!”
“최고급 찬사를 부탁드려요.”
“어때? 어울려?”
아만테
AMANTE
적대조직 리벨레 사천왕 중 한 명. 맞선 파티를 방해하기 위해, 호랑이 무늬 드레스 차림으로 참가.
메디
MEDHI
청초한 흰색 드레스 차림으로 자신의 음흉함을 숨기고 있는 여고생 치유술사.
오오스키 마마코
MAMAKO OOSUKI
섹시한 이브닝드레스 차림으로 여러 의미에서 마사토를 두근거리게 만드는 어머니.

가족이 함께 가게를 운영하며 사는 것도 괜찮겠다는 생각이 들어요.

카산 왕도에서 대규모 맞선 파티가 개최된다―.
정보를 접한 본 잡지의 기자는 서둘러 행사장으로 향했고, 이 맞선 파티의 개최자라는 소문이 돌고 있는 이 분을 바로 찾아갔습니다.
마마코 "어머? 당신은 잡지 취재 때 신세를 졌던 그 기자 분이군요. 안녕하세요."
그 사람은 바로 오오스키 마마코 씨입니다!

마치 【어머니의 빛】을 뿜고 있는 것처럼, 한층 더 찬란한 아름다움의 아우라!

마마코 씨, 오래간만입니다. 저를 기억하고 계셨군요.
마마코 "취재를 받는 게 무척 영광이었거든요. 다시 만나서 정말 기뻐요."
젊음과 아름다움의 궁극에 이른 마마코 씨의 우아한 드레스 차림. 최고입니다.
이 드레스를 고른 이유를 여쭤도 될까요?
마마코 "디자인이 멋져서 입어봤더니, 사이즈가 딱 맞고…… 무엇보다 아들인 마군이 권해준 거예요. 그게 가장 큰 이유죠."
아드님, 나이스입니다!

이상적인 남성상은, 상냥하고 배려할 줄 아는 사람!

이번 이벤트는 맞선 파티인 만큼, 정석적인 질문을 드릴까 합니다.
우선, 마마코 씨의 취미는 무엇이죠?
마마코 "요리와 과자 만들기예요."
그럼 남성 취향도 알려주시죠.
마마코 "어떤 타입의 남성을 좋아하느냐는 질문인 것 같은데…… 좀 어려운 질문이지만……."
3, 2, 1. 자, 답해주시죠.
마마코 "으, 으음, 상냥하고, 배려할 줄 알며, 어머니를 소중하게 여기는 사람에게 호감이 가요."
주위에 있는 남성 참가자들이 몰래 메모를 하고 있는 것 같군요. 참고하도록 하겠습니다.

가족과 함께 멋진 가게를 운영 중! 부러운 라이프스타일!

많은 분들이 이곳에서의 만남에서 비롯될 미래를 꿈꾸고 있습니다.
만약 마마코 씨가 이제부터 새로운 생활을 시작한다면, 어떤 생활을 꿈꾸시나요?
마마코 "실은 이번에 가게를 차렸어요. 그래서 그런지, 가족이 함께 가게를 운영하며 사는 것도 괜찮겠다는 생각이 들어요."
좋군요. 저도 동경할 것 같습니다.
마마코 "이 맞선 파티에 참가한 분들이 행복한 가정을 만들고, 많은 꿈이 이뤄진다면 정말 멋질 것 같아요. 그렇게 되기를 바라고 있어요."
이 어머니의 소망이 이뤄지길 본지 기자 또한 기원하겠습니다.
더 많은 이야기를 나누고 싶습니다만……
아드님을 비롯한 일행 분들이 저쪽에서 기다리고 있는 것 같군요.
마마코 어머, 정말이군요. 슬슬 가봐야겠어요.
……오늘은 감사했어요. 또 이야기를 나눠서 기뻤어요."
저야말로 감사했습니다.

COVER GIRL

MAMAKO OOSUKI INTERVIEW

MAMAN

특별기획

인터뷰
오오스키 마마코 씨

CONTENTS

일반공격이 전체공격에 2회 공격인 엄마는 좋아하세요?

STORY INAKA DACHIMA
ILLUST IIDA POCHI.

V O L U M E 6

프롤로그
어느 감독자의 보고

【관리번호】

11085

【테스트 플레이어 모자의 성명】

(모친) 오오스키 마마코　(자식) 오오스키 마사토

【어카운트 정보】

(모친) 평범한 용사의 어머니　(자식) 평범한 용사

두 사람 다 전투 가능, 생산 불가로 등록.

【지금까지의 주된 활동 내용】

카산 왕국에서 게임 시작. 여행상인 포타, 현자 와이즈, 치유술사 메디를 동료로 삼고, 세계 각지를 이동하며 모험 생활(세 사람 다 테스트 플레이어(자식). 각자의 상세한 정보는 각 어카운트 참조)

현재까지의 퀘스트 달성 숫자는 약 서른 건(운영 측이 요청한 특수한 의뢰도 포함)

【종합적인 평가】

SSS

【감독자의 촌평】

마마코 씨의 가사능력이 매우 뛰어나기에, 생활면에서는 매우 안정되어 있습니다.

또한 전투, 대인관계, NPC와의 관계 등에서도 다른 이들을 압도할 정도의 능력을 발휘하기 때문에, 상황 진행이 스무스합니다.

어머니의 능력이 지나치게 뛰어난 점 때문에 자제 분이 안정적으로 활약하지 못하는 상황이 빈번히 발생하고 있습니다만, 크게 문제는 없습니다. 당초에는 반발했으나, 자제 분의 정신적 성장 덕분에 모자간의 관계는 양호하다 할 수 있습니다.

앞으로도 크게 기대가 되는 모자지간입니다.

【곧 시험적으로 도입될 특수 이벤트(버전 1.07)의 참가에 관해】

오오스키 모자를 추천합니다.

【기입자 성명】

시라세 마스미

현실세계에 있는 정부 관련 기업의 어느 오피스.

컴퓨터 앞에 앉은 시라세는 마지막으로 기입한 내용을 체크한 후, 작성한 포맷을 송신했다.

"휴우…… 마사토 군을 골리는 거라면 몰라도, 이렇게 누군가를 평가하는 건 참 어렵군요. 예상보다 훨씬 시간이 걸렸어요."

동료들은 일을 마치고 퇴근했다. 퇴근 시간은 한참 지났다.

시라세도 이제 퇴근을 하고 어린 딸을 데리러…… 가고 싶지만, 그럴 수는 없었다.

"그럼 이제 마마코 씨에게 앙케트를 보내야겠군요. 문의사항이 많긴 하지만, 일단 마지막 앙케트인 만큼 협력을 요청드리도록 하죠."

시라세는 지금까지의 게임 속 생활을 총 정리하는 앙케트를 메일로 보냈다.

그것 말고도 일거리가 남아 있었다.

"다음은…… 아, 지금까지 수집한 의견을 살펴봐야겠네요."

컴퓨터를 조작해서 수신 폴더를 열어보니, 메일이 잔뜩 와 있었다. 【진행 방식을 모르겠어!】, 【너무 불친절하잖아!】 같은 항의, 【레어 아이템 획득!】 같은 쓸데없는 보고 등, 마마코 일행 이외의 테스트 플레이어에게서 메일이 와있었다.

그 안에는 【배치 변경 희망!】이나 【내 얼굴 만들어줘!】 같은 호소도 있었다.

"NPC가 보낸 것 같은 메일도 섞여 있군요……. 테스트 플레이어에게 보내달라고 요청한 걸까요……. 정보 공유는 중요하지만, 저한테 이런 말을 해도 곤란한데 말이죠."

중요한 것은 세심하게 체크했고, 다른 것은 대충 훑어보았다.

"자, 이걸로 제 업무는 끝……나면 좋겠다는 생각이 드네요."

컴퓨터 업무를 마친 시라세는 책상 구석을 쳐다보았다.

그곳에는 사전에 버금갈 정도로 두꺼운 서류가 두 다발이나 놓여 있었다.

반항조직과 HAHAKO에 관한 대책이 정리되어 있는 서류다. 두 서류의 표지에는【오늘 안에 살펴본 후, 의견을 첨부해서 제출해주십시오】라고 적힌 포스트잇이 붙여 있었다.

오오스키 모자를 담당하고 있기에 양쪽과 접촉할 기회가 많은 시라세에게 이런 일이 배당된 것은 어쩔 수 없는 일이다. 아니, 당연한 일이라 해도 과언이 아니리라.

하지만 시라세는 서둘러 딸을 데리러 가야 하는 시간에 직면했다. 남은 시간은 없다!

그렇기에…….

"저희 모녀를 구원해주다니…… 정말 믿음직한 분들이에요. 후후후."

서류를 건성으로 대충 훑어만 본 후, 기입용 페이지에 진심어린 감사의 마음을 담아…….

【오오스키 씨 모자에게 협력을 요청하면, 얼추 문제없이 해결될 거라 생각합니다.】

모든 문제를 오오스키 모자에게 떠넘긴 시라세는 상사의 책상에 그 서류를 둔 후, 개운한 표정으로 퇴근했다.

제1장
고블린 토벌 퀘스트를 하는 엄마는 좋아하세요?

【질문 : 보호자 분의 이름】

오오스키 마마코

【질문 : 모험을 서포트해주는 운영 담당자의 이름】

시라아세 씨(시라세 마스미 씨)

【질문 : 동료의 인원수(테스트 플레이어가 포함될 경우, 이름도 기입해 주십시오)】

다섯 명

마 군, 와이즈 양, 메디 양, 포타 양, 오오스키 마마코

【질문 : 게임 개시 때 등록한 쪽을 선택해 주십시오】

○전투직업(생산 불가)　비 전투직업(생산 가능)

【질문 : 지금까지의 게임 속 생활을 돌이켜본 후, 솔직한 감상을 들려주십시오】

아들인 마 군, 그리고 멋진 동료들과 함께 즐겁게 모험을 하고 있어요. 하루하루가 정말 충실하고, 매우 즐거워요.

【질문 : 게임 안에서의 복장에 관한 의견을 들려주십시오】

대부분의 장비품이 소재와 손질 방법에 관한 태그가 붙어 있지 않아서 세탁 때 난처하기도 해요.

아들인 마 군의 장비품을 잘못 빨아서 엉망이 되었던 적도 있으니, 좀 달아줬으면 해요. 부탁드립니다.

【질문 : 게임 안에서의 식생활에 관한 의견을 들려주십시오】

때때로 외식을 하려고 하면 대부분 어엿한 양식 가게더군요. 라면 가게나 초밥집, 패밀리 레스토랑 같은 건 못 봤어요. 때때로 아들인 마 군이 먹고 싶어 하니, 그런 가게도 있으면 좋겠다는 생각이 들어요.

【질문 : 게임 안에서의 주거환경에 관한 의견을 들려주십시오】

평소에는 여관을 이용하지만, 서양 스타일이라 쭉 신발을 신고 지내야 해요. 문화의 차이이니 어쩔 수 없겠지만, 발이 쉽게 지치네요.

여관의 방을 빌리면, 슬리퍼로 갈아 신어도 될까요?

【질문 : 게임 세계에 출현하는 몬스터에 관한 의견을 들려주십시오】

몬스터에 관해서는…….

여관에 묵은 후, 아침을 맞이했다. 오늘도 힘차게 모험을 할 것이다.

출발 준비를 마친 마사토가 여관의 현관으로 가보니 마마코가 먼저 와있었다. 마마코는 눈앞에 입체 표시된 윈도우 화면을 보며 생각에 잠겨 있었다.

"이봐~ 엄마. 뭐하고 있는 거야?"

"아, 마 군. 실은 말이지? 운영 측으로부터 앙케트를 받았어. 출발하기 전에 작성해서 제출할까 하는데, 좀 어렵네."

"흐음. ……흠흠…… 아~ 그렇구나."

약간 흥미가 생긴 마사토가 옆에서 마마코가 작성한 앙케트의 답안을 읽어보았다.

그리던 마사토는 미간을 찌푸렸다. 그냥 넘어갈 수 없는 부분이 너무 많았던 것이다.

"일단, 아들인 마 군이라고 일일이 적을 필요는 없는데…… 아무튼, 의견란에 말도 안 되는 소리만 적어놨네."

"어머, 그러니?"

"우선, 장비품에 표시 태그를 달 필요는 없어. 피부에 닿으면 따끔거리거든."

"그렇기는 하지만…… 아! 혹시 대미지를 받는 거야?!"

"피부가 민감한 사람은 장비품 때문에 죽을 수도 있어. 그런 부분도 배려해야 해. ……그리고 라면 가게와 패밀리 레스토랑 말인데……."

"마 군도 때때로 가고 싶다고 말했잖니?"

"그런 소리를 하긴 했어. 하지만 이 세계의 세계관을 희생시키면서까지 가고 싶은 건 아냐. 용사인 내가 이 세계를 망가뜨릴 수는 없거든. 그냥 참을래. 그리고……."

"여관에서 슬리퍼를 장비하는 건 마 군도 찬성하지?"

"맞아. ……하지만 갈아 신는 걸 깜빡해서 슬리퍼 신고 모험을 떠나는 사람이 있을지도 몰라. 물론 나는 안 그러겠지만, 그런 부끄러운 짓을 하는 녀석이 분명 있을 거라고……."

마사토는 그렇게 말하면서 은근슬쩍 자신의 발치를 쳐다보더니 「윽?!」 뭘 본 건지는 말하지 않겠지만, 급한 볼일이 생각나서 자기 방으로 돌아갔다. 그리고 3분 후…….

이번에야말로 준비를 철저하게 마친 마사토는 현관으로 돌아오더니, 마마코를 다시 쳐다보았다.

"으음~ 저기 말이야. 앙케트의 어느 부분이 어렵다는 건데?"

"몬스터에 관한 부분이야. 뭐라고 적으면 좋을지 모르겠네……. 몬스터는 위험한 존재니까, 이 세상에서 없어지는 편이 좋은 거지?"

"기본적으로는 그렇게 생각하면 돼."

"하지만 그 중에는 위험하지 않은 몬스터도 있잖니? 블린 씨처럼 말이야."

"블린 씨? ……아, 생각났다. 와이즈와 포타를 동료로 삼고 얼마 지나지 않아서 마주쳤던 그 녀석 말이구나."

예전에 마사토 일행이 마주쳤던 블린 씨란…….

"마 군. 저기, 마 군. 일어나봐."

그 목소리를 듣고, 자신이 잠을 자고 있었다는 사실을 눈치챘다.

'이 목소리는…… 엄마구나…….'

어머니가 깨우러 온 것을 보면, 이제 일어나야만 할 시간이 된 것이리라.

그래도 잠시만 더 잠에 빠져 있고 싶은데…….

"일어나지를 않네……. 어쩔 수 없지. 굿모닝 키스를……."

"윽?! 그런 짓 좀 하지 마!"

어머니의 굿모닝 키스를 받고 잠에서 깨어난다는 것은 일반적인 열다섯 살 남자애에게는 여러모로 문제가 많았다. 그래서 마사토는 온힘을 다해 졸린 눈을 억지로 떴다. 번쩍! 하고 말이다.

그러자, 어머니의 얼굴이 눈에 들어왔다.

마사토의 눈에 들어온 어머니의 얼굴은 젊음으로 가득 차 있었다. 주름? 검버섯? 하나도 없다. 여고생이라고 해도 믿을 것 같을 정도로 젊은 여성의 얼굴이 마사토의 눈앞에 있었다.

'……이 사람이 진짜로 내 엄마인 걸까…….'

너무 젊은 탓에, 아들인 마사토조차 그런 의심을 품을 정도다.

하지만 이 사람, 마마코는 마사토의 친어머니가 틀림없다.

마사토가 깨어나자, 마마코는 아들이 깨어난 것이 더없이 기쁘다는 듯이 행복에 찬 미소를 지었다.

"우후후. 일어났구나. 좋은 아침이야, 마 군."

"아…… 좋은 아침입니다."

"예, 좋은 아침이에요. 그럼 이제 일어나자. 옷 갈아입어야지."

"어이. 나는 꼬맹이가 아니니까 사소한 것까지 일일이 시키지 마. ……그리고 깨워준 건 고맙지만, 아들의 방에 멋대로 들어오는 건……."

그런 푸념을 늘어놓던 마사토는 갑자기 말을 멈췄다.

"……어라?"

유심히 보니, 이곳은 마사토의 방이 아니었다.

나무판자로 된 바닥, 흙벽, 판자 천장으로 둘러싸인 실내다. 이 방에는 마사토가 자고 있던 침대 말고도 침대가 하나 더 있었으며, 그 외의 가구는 테이블과 의자뿐이다.

이곳은 호텔이나 여인숙과 명백하게 달랐다. 그야말로 판타지 세계에 있을 법한 여관의 방이다. 찬란한 빛을 뿜고 있는 마법광석이 그런 느낌을 잘 살리고 있었다.

마사토는 다시 확인했다.

'아, 그래. 맞아……. 나, 게임 속의 여관에 묵었지.'

그렇다. 마사토는 판타지 스타일 MMORPG 안에 있다. 컴퓨터 화면이 반짝이면서 마사토의 몸이 빨려 들어가더니, 이러쿵저러쿵 한 후에 현재에 이른 것이다.

그리고 문뜩 옆을 바라보니, 그곳에는 마사토의 친어머니인 마마코가 있었다.

"……역시 있네."

"마 군, 왜 그러니? 엄마한테 볼일이라도 있는 거야?"
"아무것도 아냐."
농담이 아니라, 진짜로 마사토는 엄마 동반으로 풀다이브형 게임을 플레이 중이다.
왜 엄마가 따라온 것이냐면…… 이 게임을 관리 운영 중인 정부의 어떤 의도 때문인 것 같으며, 마사토는 그 점에 대해 할 말이 꽤 있지만…….
'불평을 해봤자 아무 소용없잖아. 마음을 진정시키자.'
아무튼 이곳은 게임 안이다. 그렇게 꿈꿨던 게임 세계로 전송된 것이다. 이 모든 순간을 즐기고 싶으니까, 심호흡을 하면서 마음을 진정시키기로 했다.
마사토는 침대에서 나오더니, 창가로 향했다. 창밖에는 중세 유럽풍, 지중해 연안을 이미지한 듯한 마을이 펼쳐져 있었다.
눈을 뜬 마사토는 이 광경을 보며 공기를 가슴 가득 들이마신 후, 최고의 기분으로 게임 세계에서의 하루를 시작하자고 생각했다.
하지만 커튼을 걷자…….
"어라? 어둡네?"
창밖은 어둑어둑했다. 태양이 아직 떠오르지 않은 것이다. 머나먼 하늘이 어렴풋이 빛나고 있을 뿐, 마을의 풍경은 전혀 보이지 않았다.
"……어이, 엄마. 지금 몇 시야?"
"네 시 반…… 아, 마 군이 늦잠을 잤으니까 다섯 시쯤 됐을 거야.”

“누가 늦잠을 잤다는 거야? 대체 왜 이런 꼭두새벽에 깨운 거냐고. 아직 해도 안 떴잖아.”

“왜냐니…… 마 군, 혹시 잊은 거니?”

“응? 뭘 말이야?”

“어제 저녁 식사 때, 다 같이 노천 마켓에 가보자는 이야기를 했잖아? 오늘은 거기서 아침을 먹자며?”

“노천 마켓…… 아! 맞다! 이제 생각났어!”

그곳에는 이른 아침부터 일하는 짐꾼들과 업자를 위한 음식점이 있다. 일본으로 치면 새벽 노천 도매시장 같은 것이다. 그리고 일반인도 이용이 가능했다.

유통거점에서 직송된 신선한 식재료로 만든 고급스러운 아침 식사라면, 누구든 맛보고 싶을 것이다.

“좋아! 금방 준비할게!”

마사토는 서둘러 장비를 변경했다. 힘차게 잠옷 상의를 벗어던진 후, 하의도…….

바로 그때였다.

“어머나…… 마 군, 어느새 이렇게 다부진 몸이 되었구나.”

발그레.

“어, 엄마?! 옷 갈아입는 아들을 뚫어져라 쳐다보지 말라고! 그리고 얼굴 붉히지 말란…… 어어, 엇?!”

잠옷 바지를 벗느라 한 발로 선 마사토는 균형을 잃으며 휘청거렸다.

"앗, 마 군! 위험…… 앗!"

마마코는 넘어지려 하는 마사토를 부축하려 했지만, 결국 같이 균형을 잃더니…….

두 사람은 뒤엉킨 채 침대에 털썩 쓰러졌다.

"어, 엄마, 미안해! 괜찮아?!"

"응, 엄마는 괜찮단다. 마 군은 괜찮니?"

"나도 괜찮아…… 그런데…… 이 상황에는 문제가 있는 것 같은데……."

침대 위에서 뒤엉켜 있는 어머니와 아들. 그리고 어머니의 몸 위에 올라탄 아들은 팬티 한 장 차림…….

바로 그때였다.

"마마코 씨~. 준비 됐어?"

"마사토 씨는 일어났나요?"

방문이 열리더니, 함께 모험을 하고 있는 동료들이 고개를 쏙 내밀었다.

한 사람은 진홍색 소서러 재킷을 걸친 열다섯 살 여고생 현자, 와이즈.

다른 한 사람은 파티 최연소인 열두 살이자 볼록한 숄더백이 트레이드마크인 여행상인, 포타.

두 사람은 침대 위에 있는 마사토와 마마코를 봤다. 보고 말았다.

"""……아……."""

으음…… 저기…….

포타는 두 손으로 얼굴을 가리며, 저는 아무것도 못 봤어요! 하는 듯한 반응을 보였다.

그리고 와이즈는 부들부들 떨기 시작했다. 그리고 그녀의 마력이 급격하게 상승했다.

"……저기, 마사토. 마사토와 마마코 씨는 모자지간이지? 그러니 옷 갈아입는 모습을 보거나 목욕을 같이 하는 건 괜찮거든? 어릴 적에는 다들 그러니까 말이야."

"지, 진정해, 와이즈! 우선 내 이야기를……!"

"그래도 이건 아니잖아. 인간으로서 해선 안 되는 짓이거든? 그러니까!"

와이즈는 두꺼운 마법서를 출현시키더니, 주문을 읊조리기 시작했다.

"내가 윤리란 것을 가르쳐주겠어! ……스파라 라 마지아 펠미라레…… 폭염(봄바 피암마)!"

"이른 아침에 여관 안에서 폭염마법을 쓰는 거냐……?!"

그딴 녀석한테 윤리가 어쩌고 같은 소리는 듣고 싶지 않다고! ……란 마사토의 목소리는 그 말을 한 본인과 함께 폭염에 휩싸이고 말았다.

참고로 설명하자면, 와이즈가 쓴 마법은 타깃 한 명만 공격하기 때문에 마마코는 무사했다. 그리고 오브젝트도 파괴가 불가능하기 때문에 방도 무사했다. 또한 동료를 공격해도 페널티는 적용되지 않는다.

이 게임 세계는 그렇게 친화적인 설정이다.

마사토의 안부 이외의 모든 것에 말이다.

"……하아…… 호되게 당했어……."

"오해 살 짓을 한 마사토가 나빠. 그 이전에, 이런 날에 늦잠을 잔 마사토가 나빠."

"늦잠을 잔 건 사과할게. ……그리고 와이즈. 나와 한방에서 잔 건 너잖아. 왜 안 깨워준 거야?"

"내가 아무리 깨워도 네가 하도 안 일어나니까, 마마코 씨에게 부탁한 거야. 아니면 뭐야? 내가 연속마법으로 확 공격해서라도 너를 깨웠어야 했다는 거야?"

"잠에서 깨어나는 마법 같은 걸 쓸 생각은 하지도 않은 거냐……. 뭐, 어차피 결과는 같았겠지."

"그럼 다음에는 저한테 맡겨주세요! 잠에서 깨어나게 하는 아이템으로, 제가 마사토 씨를 상냥하게 깨워줄게요!"

"으윽. 포타의 그런 헌신적인 면에, 나는 당해버릴 것만 같아."

순진무구 그 자체인 포타가 맑은 눈동자로 마사토를 올려다보았다. 그런 모습만 봐도 이 오라비는 몸과 마음이 치유되는 것 같군요. 마음의 따스한 온기로 가득 차는군요.

뭐, 그 온기로도 이 굶주림은 채워줄 수 없지만 말이다.

"그럼 다들 준비가 끝났으니 출발하자. 오~!"

동료 중에서 가장 마사토의 골머리를 썩이게 만드는 마마코가 앞장을 서며, 일행은 아침 식사를 위해 출격했다.

여관을 떠난 그들은 대로를 따라 길을 나아갔다. 물류의 유통은 새벽에 가장 활발하다. 끊임없이 오가는 화물마차를 곁눈질하며, 그들은 상업구역으로 이어지는 통로에 들어섰다.

아직 어둠이 감도는 마을은 정적에 휩싸여 있었지만, 이 통로 너머에서는 부산스러운 소리가 들려왔다. 대낮처럼 시끄럽게 호객을 하지는 않았지만, 묵직한 짐을 내리는 소리와 상품을 진열하는 소리가 끊임없이 들렸다.

간소한 느낌의 가게가 광장에 줄지어 위치한 이곳이 바로 노천 마켓이다.

"좋아, 도착했어. ……그런데, 밥집은 어디 있는 거야……?"

마사토가 그럴 듯한 장소가 어디 없나 싶어서 주위를 둘러보고 있을 때였다.

"이봐~ 거기 당신들. 혹시 아침밥을 먹으러 온 거야?"

인근 노점에서 방어구를 진열하고 있던 남자가 마사토 일행에게 말을 걸었다.

우락부락한 체구의 방어구 가게 점원은 일을 계속하면서 짜증 섞인 어조로 말했다.

"유감이지만, 오늘은 모든 밥집이 임시휴업이야. 식재료가 안 들어왔거든. 음식을 만들고 싶어도 만들 수가 없지."

"어, 임시휴업? 식재료가 안 들어왔다니……."

"어떻게 된 거냐면 말이야. ……영차."

강철 갑옷을 가볍게 들어 올려서 진열한 방어구 가게 점원은 마사토 일행을 향해 돌아섰다.

"듣자하니 식재료를 옮기던 마차가 고블린한테 습격을 당해서 물건을 전부 빼앗겼다더라고. 젠장, 열 받게 하네."

"고블린이……. 그 자식들, 정신 나간 거 아냐……."

"어이가 없어. 몬스터 주제에 사람의 음식을 빼앗은 거잖아."

"동감이야. 덕분에 육로를 통한 식재료 반입은 괴멸 상태지. 이대로는 팔 게 없다면서 해상을 통한 물건을 식재료 가게에서 전부 독점하는 바람에, 결국 밥집은 식재료를 확보 못해서 휴업 중인 거다."

"그럼 가게마다 판매량이 적어서 가격이 뛸 테고, 가정 생계에도 나쁜 영향이……."

"고대하고 있었는데 못 먹게 됐어요! 정말 슬퍼요!"

"동감이야. 덕분에 우리도 아침을 굶게 생겼…… 아, 저 녀석들도 양반은 못 되겠군."

마차 한 대가 노천 마켓에 들어왔다. 그 마차는 꼴이 정말 말이 아니었다.

다행히 말은 다치지 않은 것 같지만, 천막은 찢어졌다. 그리고 짐칸 바깥 부분에는 화살이 꽂혀 있었다.

침통한 표정으로 마부석에 앉아있던 남자는 고개를 들더니, 방어구 가게 앞에서 마차를 세웠다. 그리고 지인인 듯한 방어구 가게 점원이 그 남자에게 말을 걸었다.

"여어. 과일 가게 형씨도 당했나 보네."

"그래. 호되게 당했어. 길가의 숲에서 고블린들이 느닷없이 몰려나오더니, 물건을 다 가져가버리더라고. 다른 식재료상들도 당했어."

아무래도 고블린의 습격이 빈번하게 일어나고 있는 것 같았다.

마사토는 다시 마차의 짐칸을 쳐다보았다. 습격을 감행한 적이 얼마나 강한지, 공격의 흔적을 보면 알 수 있을 거라고 생각했지만…….

"아…… 저기, 마 군! 마 군! 저기 좀 봐!"

"어, 자, 잠깐만. 갑자기 왜 그러는 거야……."

옆에 있던 마마코가 갑자기 마사토의 팔을 잡아끌면서 짐칸을 가리켰다.

무슨 일인가 싶어서 그쪽을 쳐다보니…….

'……어.'

마차 짐칸에는 관이 하나 놓여 있었다.

마사토는 가볍게 숨을 삼킨 후, 잡담을 나누고 있는 남자들에게 말을 걸었다.

"저, 저기, 뭐 좀 물어봐도 될까요? 짐칸에 놓인 저것 말인데……."

"응? 아, 저거 말이야? 아마 모험가일 거야. 고블린의 습격에 휘말려 숨을 거둔 것 같아서 교회에 가져다주려고 옮겨왔지."

"그런가요……."

"모험가 분들도 고생이 많네. 몬스터에게 당하면 데스 페널티 때문에 관에 갇혀서 행동 불능이 되잖아."

"그에 비해 우리 같은 마을 NPC는 편해. 이벤트 때 말고는 안 죽거든. 몬스터도 노리지 않아."

"NPC라는 걸 자각하고 있는 NPC도 있구나~. 엄청나네~."

"하하하. 플레이어와 NPC 같은 건 결국 직업이 다른 거나 별반 다르지 않거든."

"맞아. 우리 같은 상인 입장에선 상품을 사주는 사람은 전부 손님이야. 매상에 공헌해준다면, 몬스터라도 단골손님 대접을 해줄 수 있다고."

"저기, 그건 좀 문제가 될 것 같은데요."

이곳은 NPC도 게임이라는 것을 인식하고 생활하는 즐거운 세계다. 아무튼…….

"그건 그렇고, 시체를 일부러 여기까지 가져오다니…… 혹시 배송료라도 뜯어내려는 거야? 장사 한 번 잘하는걸."

"그럴 생각 없다고. 이 관에 들어있는 건 수녀인데, 인상이 딱딱하긴 하지만 상당한 미인이거든. 그래서 좀 챙겨주고 싶더란 말이지."

마사토는 그 말을 듣고 어떤 생각이 머릿속을 스쳤다. 혹시……?

혹시나 해서 다른 동료들을 쳐다보니, 세 사람 다 애매한 미소를 짓고 있었다. 다들 같은 생각을 한 것 같았다. 그럼 역시…….

"……저기, 관 안을 좀 봐도 될까요?"

"아, 상관없어. 안에 들어있는 사람은 HP가 0이 됐을 뿐이라서, 겉보기에는 멀쩡하거든."

마사토는 마부석에 앉아있는 남자에게 허락을 구한 후, 마차의 짐칸으로 향했다.

그리고 관의 뚜껑을 열어서 안을 확인해보니…….

"……쿠울……."

마부석에 앉은 남자가 아까 말했다시피, 관 안에는 수녀 복장을 한 흑발 롱헤어의 무뚝뚝한 인상의 미인이 누워있었다.

마사토 일행이 면식이 있는 그 사람은 영면(永眠)이 아니라 숙면을 취하고 있었다.

마사토 일행은 과일가게 아저씨에게서 넘겨받은 그 관을 노천 마켓의 구석으로 다함께 옮겼다.

그리고 와이즈가 두꺼운 마법서를 출현시키더니, 마법을 영창했다.

"내가 나설 차례네! ……스파라 라 마지아 펠 미라레…… 소생(리아니마토)!"

소생 마법이 발동했다. 생명의 빛이 비춰지자, 행동불능 상태인 이를 감싸고 있던 관이 사라졌다.

그리고 모습을 드러낸 건…….

"여러분, 좋은 아침입니다. 저는 정체불명의 수녀인 시라아세라는 것을 알려드립니다. 어떤 점이 정체불명인지는 알려드리지 않는, 바로 그 시라아세입니다."

태연한 표정으로 재미도 없는 말장난을 늘어놓는 이 여성은 시라아세다. 본명은 시라세 마스미다.

마사토와 마마코를 게임 안으로 보낸 사람이자, 현실세계에서는 【내각부 정책통괄관(공생사회정책 담당) 위탁조사원】이라는 직함을 지니고 있으며, 그 정체가 정체불명과는 거리가 멀지만, 그래도 정체불명의 수녀다.

시라아세는 마사토 일행을 둘러보더니 기도를 하듯 두 손을 모았다.

“역시 저와 여러분 사이에는 깊은 인연이 존재하는 것 같군요. 이번에도 소생시켜주셔서 정말 감사합니다.”

“뭐, 익숙하니까요. 저희 앞에 나타난 관 안에 들어있는 사람이 시라아세 씨일 확률이 얼추 60퍼센트는 되거든요. 남은 40퍼센트는 와이즈지만요.”

“뭐?! 나, 그렇게 자주 죽은 적 없거든?! 안 죽었단 말이야!”

“그건 그렇고, 시라아세 씨가 이렇게 나타난 걸 보면 또 문제가 터졌나 보네요. 고블린이 식재료 마차를 습격하는 일과 관련이 있나요?”

“으음, 이미 알고 계셨군요. 그럼 자세한 정보를 알려드리도록 하죠. ……우선 원인부터 말씀을 드리자면, 이건 운영 측의 설정 미스입니다.”

“운영 측의 설정 미스?”

시라아세는 고개를 끄덕인 후, 이야기를 시작했다.

“이 카산 마을과 이어져 있는 도로 옆에는 커다란 숲이 있습니다. 그곳에 퀘스트 보스를 배치하기 위해, 고블린 무리가 준비됐죠.”

“그렇군요.”

“그리고 그 고블린들이 악역이자 토벌 대상이라는 점을 명확하게 하기 위해, 약탈행위를 하도록 설정되어 있습니다. 모험가들을 습격해서 장비품과 금품을 빼앗도록 행동 설정을 해뒀죠."

"……하지만 그 설정이 잘못된 건가요?"

"아무래도 그런 것 같습니다. 예정과 다르게, 모험가만이 아니라 식량을 운송하는 마차까지 습격하게 되는 사태가 발생한 거죠."

이봐, 운영 측. 일 좀 제대로 해. 유저를 물로 보는 거냐…….

그런 말이 목구멍까지 올라온 마사토와 와이즈는 항의하는 눈길로 시라아세를 쳐다보았다.

하지만 운영 측의 일원인 시라아세는 태연자약했다. 뭐, 이 사람은 원래부터 이랬다.

"물론 서둘러 수정을 하고 싶습니다만, 공교롭게도 운영 측은 이 일보다 더 긴급한 안건을 처리하느라 벅찬 상황입니다. 그래서 수정 작업은 꽤 늦어질 것으로 예상됩니다."

"한동안은 이대로 방치해두는 건가요?"

"생활에 영향을 끼치고 있거든? 그런데 방치해두는 건 좀 그렇지 않아?"

"화내시는 것도 당연합니다. 하지만 이 문제는 게임 안에서도 어느 정도 대응이 가능하기 때문에 수정 작업이 미뤄진 겁니다."

"게임 안에서 대응이 가능하다고요? 저희가 시스템을 수정할 수 있는 건가요?"

"아뇨, 그런 의미가 아닙니다. 이번에 준비된 고블린들은 토벌이 되고 나면 그 후로 일정기간 동안 출현하지 않도록 설정되어 있습니다. 그러니……."

"아~ 그런 의미인 거네요. 누군가가 그 고블린들을 해치우면, 수정이 될 때까지 시간을 벌 수 있고…… 그 누군가란 바로……."

"우리구나!"

지금까지 아무 말 없이 이야기를 듣고 있던 마마코는 힘찬 목소리로 그렇게 외쳤다. 그런 마마코의 옆에 있는 와이즈와 포타도 힘차게 고개를 끄덕였다.

마사토도 이의는 없었다. 이걸로 결정됐다.

"시라아세 씨. 이 일은 저희한테 맡겨주지 않겠어요?"

"물론 그럴 생각입니다. 그럼 이 건은 긴급 퀘스트로서 여러분에게 의뢰를 드리죠. 보수를 준비해두고 기다리겠습니다. 부디 조심해서 다녀오시길."

"그럼…… 식재료를 강탈한 걸로 모자라 시라아세 씨마저 해친 흉악한 몬스터를 토벌하러 가자!"

""""오~!""""

마사토 일행은 불의를 향한 분노를 품으며 그렇게 의욕을 불태웠지만…….

"예? 저를 해쳤다고요? 제 사망은 고블린과 상관이 없습니다만……."

"예……?"

"실은 현장을 조사다 목이 말라서 말이죠. 무심코 공격 아이템인 독약을 마시고 말았습니다."

"예……?"

"공교롭게도 해독약을 가지고 있지 않은 바람에, 독의 지속 대미지에 의해 목숨을 잃고 말았죠. 그런 귀여운 일면도 지닌 시라아세입니다. 후후후."

"아, 그런가요……. 으음…… 아, 아무튼 가자!"

""""오, 오…….""""

아무튼, 그렇게 긴급 퀘스트가 시작됐다.

고블린 토벌 이야기를 들은 과일가게 아저씨가 문제의 장소까지 안내를 해주겠다며 나섰다. 마사토 일행은 마차 짐칸에 앉아서, 운 좋게 약탈을 당하지 않은 사과와 바나나 같은 과일로 아침 식사를 마쳤다.

그러다보니, 일행은 곧 현장에 도착했다. 힘내라고 말해준 과일가게 아저씨를 향해 손을 흔든 후, 마사토 일행은 전장으로 향했다.

"……숲이구나."

숲이다. 왼쪽을 봐도, 오른쪽을 봐도, 나무가 시야를 가득 채우고 있었다.

마사토 일행은 짐승길 안으로 들어섰다.

"이 숲은 꽤 넓은 것 같네……. 고블린과 마주치긴 하려나……."

"확률 출현만 아니었으면 좋겠어. 그거면 진짜 짜증나거든."

"맞아. 확률적으로 출현하는 특수 보스 같은 건 스트레스의 원천이잖아. 불쑥 나타난 그 녀석을 우연히 보고 이게 뭐지 하고 생각하며 싸웠다가 바로 당해버리지."

"그래서 레벨을 올리고 장비를 갖춘 후에 사냥하러 가면 절대 나타나지 않는다고. 노가다를 할 때마다 골머리를 썩인다니깐."

"진짜 왜 그렇게 되는 걸까? 센서 같은 거라도 달려 있는 거 아냐?"

"초전 패배 센서 같은 거 말이야? 그렇지 않다면 완전 악질인 거야."

"으, 으음…… 저기, 포타 양? 마 군과 와이즈 양이 무슨 이야기를 하는 거야?"

"게임에서 흔히 일어나는 이야기예요!"

게임에 익숙하지 않은 마마코가 이해하기 힘든 잡담을 나누며 한동안 숲속을 나아갔을 때였다.

"……앗! 적을 발견했어요!"

감정 스킬을 지닌 포타가 동그란 눈동자로 몬스터를 재빨리 발견했다.

흉포한 늑대와 거대한 개미, 장수풍뎅이, 독을 지닌 애벌레 등, 숲에 존재하는 다양한 적이 모습을 드러냈다.

"유감스럽게도 토벌 대상은 아니지만, 일단 해치우자고!"

"오케이~! 그럼 내가 연속마법을 날려서……!"

"엄마도 힘낼게!" 후다다다다다닥!

"어, 마마코 씨?! 너무 빠른 거 아냐?!"

행동속도가 파티원들 중에서 가장 빠른 마마코가 선세공격을 펼쳤다.

그녀가 왼손에 쥔 것은 만물의 어머니 되는 대지의 성검 테라디마도레.

그녀가 오른손에 쥔 것은 만물의 어머니 되는 바다의 성검 알투라.

마마코는 이 두 자루의 성검으로 느닷없이 맹렬한 공격을 펼쳤다.

"엄마의 공격! 에잇!"

마마코의 공격. 마마코가 테라디마도레를 휘두르자, 지면에서 솟아난 수많은 바위 칼날이 몬스터들을 일제히 꿰뚫었다.

"키앙?!", "크크극?!", "끼잇?!"

전체공격이 전부 명중했다. 허무하게 당해버린 몬스터들이 먼지로 변하며 사라졌다.

하지만 표피가 단단한 곤충형 몬스터는 어찌어찌 살아남은 것 같았다.

그 몬스터들을 향해…….

"한 방 더! 에잇!"

마마코의 공격. 마마코가 알투라를 휘두르자, 검의 궤적을 따라 물줄기가 생겨났다. 그 물줄기는 물방울 탄환이 되더니, 모든 표적을 향해 일제히 발사됐다.

"으그그극?!", "퍼걱?!", "**인정사정 없군…….**"

첫 번째 공격을 견뎌낸 몬스터들도 간단히 재로 변하며, 전투가 종료됐다.

몬스터 무리를 쓰러뜨렸다!

"마 군, 봤니?! 엄마가 해냈어!"

"아, 응, 봤어……."

이 어머니는 강하다. 차원이 다른 화력을 지닌 것이다.

마마코가 지닌 두 자루의 성검은 이벤트 아이템 중에서도 최고 클래스의 공격력을 자랑하는 성검이다. 상당한 레어 무기인 것이다. 게다가 머릿수별 전체공격이 가능한 고스펙 장비다.

마사토 또한 성검 한 자루를 가지고 있고, 얼마든지 잘 싸울 수 있다. 하지만 그는 공중의 적을 상대하는 데 특화되어 있기 때문에 상대에 따라 고전을 한다고나 할까, 아무튼 어머니한테 딱히 밀린다고 생각하지는 않지만…….

'하아……. 그래도 사실은 사실로 받아들일 수밖에 없어…….'

마사토의 어머니는 일반공격이 전체공격에 2회 공격인, 압도적 고화력 대미지 딜러다.

그런 것이다. ……훌쩍.

운 적 없다. 눈곱만큼도 운 적 없다. 아들은 힘차게 살아가고 있다.

아무튼 토벌 대상의 수색을 다시 시작하려던 바로 그때였다.

"……어라? 저 애는 뭐니?"

마마코가 불쑥 그렇게 말하며 손가락으로 어딘가를 가리켰다. 그쪽을 쳐다보니…….

약간 떨어신 곳에 있는 나무 사이로, 포타보다 더 어려 보이는 어린이의 뒷모습이 언뜻 보였다. 퍼석퍼석해 보이는 머리카락을 휘날리며, 우왕좌왕하고 있었다.

그런 어린애가 갑자기 달리기 시작하더니, 가벼운 몸놀림으로 숲속을 쑥쑥 나아갔다.

"이런 곳에 어린애? ……복장을 보니 마을에 사는 어린애 같네……. 하지만 이 근처에는 마을이 없었던 것 같은데……."

"저렇게 어린 애가 혼자서 이런 곳을 돌아다니는 건 위험해! 엄마가 한 번 말을 걸어볼게!" 후다다다닥!

"어, 엄마! 혼자서 행동하지 마! 으으, 정말! 다들, 가자!"

모성본능에 따라 순발력을 발휘한 마마코의 뒤를 이어, 마마코 일행도 달리기 시작했다.

마마코가 쫓고 있는 이는 어린애다. 그러니 금방 따라잡을 수 있을 것이다…… 그렇게 생각했지만, 일은 생각대로 되지 않았다.

마사토 일행은 제대로 된 길조차 없는 숲속을 나아가느라 좀처럼 속도를 내지 못했다.

하지만 어린애는 이 숲에 익숙한 것인지 쑥쑥 나아가고 있었다.

"저기, 애야! 잠깐만 기다려주지 않겠니?!"

"어이, 기다려! 아무 짓도 안 할게!"

말을 걸었지만, 그 아이는 뒤도 돌아보지 않으며 계속 나아갔다.

그렇게 거리가 좀처럼 줄어들지도, 그렇다고 더 벌어지지도 않으면서 이 추격전이 한동안 계속되자…….

마사토는 뭔가 수상하다고 생각했다. 뭔가 이상했다.

'……묘한걸.'

불길한 예감이 들었다. 그렇다면 서둘러 대처해야만 한다. 돌이킬 수 없게 되기 전에 말이다.

"다들 스톱. 좀 확인하고 싶은 게 있어. ……일단 이쪽으로 와봐."

마사토 일행은 멈춰서더니, 근처의 나무 그늘에 숨었다.

마마코가 은근슬쩍 마사토와 몸을 밀착시키자 크고 말랑말랑하며 부드러운 무언가가 마사토의 팔에 닿았지만, 상대는 어머니다.

괜히 의식했다간 세간으로부터 따가운 눈총을 받게 될 것이니, 그냥 무시하고 넘어갔다.

"저기, 마 군? 숨바꼭질을 할 때가 아니라고 생각하는데……."

"숨바꼭질을 하는 게 아니거든? 상대방이 어떻게 나오는지 보고 싶으니까, 좀 조용히 해봐."

마사토 일행은 숨을 죽이며 가만히 있었다. 그러자…….

앞장을 서던 어린애가 이쪽으로 돌아왔다.

그제야 얼굴은 본 그 어린애는…… 아무래도 인간이 아닌 것 같았다.

피부는 흙빛이고, 입은 귓가까지 찢어져 있으며, 날카로운 송곳니가 달려 있었다.

인간과 비슷한 체형을 지녔지만 키가 작으며, 사악한 외모를 지녔다. 그리고 인간을 속이려 하는 습성으로 볼 때…….

"고블린, 일까?"

마사토는 그렇게 중얼거렸다. 동료들을 돌아보니, 와이즈와 포타도 동의한다는 듯이 고개를 끄덕였다.

하지만 마사토의 팔에 닿아 있는 동그랗고 말랑말랑한 두 물체의 본체는 아직 상황을 이해하지 못한 것 같았다.

"저기, 마 군. 저 애는 좀 특이하게 생겼네. 이런 말을 하는 건 좀 실례겠지만, 엄청 무섭게 생겼어." 말캉말캉말캉.

"실례라고 생각할 필요 없어. 저건 몬스터거든. 고블린이라는 종족이야."

"어머, 몬스터? 저 애가 말이야? 마 군, 정말이니?" 말캉?

"응, 맞아. 그리고 좀 떨어져. 아들의 고생을 헤아려달라고."

어머니의 신체부위 중 가장 부드러운 부분으로부터 자립한 마사토가 말을 이었다.

"그러니까, 이 술래잡기는 함정이야. 우리를 자기 동료가 있는 곳까지 유인한 후에 일제히 덮치려는 거지. 틀림없어."

어린애로 분장한 저 녀석은 미끼 역할을 맡은 고블린이다. 저 고블린은 아까부터 뭔가를 찾고 있었다. 아마 사냥감은 마사토 일행을 찾고 있는 것이리라.

동료들이 숨어있는 장소까지 사냥감을 데려가는 것이 미끼의 역할일 테니, 허둥지둥 찾는 것도 어찌 보면 당연했다.

마사토 일행은 미끼 고블린의 동향을 살피면서, 앞으로 어떻게 할지 몰래 의논했다.

"자, 엄마가 상황을 이해한 것 같으니까 이제 어떻게 할지 정할까 하는데…… 일부러 함정에 걸려준 후에 고블린들을 일망타진하는 건 어떨까? 우리한테는……."

"초절정 현자인 이 내가 있으니까 말이야!" 에헴!

"하아~. 뭐, 네 마법도 강력하긴 하지만……."

이 파티의 진정한 딜러는 역시 마마코다.

그 화력은 의심할 여지가 없다. 마마코만 있으면 승리는 따놓은 당상이라 해도 과언이 아니다.

"걱정하지 마. 우리라면 해낼 수 있어. 나와 엄마라는 그 정도는 식은 죽 먹기야."

"잠깐만 있어봐. 왜 나는 빼는 거야?"

"……그래. 엄마와 아들이 힘을 합친다면, 못 해낼 건 없어. 포타 양도 이 작전에 동의하지?"

"예! 저는 언제나 두 분과 함께할 거예요!"

"잠깐만?! 나는?!"

"아, 그래그래. 물론 와이즈의 활약도 기대하고 있어. 자, 그럼…… 시작하자."

마사토가 그렇게 말하자, 동료들이 일제히 고개를 끄덕였다.

함정이라는 것은 알고 있다. 그러니 적의 시나리오대로 움직일 필요는 없다.

작전을 짠 마사토 일행은 발소리를 죽인 채 나무 뒤편에 숨으며 천천히 전진했다. 그리고 앞장서서 움직이고 있는 미끼 고블린은 몰래 추적했다.

'좋았어, 눈치 못 챈 것 같아……. 작전대로 움직여달라고.'

작전은 간단하다. 마사토 일행을 놓치고 털레털레 귀환하는 미끼 고블린을 쫓아간 후, 그 고블린이 동료들과 합류한 순간에 급습을 하는 것이다.

이대로 상대가 마사토 일행이 몰래 따라가고 있다는 것을 눈치채지 못한 채 동료들이 있는 곳까지 안내해준다면, 승리는 따 놓은 당상이겠지만…….

'……어. 멈춰 섰어.'

걸음을 옮기던 미끼 고블린이 멈춰 섰다. 마사토는 손을 슬며시 들어서 동료들에게 멈춰서라는 지시를 내렸다.

미끼 고블린은 주위를 가볍게 둘러본 후, 기이기이 하고 울음소리를 냈다.

그러자 주위의 수풀에서 동료 고블린들이 차례차례 모습을 드러냈다. 그 숫자는 열 마리 정도였다. 미끼 고블린에 비해 하나같이 체격이 좋았다.

그 모습을 본 마마코는 긴장한 표정으로 중얼거렸다.

"저기, 마 군. 다 큰 어른 만 한 몸집인 자들이 잔뜩 나왔어……. 엄마가 보니 전부 7블린, 아니, 8블린 정도 될 것 같네."

찌릿.

"고블린을 오블린으로 잘못 들었나 보네."

그리고 5블린이 아니란 말이다. 판타지 생물에 대해 잘 모르는 어머니에게는 나중에 보충수업이 필요할지도 모른다. 아무튼…….

마사토는 마음을 다 잡은 후, 적을 진지하게 관찰했다.

방금 모습을 드러낸 고블린은 하나같이 무장을 했다. 검을 지닌 자, 활과 화살을 지닌 자, 그리고 마법서를 들고 있는 자도 있었다. 숙련도는 알 수 없지만, 각종 직업에 특화된 고블린 같았다.

그리고 고블린들의 장비품은 인간 모험가들이 착용하는 것과 별반 다르지 않았다. 제대로 된 장비를 갖추고 있었다.

"저 녀석들이 장비품을 강탈하는 고블린이 틀림없는 것 같네. ……좀 성가시겠는걸."

무장을 한 모험가들을 습격해서 장비품을 빼앗는다는 건, 그런 짓을 하고도 남을 실력을 갖추고 있다는 의미다.

졸개 몬스터라 여기며 방심하며 덤볐다간 따끔한 맛을 보게 될지도 모른다. 아무래도 좀 신중하게 행동할 필요가 있을 것 같았다…….

바로 그때였다.

"그럼 지금 바로 퇴치하자! 오~!"

"뭐?! 자, 잠깐만, 엄마?! 혼자 돌격하는 거야?!"

별안간 벌어진 일이었다. 마마코가 말을 하자마자 나무그늘 밖으로 뛰쳐나가더니, 검을 치켜들었다. 하지만…….

"기깃~!"

마마코를 발견한 고블린 한 마리가 울음소리를 냈다.

그 순간, 주위의 수풀에서 무장을 한 수많은 고블린들이 모습을 드러냈다. 그 숫자는 서른 마리가 넘었다. 마사토 일행은 완전히 포위되고 말았다.

"어, 어머……?"

"아니…… 젠장, 당했어! 2중 함정인 거냐고!"

"어어어어, 어쩌죠?! 고블린에게 포위당했어요!"

"머리 좀 썼네! 그래봤자 상대는 고블린이잖아! 내 마법으로 따끔한 맛을 보여주겠어!"

선수필승. 와이즈는 마법서를 출현시키더니, 전투 준비를 했다.

하지만 와이즈가 마법을 영창하기도 전에, 로브를 걸친 고블린들이 앞으로 나섰다.

마도사 고블린 부대의 선제공격.

……으득으득으득으득으득으득으득으득으득…….

마도사 고블린들이 일제히 이를 갈았다. 그 기분 나쁜 소리는 음파가 되어서 주위에 울려 퍼졌다.

마사토에게는 효과가 없었다. 마마코에게는 효과가 없었다. 포타에게는 효과가 없었다.

와이즈는 마법을 봉인 당했다.

"……훗. 꽤 하네."

와이즈는 후퇴하더니, 마사토 일행의 옆을 지나 한참 떨어진 곳으로 향했다. 그리고 마법서는 지면에 내던지더니, 그것을 베개 삼으며 드러누웠다. 심통이 나서 잠이나 자려는 것 같았다.

마법을 봉인당한 마법사는 뭔가요? 그야 짐 덩어리입니다.

"불쌍한 녀석……. 그래도 평소와 다름없네!"

와이즈는 원래 저런 애다. 그러니 그냥 내버려두자.

"이렇게 되면 우리 둘이서 저 녀석들을 해치울 수밖에 없어! 가자, 엄마! 나와 엄마가 함께, 아니, 가능하면 아들이 활약할 수 있도록 양보를 좀 해줘도……!"

"엄마만 믿어!" 후다다다다다다다다닥!

"그리고 엄마가 나보다 먼저 돌격하는 것도 평소와 다름없네!"

마마코는 돌격을 감행했다. 이걸로 결판은 난 건가…….

하지만 바로 그때, 마도사 고블린 부대 제2진이 공격을 펼쳤다.

"야규우!", "즈루나라!", "고우이우!", "과이니!", "쟈쟌제!"

알아들지 못할 말들이 주위에 메아리쳤다.

마사토에게는 효과가 없었다. 와이즈에게는 효과가 없었다. 포타에게는 효과가 없었다.

마마코의 갑옷이 벗겨졌다.

"어…… 어엇?! 갑옷이 벗겨지네?! 왜 이러지?!"

마도사 고블린이 쓴 것은 방어력을 저하시키는 마법이다. 그래서…….

마마코가 팔꿈치에 착용한 엘보 가드가 벗겨지더니, 팔에서 쑥 빠지며 허공을 갈랐다. 허리를 감싼 웨스트 가드도 벗겨지더니, 지면에 떨어졌다.

그리고 고블린은 주위에 떨어져 있는 마마코의 방어구를 향해 뛰어갔다. 상대는 노상강도 고블린이다. 저 방어구를 탈취할 생각인 것 같았다.

"큰일 났어! 엄마의 갑옷이……!"

"걱정하지 마세요! 저한테 맡겨주세요! 아이템 관리는 제 일이에요!"

포타가 그렇게 말하며 뛰어가더니, 고블린보다 먼저 마마코의 방어구를 하나하나 회수했다. 그 모습은 나무열매를 줍는 다람쥐를 연상케 했다.

귀엽고 잽싼 다람쥐 같은 포타의 활약 덕분에 최악의 사태는 면했다.

이제 남은 건 토벌 대상을 쓰러뜨리는 것뿐이다.

"좋아! 그럼 이제 내가 나설 차례야! 지금부터 내가 활약……!"

"저, 저기, 마 군? 잠깐 나 좀 볼래?"

"엄마, 왜 그래?! 이제부터 이 아들이 활약을 할 거라고! 할 말 있으면 짤막하게 해!"

"으, 응. 짤막하게 이야기하자면…… 엄마, 잡히고 말았어."

"……머어?"

마사토가 영문 모를 소리를 흐리면서 뒤를 돌아보니…….

고블린 몇 마리가 손발을 묶인 마마코를 들쳐 메고 이동하고 있었다. ……으음…….

"어엇?! 장비품이 아니라, 내용물을 가지고 가네?!"

“어어어어엇?! 마마 씨?!”

“잠깐만, 뭐하고 있는 거야?!”

마마코를 탈취한 고블린들은 일제히 숲속으로 사라졌다. 마사토 일행은 허둥지둥 그 뒤를 쫓았다.

고블린의 이동속도는 빨랐다. 순식간에 마사토 일행의 시야에서 사라졌다.

하지만 추적을 관둘 수는 없었다. 마사토 일행은 고블린이 나아간 방향을 향해 하염없이 뛰었다.

그러자 나뭇가지로 만든 아치 형태의 문 같은 것이 눈에 들어왔다.

“……저게 뭐지?”

그 문 너머에는 숲이 존재했다. 하지만 줄지어 존재하는 거대한 나무는 내부가 텅 비어 있었으며, 말린 풀이 깔려 있었다. 아무래도 잠자리 같았다.

나무 사이로 흐르는 시내에는 통나무로 만든 다리가 놓여 있고, 시냇가에는 물을 뜰 때 쓰는 통 같은 것이 놓여 있었다. 꽤 원시적이기는 하지만 집단생활이 이뤄지고 있는 흔적이 곳곳에 있었다.

“이곳은…… 고블린의 마을인 것 같네.”

“응. 고블린 주제에 말이야. 건방지네.”

“저, 저기! 그것보다 빨리 마마 씨를 찾아야 해요!”

"그래! 포타의 말이 맞아! ……여기가 고블린의 마을이라면, 엄마도 분명 여기에…… 어…… 저건……."

마사토가 이 마을의 안쪽을 힐끔 쳐다보니, 그곳에는 커다란 건물이 있었다.

다가가보니, 그것은 집이 아니라 요새에 가까웠다. 통나무를 가공해서 벽과 지붕을 만들었으며, 언뜻 봐도 튼튼해 보였다.

문 앞에 설치된 통나무 목책이 이 건물이 전투를 위한 것이라는 품격을 자아내고 있었다.

하지만 이 요새를 지키는 병사가 보이지 않았다.

"여기는 대체 뭐야……. 보스가 기다리고 있을 것 같은 곳인데, 부하 고블린이 보이지 않아……."

"혹시 아까처럼 숨어 있는 것 아닐까요?! 왠지 그럴 것 같은 느낌이 들어요!"

"응. 나도 포타와 같은 의견이야. 고블린이 숨어 있는 듯한 느낌이 들어."

"나도 찬성이야. 그리고 좀 생각해봤는데 말이야."

"응? 왜 그래?"

"그럼 우리가 저 안에 쳐들어갈 필요는 없지 않을까?"

와이즈가 갑자기 그런 소리를 했다.

"잘 생각해봐. 마마코 씨는 방어구를 잃기는 했어도, 무기는 가지고 있잖아? 그러니까 자력으로 충분히 해결할 수 있을 거야. 다른 사람도 아니고 마마코 씨라면 말이야."

"아…… 그건 그래. 엄마는 강해. 용사인 나보다도 우리 엄마가 더 강하지. ……왠지 울고 싶네."

"나도 눈물이 날 것 같아. 푸풉."

"웃으면서 그딴 소리 하지 말라고! ……아무튼, 그냥 내버려 둬도 별 문제는 없을 것 같지만…… 그래도 도우러 가야 하지 않을까? 아들로서 말이야."

"하긴, 잡혀간 사람엄마잖아."

"때로는 자식이 부모를 돕는 것도 괜찮을 거라고."

마사토는 표정을 굳히더니, 동료인 두 사람을 진지한 눈길로 쳐다보았다.

"무모한 짓이라는 걸 알지만 부탁할게. 두 사람 다 나를 도와줘!"

"예! 제가 할 수 있는 일이라면 뭐든 할게요!"

"오케이~! 서두르자! ……잘 생각해보니, 고블린 소굴에 인간 여성이 끌려가면 여러모로 위험하잖아. 그렇고 그런 쪽으로……."

"이봐! 괜한 소리 하지 마!"

플래그는 서지 않았다. 눈곱만큼도 서지 않았단 말이다.

마사토는 마음속으로 그렇게 중얼거리면서 요새에 뛰어들려고 한…… 바로 그때였다.

……아앙, 그러면 안 돼! ……그건 만지면…… 하응, 거기는……!

요새 안에서 희미한 목소리가 흘러나왔다.

마사토가 잘못 들을 리가 없다. 그 목소리는…….

"방금 그건, 엄마 목소리야!"

"예! 마마 씨의 목소리였어요! ……왠지 애절한 것처럼……."

"설마 한발 늦은 거야?!"

"그럴 리가 없어! ……크, 엄마!"

뛰어가 봤더니, 자신의 어머니가, 이미…… 그런 일이, 벌어질 리가 없다! 절대 없다! 결단코, 없다!

마사토는 목책을 뛰어넘은 후, 요새의 입구를 발로 걷어찼다.

"엄마! 괜찮아?!"

그리고 요새 내부는 벽이 없는 커다란 공간이었다.

마마코는 그곳에서 수많은 고블린에게 둘러싸여 있었으며…….

"어머, 마 군! 왔구나!"

원피스 위에 앞치마를 걸친 그 사람은 도마 위에 놓인 채소를 대지의 성검 테라디마도레로 리드미컬하게 썰고 있었다.

그 옆에서는 흙으로 만든 가마에 놓인 커다란 냄비가 부글부글 끓고 있었으며, 마마코는 바다의 성검 알투라에서 뿜어져 나온 물을 그 냄비에 넣어서 수프를 희석시키기도 했다.

"으음, 저기…… 뭐하고 있는 거야? 성검으로 대체 뭘 하고 있는 건데?"

"응? 요리를 하고 있는 거란다."

"갸와왓!", "갸웃~!", "갸와와?"

"아앙, 뭐하는 거니? 아까 가르쳐줬지? 익으면 떠오르니까, 그 때까지 만지작거리면 안 돼. 그 고기는 아직 넣으면 안 돼. 금방 익으니까 마지막에 넣어야 해."

"어…… 아까 그 목소리는, 그런 의미였어……?"

"마침 잘 됐어. 마 군, 간 좀 봐줄래?"

마마코가 수프가 담긴 조그마한 접시를 내밀자, 마사토는 일단 그것을 맛봤다.

"……아, 으음, 나쁘지는 않네."

마사토는 일단 그렇게 말할 수밖에 없었다.

요새 앞의 탁 트인 장소에 적당한 크기의 돌을 옮겨둔 후, 그 위에 커다란 나무판자를 올려놨다.

그 간이 식탁 같은 판자의 중앙에는 커다란 냄비가 놓였다. 그리고 냄비 안에서 적당히 끓은 채소 수프를 그릇에 담은 후, 줄지어 놓았다.

그리고 식탁 앞에는 고블린, 고블린, 고블린, 고블린, 고블린, 그리고 와이즈, 마사토, 마마코, 포타, 그리고 고블린, 고블린, 고블린이 줄지어 앉았다.

"그럼 다들 손을 모으고, 다 같이…… 잘 먹겠습니다."

"자, 잘 먹겠습니다……."

"갸와왓!", "기깃~!", "규왓~!"

기괴한 울음소리를 내는 고블린들과 함께, 마사토 일행은 점심 식사를 했다.

무시무시하게 생긴 얼굴로 열심히 채소 수프를 먹고 있는 고블린들을 힐끔 쳐다본 마사토는 마마코에게 슬며시 말을 걸었다.

"……저기, 뭐가 어떻게 된 거야?"
"응? 보다시피 다 같이 식사를 하려는 거란다."
"아니, 저기 말이야. 대체 뭐가 어떻게 된 건지 알고 싶은 거라고."
"그게 말이지. 여기 있는 보스 고블린 씨가……."
마마코가 부드러운 손길로 소개한 이는 마사토 일행의 뒤편에 떡하니 앉아있는 큼직한 고블린이었다. 프로레슬러를 연상케 할 정도로 몸집이 거대한 11블린, 아니, 12블린은 될 듯한 블린이다. 아니, 고블린이다.
그런 보스 고블린의 말에 따르면…….
"구갸갸갹! 구갹! 그갹~!"
"……라고 해."
"저기, 하나도 못 알아들겠거든? ……엄마는 알아듣는 거야?"
"응. 얼추 말이야."
"우리 엄마는 대체 어떻게 되어먹은 거야……."
"엄마 보정 효과 같은 거 아니겠어? 딱히 놀랄 일도 아니지 않아?"
"예! 마마 씨라면 못하는 게 없을 것 같아요!"
이 게임 안의 어머니는 무제한적인 보정 효과를 통해 별의별것을 다할 수 있다. 그러니 와이즈와 포타의 말이 옳을 것이다. 그런 걸로 치고 넘어가자.
"그럼 엄마가 설명해줄게. 블린 씨들은 요리를 할 줄 몰라서, 엄마에게 요리를 배우고 싶었던 것 같아."

“그래도…… 여기 있는 식재료는 상인들의 마차를 습격해서 얻은 거지? 그걸 요리해서 이 녀석들한테 대접하는 건 좀 그렇지 않아?”

“그렇기는 한데…… 다들 배가 고파 보여서 안 됐다는 생각이 들지 뭐니.”

“그런 이유로…….”

“그리고 말이지? 제대로 이야기를 나눠보니, 앞으로는 나쁜 짓을 하지 않겠다고 약속해줬어.”

“뭐? 무슨 소리를 하는 거야? 말도 안 된다고.”

여기 있는 고블린들은 게임 속의 적 캐릭터로 작성된 몬스터다.

시스템에 악행을 저지르는 자로 설정이 되어 있는 고블린을 마마코가 설득해서 개심시키는 건…….

하지만 마사토가 고블린들을 쳐다보니, 그들은 일제히 고개를 끄덕였다. 마마코의 말이 맞아요. 이제 나쁜 짓은 안 할 거예요. 하고 말하는 것처럼 말이다. 눈빛 또한 매우 진지했다.

“이봐…… 우리 엄마가 시스템을 뜯어고치는 데 성공했어……. 이 어머니 파워는 대체 뭐냐고…….”

“엄마 보정의 효과일 거야. 그냥 납득하고 넘어가.”

“마마 씨라면 뭐든 다 할 수 있어요! 저는 그렇게 생각해요!”

“하아…… 그런 걸로 여기며 납득할 수밖에 없나……. 이 녀석들은 엄마에게 회유되어서 착한 고블린이 된 거네.”

하지만 마음에 걸리는 점이 하나 있었다.

"하지만 우리는 그걸로 괜찮을지 모르지만, 피해를 입은 상인들은 납득하지 못할 거야. 그 사람들은 어떻게 할 거야?"

"그건 걱정하지 마. 분명 잘 될 거야. 그 사람들은 상인이잖니."

마마코 씨는 자신만만한 어조로 그렇게 말하며 고개를 끄덕였다.

그리고 다음날, 동쪽 하늘이 어렴풋이 밝아오기 시작한 이른 아침.

도로 옆에 있는 숲의 앞에는 수많은 마차가 모여 있었다. 다들 고블린들에게 습격을 당했던 상인들의 마차이며, 아직 수리가 안 된 마차도 적지 않았다.

피해를 입었던 기억이 생생히 남아있는 만큼, 이 자리에 모인 상인들은 하나같이 언짢은 표정을 짓고 있었다.

그런 사람들의 앞에 보스 고블린을 필두로 한 고블린 집단이 줄지어 서더니, 일제히 고개를 숙였다.

""""구갸갸갸갸.""""

그리고 일제히 뭐라고 말을 했지만, 상인들은 고블린들의 말을 알아듣지 못하기에 그저 눈썹만 찌푸렸다.

통역 담당이 나설 차례였다. 마마코는 고블린의 옆에 서더니, 상인들을 향해 말했다.

"다들 「잘못했어요」 하고 말하네요. 부디 이 사과를 받아주시지 않겠어요? 저도 부탁드릴게요."

"아니, 사과를 한다는 건 알겠는데……."

"그렇다고 이 녀석들이 저지른 짓을 그냥 넘어가줄 수는 없어!"

"말이 통한다면, 손해배상을 청구해줘! 상인과 이야기를 나눌 거면 우선 돈 문제부터 해결해야 할 거 아냐!"

"예, 알고 있답니다. ……그러니……."

마마코는 고블린들에게 눈짓을 보냈다.

그러자 고블린들은 숲에서 나무상자를 몇 개 가져와서 상인들 앞에 뒀다.

상인들은 경계심을 품으며 그 상자들을 불빛으로 비춰봤다. 그 상자 안에는…….

"어, 어이. ……상자 안에 송이버섯이 잔뜩 들어 있어!"

"이 상자 안에는 화이트 트뤼프가 들어 있잖아?!"

"이건 사프란이야! 사프란이 이렇게 잔뜩……!"

어디까지나 참고가격이지만…….

크기에 따라 다르기는 하지만, 송이버섯은 개당 1만 엔 전후다. 세계 3대 진미 중 하나로 꼽히는 버섯인 화이트 트뤼프는 100그램에 5만 엔 정도다. 향신료인 사프란은 100그램에 8만 엔 정도한다.

게임 안의 물가는 일본과 비슷하다.

상인들이 망연자실한 표정을 지은 가운데, 마마코는 상냥한 미소를 머금으며 말했다.

"이건 이 숲에서 채취한 거랍니다. 폐를 끼친 여러분에게 사과의 의미로 드리는 것이니, 부디 받아주세요. ……이 정도면 여러분이 입은 적자를 메우고 남죠?"

"당연하지! 적자만 메우는 게 아니라, 한 몫 챙길 수 있을 거라고!" ……스윽…….

"어이, 너! 몰래 호주머니에 넣지 마! 피해액에 맞춰 분배해야 한다고!"

"이 정도 성의를 보인다면 납득하고 남지! 나는 고블린들의 사과를 받아들이겠어! ……그리고 아가씨? 상의할 게 있는데……."

"예?"

"우리가 취급하는 식재료와 이 숲에서 채취한 보물 식재료로 물물교환을 할 수 없을까? 가능하다면 꼭 거래를 하고 싶은데 말이야."

"예, 가능해요. 하지만 조건이 있어요."

"조건?"

"이 블린 씨들이 이대로 이 숲에서 살 수 있도록 조치를 취해주셨으면 해요. 이 분들은 앞으로 나쁜 짓을 하지 않을 거예요. 몬스터라는 이유로 토벌을 당하지 않도록 손을 써줬으면 하는데…… 어떤가요?"

마마코가 그렇게 묻자, 거래를 제안한 상인은 잠시 생각에 잠겼다.

"흠…… 몬스터를 이대로 두는 건…… 잠깐만 있어봐. 이곳에 블린, 아니, 고블린이 정착한다면 인간이 숲에 들어가기 어려울 테고, 그러면 보물 식재료의 남획을 막을 수 있으려나……."

득이 된다고 판단한 상인은 손뼉을 쳤다.

"좋아. 그쪽에서 제시한 거래조건을 받아들이겠어. 상인의 명예를 걸고, 거래에 따른 약속은 죽는 한이 있어도 지키지."

"고마워요. 잘 부탁드릴게요."

"그럼 이제 이 계약서에 사인을……."

"어이! 새치기하지 말라고!"

"나도 거래를 하고 싶단 말이야! 부탁이야! 우리와도 계약하자!"

상인들이 증서를 치켜들며 마마코에게 몰려들자, 큰 소동이 벌어졌고…….

마사토 일행은 그 광경을 멀찍이서 지켜보고 있었다.

"……어찌어찌 해결될 것 같네."

"마마코 씨는 대단하네. 존경할 것 같아."

"마마 씨, 대단하세요! 정말 엄청나요!"

"예. 대단하시군요."

"어라, 어느새 한 명이 늘어났네."

마사토, 와이즈, 포타, 그리고 그 옆에는 어느새 정체불명의 수녀, 시라아세가 있었다.

보물 식재료가 가득 담긴 광주리를 양쪽 허리에 끼고 있는 시라아세가 퀘스트의 결말을 지켜보며 미소를 머금었다.

"이런 방법으로 해결을 할 줄은 꿈에도 몰랐군요……. 정말 대단하세요. 역시 마마코는 대단해요. 앞으로도 운영 측이 손쓸 수 없는 문제들을 수정해주셨으면 합니다."

"잠깐만요. 그건 본래의 취지에서 벗어나는 거 아닌가요?"

"아, 그렇군요. 모자지간이 사이좋게 모험을 해주세요, 라는 게 정답이죠. ……그럼 이것이 이번 퀘스트의 보수입니다. 동료 분들과 함께 맛있게 드세요."

"아, 고마워요. 그런데, 현지 조달을 한 건가요? 그리고 하나는 자기가 먹을 건가 보네요."

마사토는 송이버섯과 트뤼프가 가득 들어있는 광주리를 건네받았다. 이게 고급 식재료라는 건 알지만, 그래도 그다지 기쁘지는 않았다.

아무튼, 이것으로 퀘스트는 클리어 했다.

"하아. 엄마와 같이 모험을 하니…… 시도 때도 없이 휘둘리기만 하네."

그래도 마사토는 기분이 썩 나쁘지는 않았다.

엄마 상담 게시판 1

mama's BBS

Question

질문자 : 소드 마스타

지나가던 검사예요. 오오스키 마마코 씨가 몬스터를 길들였다는 이야기를 들었어요. 영문을 모르겠어요. 대체 뭘 어떻게 한 거죠?

Answer

마마코

엄마 게시판에 질문이 들어왔네. 질문한 사람은 소드 마스타 씨…… 검과, 『마』와, 찬란히 활약하듯 빛나는 별…… 즉, 마 군이네!

마사토

잠깐만, 어떻게 안 거야?! 세세한 설정까지 완벽하게…… 아, 아무튼! 질문에 대답해줘! 자, 부탁드립니다!

마마코

으음, 그게 말이야……. 뭐라고 말하면 좋을까……. 블린 씨처럼 마음과 말이 통하는 상대라면 누구와도 사이좋게 지낼 수 있을 거라고 생각해.

마사토

말도 안 되는 소리네……. 그리고 이제 그만 블린이라고 부르지 마. 고블린이라는 종족명을 이해해달라고. 부탁이야.

제2장
담임선생님 된 엄마는 좋아하세요?

【질문 : 전투의 난이도에 관한 의견이 있다면 말씀 부탁드립니다】

처음에 멋진 무기를 주셔서 딱히 고생한 적은 없어요. 아이들은 더 강한 적과 싸우고 싶어 하지만, 지금 수준이 딱 적당할 것 같아요.

【질문 : 스킬과 마법에 관한 의견이 있다면 말씀 부탁드립니다】

아이들이 기뻐할 만한 스킬을 더 많이 익히고 싶어요.

【질문 : 추가해줬으면 하는 스킬 및 마법이 있다면, 이 란에 자유롭게 적어 주십시오】

·사이좋은 모자 점프 : 자식과 함께 매우 높이 점프하는 스킬.

·사이좋은 모자 대시 : 자식과 2인3각으로 매우 빠르게 이동하는 스킬.

·사이좋은 모자 산책 : 자식과 산책을 하며 실컷 이야기를 나누는 스킬.

·사이좋은 모자 요리 : 자식과 함께 요리를 하고, 함께 맛보는 스킬.

·사이좋은 모자 청소 : 자식과 함께 청소를 하고, 깨끗해

진 방에서 함께 데굴데굴하는 스킬.

·사이좋은 모자 노래 : 자식과 나란히 서서 즐겁게 노래하는 스킬.

·사이좋은 모자 사이좋아지기 : 자식과 사이가 좋아지는 스킬.

부모자식이 협력해서 펼치는 필살기는 많을수록 좋다고 생각해요!

【질문 : 필드와 던전의 구조에 관한 의견이 있다면 말씀 부탁드립니다】

어디든 화장실이 설치되어 있기 때문에 마음 놓고 모험을 할 수 있어요. 그리고 샤워 룸과 부엌도 있으면 더 쾌적한 모험을 할 수 있을 거라고 생각해요.

【질문 : 퀘스트에 관한 의견이 있다면 말씀 부탁드립니다】

아이들은 퀘스트를 『퀘』라고 줄여서 불러요. 퀘퀘 같은 말을 듣다 보면 오리가 꽥꽥 하고 우는 것처럼 들리기도 하네요.

농담 삼아 아이들에게 말해볼까 하는데, 그냥 말 안 하는 편이 좋을까요?

【질문 : NPC에 관한 의견이 있다면 말씀 부탁드립니다】

제작에 차질을 빚어서 이름이 없거나 표정이 도형으로 표현되는 NPC 학생들을 만난 적이 있어요.

어쩔 수 없는 일일지도 모르지만, 그래도 안 됐다는 생각이 들었어요. 가능하면 그런 부분에도 신경을 써주셨으면 해요.

점심 식사 시간. 초원 필드에 우뚝 존재하는 커다란 나무 아래에서 도시락을 먹은 후, 휴식을 취하고 있을 때였다.

시끌벅적하게 수다를 떨던 여자애들은 어느새 곤히 잠들었다. 「……무거워어……. 으으윽……」 하지만 다른 두 사람의 베개가 된 빨간색 옷을 입은 여자애가 가위에 눌린 것 같은 신음을 흘렸지만, 다들 편안해 보였다.

"낮잠…… 좋아. 나도 질 수야 없지."

묘한 경쟁심이 싹튼 마사토도 드러누우려고…….

"마 군도 낮잠을 잘 거구나. 그럼…… 자, 누워."

마사토가 머리를 두려고 한 장소에 마마코가 무릎베개를 준비해주자, 「하앗!」 마사토는 온힘을 다해 복근에 힘을 주며 드러누우려 하던 몸을 일으켰다. 어머니의 무릎을 베고 누워서 낮잠을 잔다는 건, 사춘기 남자애에게 무리다.

"으음~. 전혀 졸리지 않네. 기분도 상쾌해~."

"마 군도 참. 사양 안 해도 되는데……. 낮잠 자고 싶어지면 언제든 말해. 엄마는 마 군의 곁에 있을게."

아무래도 마마코는 마사토의 옆에 계속 있을 속셈 같았다.

마마코는 윈도우 화면을 입체 표시시키더니, 손가락으로 톡톡 두드리며 문자를 입력하고 있었다. 아침부터 하던 앙케트 작성이 아직도 안 끝난 것 같았다.

마사토는 마마코가 작성한 답변을 보더니, 미간을 한껏 찌푸렸다. 거기에 적힌 내용이 무시무시했기 때문이다.

"부모자식이 협력해서 펼치는 필살기는 전부 지워. 특히 『사이좋은 모자 사이좋아지기』는 무슨 소리인지 알아듣지도 못하겠으니까, 무조건 지우라고."

"우후후. 사이좋은 모자 사이좋아지기란, 사이좋은 모자가 되고 싶은 사이좋은 모자가 더욱 사이좋아지기 위해, 사이좋은 모자의 사이좋음을 더욱 사이좋게 만드는 사이좋은 스킬이야…… 하고 말하면, 어찌어찌 설정처럼 들리지?"

"중2병 환자보다 더 고약한 사람이 만든 설정이네."

엄마 설정 혹은 마마코 설정인가. 저런 소리를 아무렇지도 않게 늘어놓으니 더 고약하다.

"퀘스트에 관한 답변 내용에도 한 마디 하고 싶은데…… NPC 학생들이라면, 학교에서 본 그 녀석들을 말하는 거지?"

"응, 맞아. 마 군도 기억하는 구나."

"그래. 짧은 기간이지만 같은 반에서 생활했으니까……."

"엄마도 함께 가르침을 받기도 하고, 가르치기도 하면서, 많은 걸 배웠단다."

"결과적으로 그 녀석들이 잘못된 길로 들어서게 된 건 아닌지, 매우 걱정돼."

모험가 육성 학원 죠코 아카데미아에서의 나날이, 가벼운 두통을 불러일으키며 머릿속에 떠올랐다…….

여교사다.

타이트스커트 아래로 쭉 뻗은 늘씬하고 아름다운 다리로 걸음을 옮기고 있었다.

커다란 가슴이 격렬하게 흔들리고, 블라우스의 단추가 금방이라도 떨어져 나갈 것 같지만, 전혀 개의치 않으며 가볍게 발걸음을 옮기고 있다.

교실에 들어온 그녀는 도수 없는 안경을 고쳐 쓰더니, 달콤한 어조로 말했다.

"다들, 좋은 아침이야! 오늘도 선생님과 함께 열심히 공부하자!"

"""예! 함께 공부하겠습니다! 잘 부탁드려요!"""

끼얏호~! 기다리고 있었어요~! 젊고 아름다운 여자 선생님 만세~! 학생들이 박수갈채를 하며 맞이한 여교사의 이름은 오오스키 마마코.

책상에 넙죽 엎드린 채 머리를 감싸 쥐고 있는 마사토의 친어머니다.

"어째서야……. 어째서 엄마가 선생님인 거냐고……. 뭐가 어떻게 된 건데……."

그 질문에 대한 답은 간단했다.

마사토의 오른편, 양사이드가 동그랗게 말린 머리카락과, 진홍색 소서러 재킷이 눈에 띄고, 드세 보이는 인생에 걸맞게 성격도 꽤나 건방진 편인 여고생 현자 와이즈의 말에 따르면…….

"그거야 뻔하잖아. 이 반의 담임인 우락부락 선생님이 병에 걸려서 학교를 쉬기 때문이야."

그렇다. 그렇게 된 것이다.

그리고 마사토의 왼편, 뱃속의 색깔은 일단 제쳐두기로 하고, 새하얀 힐러 튜닉 코트에 걸맞은 미소녀 스마일을 머금고 있는, 용모가 수려하고 성적이 우수한 치유술사 메디의 말에 따르면…….

"저희의 송별회 때 과식을 한 탓인 것 같아요. 우락부락 선생님은 마마코 씨의 요리를 전부 먹어치웠잖아요."

그렇다. 그렇게 된 것이다.

그리고 마사토의 뒤편, 젊음과 순진함이 넘쳐흐르는 열두 살, 트레이드마크인 커다란 숄더백을 무릎 위에 올려놓고, 동그란 눈동자가 반짝거리고 있는 여행상인 포타의 말에 따르면…….

"자기 탓이 아닌데도 자책을 한 마마 씨가 우락부락 선생님을 대신해 이 반의 담임을 맡기로 했어요! 그래서 오늘은 마마 씨가 선생님이에요! 마마 씨 선생님이에요!"

그렇다. 그리하여 다음 모험을 위해 출발하는 것이 연기됐다.

모험가 육성 학교 죠코 아카데미아에서, 마마코는 1일 선생님을 맡게 됐다.

"큭…… 나는 못 들었다고……. 졸업생에게 포인트를 배포한다는 말을 듣고, 그걸 받으러 왔을 뿐인데……!"

"수업이 끝나면 받을 수 있는 것 같으니까, 성실하게 수업을 들어. ……자, 이제 시작하나 봐."

아들 학생이 후회의 늪 밑바닥에서 정신적으로 빈사 상태에 처한 가운데, 조례가 시작됐다.

교단에 선 마마코 선생님의 달콤하고 부드러운 미소에 주목하자.

"그럼 출석을 부를게. 이름을 불린 사람은 큰 목소리로 대답을 하렴. 우선……."

마마코 선생님은 학생 명부를 보면서 학생들의 이름을 호명하려 했지만…….

"어, 어머? 명부에 이름이 적혀 있지 않네. 어떻게 된 거지……."

"선생님! 저희는 엑스트라 역할 NPC 학생이라서 이름이 없어요!"

"그러니 출석번호로 불러주세요!"

"어, 어머, 그랬구나. 그럼……."

마마코는 교복을 입고 있지만 이름이 없는데다 얼굴도 글자아트로 된 학생들의 출석을 불렀다. 「으음, 1번 군」, 「예!」, 「2번 양」, 「예~!」 같은 느낌으로 말이다.

그렇게 차례차례 출석을 부른 후…….

"그럼 다음은…… 마사토 군."

마마코 선생님은 표정을 굳히면서 그렇게 말했다.

그리고 호명된 마사토 군은…….

"……하암…… 빨리 끝나면 좋겠네……."

나른한지 하품을 내쉬었다. 「마사토 군. 마사토 군!」, 「하아, 빨리 대답하라고……」 마사토 군은 뭘 하고 있는 거야…….

마사토는 그제야 퍼뜩 정신이 들었다.

"어, 어라? 마사토 군은 나 말하는 거 아냐?"

"맞아. 너를 부른 거야."

"그, 그래……. 엄마가 이름으로 부르니까, 바로 알아듣지 못했어……."

"나는 오늘 선생이잖니. 학생을 별명이나 애칭으로 부를 수 없단다. 그럼 다시 부를 테니까 이번에는 제대로 대답하렴."

교실에 있는 이상, 부모자식 사이라 해도 엄연한 선생과 학생이다. 마마코 선생님은 진지하게 1일 선생을 맡을 생각인 것 같았다.

그리고 마마코 선생님이 다시 출석을 부르려고 한…… 바로 그때였다.

"그럼…… 마사…… 마…… 마…… 아아, 어지러워……." 비틀.

얼굴이 새파랗게 질린 마마코 선생님이 그 자리에서 주저앉았다. 몸이 좋지 않은 것 같았다.

"어, 엄마?!"

"괘, 괜찮아. 괜찮아……."

"괜찮기는 뭐가 괜찮아! 대체 뭐가 어떻게 된 거야?!"

"시, 실은, 엄마…… 아니, 선생님은 특수한 체질이라서……."

"특수한 체질?! 처음 듣는 소리거든?! 대체 어떤 체질인 거야?!"

"이 선생님은 말이지? 마 군을 마 군이라고 부르지 않으면 죽어버리는 체질이야!"

"뭐? 이 사람, 무슨 소리를 하는 거야?"

마마코 선생님은 마사토를 마 군이라고 부르지 않으면 죽는 체질이었다!

그런 위험한 체질의 소유자인데도 최선을 다해 교사로서의 소임을 다하려 하는 마마코 선생님의 곁으로, 와이즈를 비롯한 다른 학생들이 울먹거리며 몰려들었다.

"마마코 선생님! 정신 차려! 정말, 항상 무리한다니깐!"

"교실에서는 선생님답게 행동하려 하는 모습은 정말 멋져요! 하지만 무리는 하지 마세요! 저희는 선생님을 잃고 싶지 않아요!"

"마사토 씨는 평소처럼 애칭으로 불러요! 무리하면 안 돼요, 마마 씨 선생님!"

그런 세 사람의 뒤를 이어, 다른 학생들도 「마마코 선생님!」, 「선생님, 정신 차리세요!」, 「죽으면 안 돼요!」 마마코 선생님을 향해 그렇게 말하며 일제히 몰려들었다. 다들 눈물을 흘리고 있었다.

"와이즈 양, 메디 양, 포타 양, 그리고 다들…… 그래. 무리하면 안 될 거야. 다들, 걱정해줘서 고마워."

수많은 NPC들에게 둘러싸인 가운데, 마마코 선생님은 와이즈 일행에게 부축을 받으며 천천히 몸을 일으키더니…….

"그럼…… 마 군!"

평소와 다름없는 호칭으로 마사토를 부르며 빙긋 미소를 지었다.

그 순간, 마마코 선생님의 몸은 완전히 회복됐다! 마마코 선생님이 기운을 차렸다! 와이즈 일행과 다른 학생들도 눈물을 흘리며 기뻐했다! 정말 다행이다! 마마코 선생님이 미소 짓고 있다! 만세~!

……같은 상황이 벌어지고 있는데…….

이 상황을 전혀 받아들이지 못하는 학생이 한 명 있었다. 마사토다.

"으음…… 이 어이없는 학교 드라마는 뭐야? 내가 태클을 날려야 하는 거야? 내가 태클 담당인 거야?"

마마코는 평소와 다름없고, 와이즈와 메디와 포타도 물든 것 같다.

그렇다면 멀쩡한 건 마사토뿐이다.

마사토는 오늘 정말 바쁠 것 같았다.

출석 확인과 조례가 끝나자…….

바로 1교시 수업이 시작됐다. 교단에 선 사람은 역시 마마코 선생님이었다.

"자, 그럼 수업을 시작할게. 1교시 수업은 게임 기초야. 열심히 공부하자."

마마코 선생님은 교과서를 펼치더니, 바로 수업을 시작하려 했지만…….

교과서 내용을 지그시 응시하며 그대로 움직임을 멈췄다.

"어, 어머? ……으, 으음……."

"응? 왜 그래? 엄마……가 아니라 마마코 선생님."

"아, 괘, 괜찮단다. 엄마, 아니, 선생님은 괜찮아. ……으음…… 어카운트 작성…… 우선 게임 ID를 취득하고…… ID? ID가 뭐지……. CD와 MD의 새로운 타입일까……."

아무래도 마마코 선생님은 온라인 게임의 개시 방법에 관한 내용을 읽고 있는 것 같았다.

하지만 전혀 이해를 못하는 것 같았다. 기본적인 용어조차 알지 못하는 것이다.

'하긴, 엄마는 온라인 게임을 해본 적이 없잖아.'

마마코 선생님은 원래 전업주부다. 그러니 당연한 걸지도 모른다.

아무튼, 교과서의 내용도 제대로 이해를 못하는 것 같은데…….

"으음……. 아, 아무튼, 게임을 시작하는 방식을 공부하는 거네. ……그렇다면…… 좋아."

마마코 선생님은 갑자기 교과서를 덮더니, 학생들을 쳐다보았다.

"저기, 여러분에게 질문이 있어. 이 중에 어머니와 함께 게임을 해본 적 있는 사람 있니? 엄마와 같이 게임을 해본 적이 있는 사람은 손을 들어보렴."

그리고 이런 뚱딴지같은 소리를 했다.

질문의 의도는 모르겠지만, 짚이는 데가 있는 학생들이 손을 들었다.

"으음~. 뭐, 나는 있어. 정확하게는 지금도 하고 있는 중이야."

"저요~. 저도 엄마와 함께 게임 속으로 왔으니까, 거기에 해당될 거예요~."

"저도 아마 해당되겠죠. 그러니 손을 들게요. ……포타 양은 어떤가요?"

"저, 저 말인가요? ……으, 으음…… 저도, 일단은 해당될 거예요."

손을 든 사람은 마사토, 와이즈, 메디, 그리고 포타가 머뭇거리며 손을 들었다. 수많은 학생들 중에서 손을 든 건 이 네 사람뿐이었다.

그 결과를 눈으로 확인한 마마코 선생님은 납득한 것처럼 고개를 끄덕였다.

"그렇구나. 그럼 이제 손을 내려도 돼. ……어머니와 함께 게임을 해본 사람은 역시 적네……. 좋아. 그럼 공부를 시작하자."

마마코 선생님은 칠판에 【엄마와 게임】 하고 적었다.

"어머니와 같이 게임을 하는 건 무리라고 생각하는 애도 있을지도 모르겠네. 하지만 괜찮아. 선생님의 수업을 열심히 듣다보면, 다들 할 수 있게 될 거란다. ……그럼, 우선 마 군."

"뭐야? 아니지, 뭔가요?"

"마 군과 선생님이 이 게임을 시작했을 때의 상황이 어땠는지 기억하고 있어?"

"그건…… 으음…… 마마코 선생님이 내 동의도 안 받고 뭔가를 멋대로 신청한 바람에 이 게임을 하게 됐던 걸로 기억하는데…….”

“맞아. 마 군과 선생님은 그렇게 이 게임을 시작하게 됐어. 그리고 함께 게임 세계에 온 거야. 하지만 실은 말이지? 자식이 신청을 하는 것도 가능해.”

“흐음, 그렇구나…….”

그건 몰랐네~ 하고 마사토는 생각하며 그냥 넘어가려 했다.

잠깐만.

“……응? 좀 이상하지 않아?”

“하지만 신청을 할 때는 주의해야 할 사항이 있어. 엄마와 함께 게임을 하고 싶은 마음은 이해하지만, 엄마는 집안일 때문에 바쁘니까 우선 사전에 상의를…….”

“아~. 마마코 선생님? 잠깐만 있어봐. 그러고 보니 선생님은 아들과 전혀 상의를 하지 않았던 걸로 기억하는데…….”

“앗! 그, 그랬지! 그건 정말 미안해! 마 군과 사이좋은 모자지간이 되고 싶은 나머지, 그런 점까지 생각이 미치지 않았어! 정말 미안해!”

“아, 응. 그랬구나. ……뭐, 그건 이미 됐어. 그리고 내가 이상하다는 건 그게 아냐.”

“어머, 그럼 뭐니?”

“마마코 선생님이 설명하는 건, 우리가 참가하고 있는 이 『MMMMMORPG(가칭)』라는 게임을 시작하는 법이지?”

“응, 그렇단다.”

“그렇다면…… 그걸 게임 속 캐릭터에게 가르쳐줘도 의미가 없지 않아?"

내가 다른 학생들을 둘러보니, 테스트 플레이어인 와이즈, 메디, 포타 이외의 학생들은 얼이 나간 듯한 표정을 짓고 있었다. 마마코 선생님의 이야기를 이해하지 못하는 것 같았다.

당연했다. 이 학생들은 게임 속에 있는 NPC 학생이다.

현실세계에서 게임 안으로 들어가는 방법을 설명해봤자 이해가 될 리가 없다. 뚱딴지같은 소리처럼 들릴 것이다.

"어머, 그렇구나! 미안해. 선생님이 실수했어!"

"뭐, 됐어. 나는 다소 공부가 됐거든."

"그럼 수업 내용을 변경할게! ……으음…… 아, 그래! 마침 적당한 게 있었지!"

마마코는 환한 미소를 지으며 그렇게 말하더니, 책자 하나를 꺼내서 보여줬다.

【엄마 모험 드릴학습】

그런 제목과 마마코 선생님을 닮은 캐릭터가 그려진 책자다.

"……이보세요, 마마코 선생님. 그건 뭐야?"

"수업용 교재란다. 학교 이사장 대리인 시라아세 씨가 준비해주셨어."

"시라아세 씨가 준비…… 그 말만 들어도 제대로 된 게 아닐 것 같은 느낌이 마구 드는데……."

"그럼 다 같이 문제를 풀어보자."

마마코 선생님은 학생들에게 책자를 하나씩 나눠준 후, 「우선…… 이게 좋겠네」 칠판에 문제를 적었다.

신
모험드

【( )의 공격. 몬스터 무리를 해치웠다】

자, 문제.

"이 괄호 안에 들어갈 말은 뭘까? 아는 사람은 손을 들고 답해보렴."

솔직히 말해 마사토는 의욕이 눈곱만큼도 나지 않았지만, 일단 수업이니 답이 무엇일지 생각해봤다.

'상황 자체는 전투 중일 거야……. 포인트는…… 몬스터『무리』라는 부분이겠지.'

괄호 안에 들어갈 것은 직업명일까. 범위 공격과 전체 공격이 가능한 직업이라면…….

바로 그때였다.

"마마코 선생님. 제가 답해볼게요."

미소녀이자 우등생인 메디가 가장 먼저 손을 들었다.

"그래. 그럼 메디 양이 답해보렴."

"괄호 안에 들어갈 말은『엄마』일 거라고 생각해요."

엄마의 공격. 몬스터 무리를 해치웠다.

마사토네 파티에게는 일상적인 풍경이다. 틀림없다.

"응. 정답이야. 역시 메디 양이야. 대단해. 참 똑똑하네."

"아뇨. 이것도 전부 어머님의 교육 방침 덕분이에요. ……뭐, 좀 지나친 면도 없잖아 있었지만 말이에요……. 칫……."

메디는 좀 우울한 일이 생각난 건지 책상 다리를 걷어차기 시작했지만, 아무튼 그녀의 말은 정답이었다.

다른 학생들은 감탄했다.

"흐음, 그렇구나……. 엄마가……."

"엄마는 몬스터 무리를 쓰러뜨릴 수 있구나."

"엄마는 정말 대단하네……. 꿈에도 몰랐어……."

"어이, 클래스메이트들. 그건 우리 엄마에 한정된 이야기거든? 일반적인 엄마들한테는 무리니까 착각하지 마."

마사토는 클래스메이트들이 오해를 하지 않도록 그렇게 말했지만…… 과연 다른 학생들은 그의 말을 듣긴 한 것일까…….

아무튼, 수업은 계속 진행됐다.

"그럼 다음 문제야. 다음은…… 이걸로 하자."

마마코 선생님은 책자를 참고하면서 칠판에 문제를 적었다.

【용사는 ( )를 치켜들었다. 눈부신 빛이 뿜어 나왔다. 마왕이 몸에 두르고 있던 어둠이 벗겨졌다】

이것이 다음 문제다.

"답을 아는 사람이 있니? 알겠으면……."

"저요! 나, 알았어! 무지 쉽네!"

와이즈가 좀 불량한 여자애 같은 태도를 취하며 손을 들더니, 답을 말했다.

"답은 『엄마』지?! 안 그래?!"

용사는 엄마를 치켜들었다. 눈부신 빛이 뿜어 나왔다. 마왕이 몸에 두르고 있던 어둠이 벗겨졌다.

…….

"이봐, 와이즈. 그게 정답일 리가……."

"그래, 와이즈 양. 정답이야."

"좋았어! 초절정 현자인 나한테 이 정도 문제는 식은 죽 먹기야!"

와이즈는 멋지게 정답을 맞혔다.

어, 잠깐만.

"뭐? 정답이라고? 잠깐만 엄…… 아니, 마마코 선생님. 그럴 리가 없잖아요. 틀렸죠? 예?"

"아니, 정답이야. 엄마는 찬란히 빛나는 존재거든. 잘 보렴." 반짝~!

마마코 선생님은 【어머니의 빛】을 발동시켰다. 마마코 선생님의 몸에서 눈부신 빛이 뿜어져 나왔다.

따뜻하고 상냥한 그 빛을 쬔 학생들은 감동했다.

"오오! 엄마는 빛나기도 하는 구나!"

"대단해! 나, 엄마가 빛나기도 한다는 걸 오늘 처음 알았어!"

"잠깐만 있어봐! 그건 오해야! 보통은 빛나지 않는다고! 우리 엄마가 좀 특이한 거라고……!"

"그러고 보니 마사토 군은 용사였지……. 그럼 마마코 선생님을 치켜들며 마왕과 싸운 적이 있는 걸까……. 대단하네……."

"그런 적 없거든?! 말도 안 되는 소리 하지 말아줄래?! 없다고! 진짜로 없단 말이야!"

마사토는 필사적으로 부정했지만…… 학생들은 찬란히 빛나는 마마코에게 주목하느라 그의 말에 귀를 기울이지 않는 것 같았다.

자아…….

"그럼 다음 문제야. 이건 좀 어려울 것 같네."

마마코 선생님이 칠판에 적은 문제는 아래와 같다.

【친절한 마을 사람 『( )는 장비를 안 하면 의미가 없지』】

이게 뭐야.

"이건 마을 사람의 대사란다. 마을 사람은 모험가에게 어떤 조언을 해준 걸까? 아는 사람은……."

"저요."

마사토는 바로 손을 들었다. 보자마자 답을 안 것이다.

"자, 마 군. 답을 말해주렴."

"답은 『무기와 방어구』야. 틀림없어."

친절한 마을 사람은 모험가에게 가르쳐줬다. 『무기와 방어구는 장비를 안 하면 의미가 없지』 하고 말이다.

이것은 RPG의 상식이다. 초보자에게 필요한 어드바이스로서, 스타트 지점의 마을에 이런 말을 하는 NPC가 배치되어 있다.

RPG를 해본 적이 있는 사람이라면 누구라도 알고 있을…….

"마 군, 아쉽지만 틀렸어."

마마코 선생님은 아쉬워하면서 그렇게 말했다.

잠깐만.

"뭐? 저기, 엄마…… 아니, 마마코 선생님! 왜 틀렸다는 거야?! 틀림없는 정답이라고!"

"미안해, 마 군. 나도 정답으로 해주고 싶지만, 이 책자에는 답이 다르다고 적혀 있지 뭐니."

"뭐…… 그러고 보니 그 책자를 만든 사람은 시라아세 씨잖아……. 제대로 된 답일 리가 없어……."

"정말 미안해……. 그럼 다른 사람이 답해보겠니?"

"예! 저는 답이 뭔지 알 것 같아요!"

손을 들며 그렇게 말한 이는 포타였다. 포타를 방해할 수 없다고 생각한 마사토는 불만을 억누르며 그녀의 말에 귀를 기울였다.

"좋아. 그럼 포타 양. 정답을 말해보렴."

"으음, 으음, 정답은『엄마』예요!"

친절한 마을 사람이『엄마는 장비를 안 하면 의미가 없지』하고 말했다.

어이, 잠깐만 있어봐. 그럴 리가…….

"대단해! 포타 양, 정답이야!"

"와아! 해냈어요! 정말 기뻐요!"

"오오! 포타, 축하…… 어…… 잠깐만 있어봐아아아아앗! 포타?! 저기, 포타?! 포타, 너까지 그런 어이없는 헛소리를 늘어놓으면 안 된단 말이야!"

"그래! 엄마는 장비를 할 수도 있구나!"

"나도 몰랐어! 엄마는 장비가 가능하네!"

"몬스터 무리를 해치우고, 빛을 뿜을 뿐만 아니라, 장비도 가능하구나! 엄마는 진짜 엄청나네!"

"어이, 클래스메이트들! 이상한 지식에 물들지 마! 그딴 게 말이 되냐고! 부탁이니까 너희라도 정신 좀……!"

"자, 그럼 다음 문제를 낼게."

"멋대로 수업을 진행하지 마아아아앗!"

마사토의 혈관이 금방이라도 터질 것 같은 가운데, 마마코는 다음 문제를 칠판에 적었다.

【( ) 모험 드릴학습은 전국 서점에서 호평 발매중!】

자, 괄호에 들어갈 문자는 무엇일까요?

"적당히 좀 해애애애애앳! 대답은 전부 엄마인 거냐?! 그딴 학습지가 팔릴 것 같냐고오오오!"

"실제로 판매되고 있나 봐. 시라아세 씨의 말에 따르면 누계 출판부수가 이미 100만 부를 돌파했대."

"배, 100만 부?! 이딴 게 100만 부를 돌파한 거야?! 다들 정신 나간 거 아냐?!"

엄마 모험 드릴학습은 전국 서점에서 호평 발매중!

물론 게임 세계의 전국 서점이다.

2교시. 체육 수업.

학생들은 체육복으로 갈아입고 운동장에 집합했다.

물론 마사토 일행도 참가했다. 가슴에 커다란 명찰을 꿰매 붙인 체육복을 입고 줄지어 섰다.

"어느새 이런 걸……."

"아침에 마마코 씨가 준비해준 것 같아요. 저의 체육복에도 이렇게 명찰을 달아주셨네요."

메디는 자랑하듯 자신의 가슴에 붙여 있는 명찰을 보여줬다. 상의를 압박하고 있는 커다란 산 두 개가 자아낸 골짜기는 정말 깊었…… 아, 어디까지나 명찰을 본 것이다.

"아침 식사를 준비하느라 바쁘셨을 텐데 말이에요! 정말 대단하세요!"

포타의 가슴에도 귀여운 명찰이 달려 있었다. 포타가 기뻐하며 껑충껑충 뛸 때마다 옷자락이 휘날리면서 배꼽이 힐끔힐끔 모습을 드러냈다. 그래도 주목하고 있는 건 어디까지나 명찰이다.

"역시 마마코 씨야. 슈퍼 엄마라니깐. 흐흥."

마치 자기가 한 것처럼 으스대며 그렇게 말한 와이즈가 명찰을 폈다.

『가슴을 폈다』가 정답이라고? 아니다. 와이즈에게는 가슴이 없으니까 말이다.

유감스럽게도 가슴이 전무한 사람 이외의 모습을 마음 속

앨범에 고이 담아둔 후…….

"……그런데 그 슈퍼한 본인은 아직 안 온 거야?"

마사토가 주위를 둘러봤지만, 그 사람은 보이지 않았다. 수업 시작을 알리는 종은 이미 울렸는데…….

바로 그때였다.

"다들~! 기다리게 해서 정말 미안해~!"

마마코 선생님이 허둥지둥 이곳으로 뛰어왔다.

포니테일 스타일로 묶은 머리카락이 휘날리는 가운데, 체육복에 감싸인 풍만한 가슴을 출렁거리며 이곳으로 뛰어왔다.

체육 여교사 버전 마마코 선생님이 등장했다!

그런데, 이미 땀으로 범벅이 되어 있었다.

"하아, 하아…… 미, 미안해! 장소를 착각해서 체육관에 갔지 뭐니……. 하아, 하아……. 마 군, 그리고 다들, 정말 미안해!"

"아, 그랬구나. 뭐, 괜찮아. 그런데 땀을 너무 흘린 거 아냐?"

"서, 서둘러서 뛰어오다 보니…… 휴우…… 체육복 상의를 벗어도 되겠니?"

"그러세요~. 마음대로 하라고."

"그럼……."

마마코 선생님은 체육복의 지퍼를 내리더니, 상의를 훌렁 벗었다.

체육복 안에 입은 옷은 땀에 젖어서 안이 비쳐보였다.

그리고 고저스한 자수가 놓인 속옷의 색상과 무늬가 훤히 「빨리 다시 입어!」, 「응? 아, 알았어」 아들로서 용납할 수 없는

광경이었기에, 마사토는 다시 상의를 입어달라고 마마코에게 부탁했다.

이것으로 학생과 선생님이 전부 모였다.

"그럼 수업을 시작하자. 선생님과 함께 실컷 운동을 하는 거야."

"""예! 마마코 선생님!"""

"……하아…… 일이 묘하게 돌아가진 않았으면 좋겠는데……."

마사토가 불안을 느끼는 가운데, 다른 학생들이 힘찬 목소리로 대답을 하며 수업이 시작됐다.

수업 내용은 육상경기다.

"우선 단거리 달리기를 할 거야. 다들 힘내렴!"

마마코 선생님의 지시에 따라, 학생들은 100미터 레인의 출발지점에 모였다. 그리고 출석번호 순서로 네 명씩 달리는 것이다.

출발 신호는 마마코 선생님이 맡았다.

"그럼 제자리에, 준비…… 엄마!"

""""우오오오오오!""""

출발선에 선 학생들이 일제히 달렸다! 전력질주로 말이다!

그리고 순식간에 100미터를 달리더니, 골인했다!

"어머나! 다들 대단하네! 정말 빨라! 마 군, 안 그러니?!"

"그래. 뭐, 꽤 빠르기는 한데…… 그것보다, 출발 신호가 좀 이상……."

"그럼 다음 네 사람 차례네. 제자리에, 준비…… 엄마!"

“““우랴아아아아아아압!”””

마사토의 태클을 깔끔하게 무시하며, 학생들은 전력으로 달렸다! 전속력으로 골 지점을 통과했다! 「왜 저렇게 죽을힘을 다하는 건지 모르겠네……」 이유는 모르겠지만, 아무튼 빠르다!

그리고 곧 마사토 일행의 차례가 됐다.

제1코스, 마사토.

“하아…… 의욕 안 나…….”

제2코스, 와이즈.

“흐흥. 나는 현자지만, 운동도 꽤 하거든?”

제3코스, 메디.

“저는 꽤 자신 있는 편이에요. 적어도 와이즈 양에게는 지지 않을 자신이 있어요.”

제4코스, 포타.

“저는 열심히 뛸게요!”

네 사람은 출발지점에 선 후, 크라우칭 스타트 자세로 출발 순간을 기다렸다.

그리고 마마코 선생님이 신호를 줬다.

“준비…… 엄마!”

스타트! 「하앗!」 메디는 화려하게 스타트를 장식했고, 「이게!」, 「에잇~!」 와이즈와 포타도 지지 않겠다는 듯이 전력으로 달렸다.

그리고…….

"하아…… 못해 먹겠네……."

마사토가 귀찮다는 듯이 터덜터덜 달리고 있을 때였다.

"그러고 보니 말한다는 걸 깜빡했는데, 꼴찌를 한 사람은 방과 후에 학교에 남아서 선생님과 단둘이서 특훈을 해야 해."

"그런 걸 절대 싫다고오오오오!"

마사토는 허둥지둥 맹렬히 내달렸다! 질색하는 일로부터 도망치기 위해, 도피하는 심정으로 전력 질주했다.

마사토의 질주. 「와앗!」 포타를 제치고, 「어엇?!」 와이즈를 추월했으며, 「아닛!」 메디와 나란히 서더니, 그대로 앞서나갔다.

마사토가 일등으로 골인했다!

"좋았어어어어엇!"

역시 보충수업을 피하려 하는 마음은 강렬했다. 마사토의 압승이다.

2등은 메디, 3등은 와이즈였다.

"2등…… 어머님한테 혼날 거예요……." 침울.

"메, 메디! 우울해 할 필요 없어! 너희 엄마는 이제 그런 일로 화내지 않을 거야!"

메디의 다크 파워가 약간 새어나온 것 같았다.

그것보다…….

"으으…… 제가 꼴찌예요……."

유감스럽게도 포타가 꼴찌를 했다. 골인을 한 그녀는 고개를 푹 숙였다.

그 모습을 본 다른 이들이 허둥지둥 포타에게 다가갔다.

"으, 으음! 기운 내, 포타! 신경 쓸 필요 없어!"

"마, 맞아! 포타는 아직 열두 살이잖아!"

"저희는 고등학생이니까요! 그러니 너무 개의치 마세요! 예?!"

"맞아. 순위 같은 건 중요하지 않단다. 중요한 건 최선을 다하려는 마음가짐이야."

"예! 저는 전력을 다했어요! 그러니 괜찮아요!"

골 지점으로 뛰어온 마마코 선생님이 격려를 해주자, 포타는 빙긋 미소 지었다. 기운이 난 것 같았다. 다행이야.

바로 그때, 마마코 선생님이 불쑥 이런 말을 했다.

"자, 그럼 선생님도 열심히 뛰어봐야겠네."

"어, 뭐야. 마마코 선생님도 뛰려는 거야? ……아니, 뛸 줄은 알아?"

"응. 뛸 줄 알지. 어쩌면 마 군보다 빠를지도 몰라."

"흐음……."

마사토보다 빠를지도 모른다.

그 말이 아들의 투쟁본능에 불을 붙였다.

"하하하. 말은 잘하네. 뭐? 나보다 빠르다고? 흐음…… 그럼 어디 한 번 붙어볼까? 나와 마마코 선생님이 승부를 하는 거야."

"어머, 그것도 괜찮겠네. 부모자식이 경주를 하는 것도 참 멋질 것 같아. 하자!"

마사토는 파직파직. 마마코는 방긋방긋. 뜨거운 불꽃과 환한 미소가 교차되며, 모자지간의 대결이 성립됐다!

긴급 개최, 마사토 VS 마마코의 100미터 경주다.

"으음~ 실황 중계는 저, 와이즈와……."

"메디가 맡겠습니다. ……뭐, 실황을 할 필요는 없을 것 같지만 말이에요."

"뭐, 그렇기는 해. 그럼 평범하게 응원이나 하자."

근처에 적당히 앉은 와이즈와 메디를 비롯해, 다른 학생들이 지켜보는 가운데…….

마사토와 마마코 선생님이 출발지점에 섰다.

"마마코 선생님. 이건 승부야. 나는 전력을 다할 거라고. 절대 안 봐줄 거야."

"물론이야. 선생님도 전력을 다해…… 숨겨뒀던 비책을 사용할 거야."

"비책? 흥. 그게 뭔지는 모르겠지만, 멋대로 해. 어차피 이기는 건 바로 나거든."

정정당당히 싸우기로 맹세한 두 사람은 크라우칭 스타트 자세를 취했다.

그리고 실황을 맡은 와이즈가 마마코 선생님을 대신해 출발 신호를…… 보내려던 바로 그때였다.

마마코가 혼잣말을 중얼거리기 시작했다.

"중요한 건 이미지야……. 지금은 아침……. 늦잠을 잔 마 군이 아침을 먹지 않고 집을 뛰쳐나갔고…… 도시락까지 두고 가서…… 그래, 맞아……. 전해줘야 해……. 빨리 마 군에게 도시락을 전해줘야 해!"

"저, 저기……?"

마마코 선생님의 내면에서 맹렬한 아우라가 솟구치는 것 같은 가운데…….

"그럼 신호를 할게~. 준비…… 엄마!"

레이스 스타트!

신호에 맞춰, 마마코 선생님이 로켓 스타트를 했다!

"마 군! 도시락을 두고 갔잖니!"

"우왓?! 이상한 소리를 늘어놓지만, 엄청 빠르잖아?!"

마사토도 허둥지둥 속도를 올렸지만, 마마코 선생님의 기세는 어마어마했다. 신속(神速)의 마마코 선생님!

그리고 마사토가 30미터 지점을 통과했을 즈음, 마마코 선생님은 이미 골인했다!

"도시락을 전달했어! 우후후! 해냈네!"

"이봐아아아아앗?! 너무 빠른 거 아냐아아아아아앗?!"

비공식이자 엄마 참고 기록이지만, 기록은 3초 88이다.

그리고 뒤늦게 골에 도착한 마사토는 고개를 푹 숙이며 마마코 선생님 앞에서 무릎을 꿇었다.

"뭐, 뭐야……. 대체 뭐가 어떻게 된 거냐고……."

"방금 그건 말이지? 이 선생님의 비책이야. 이름하여 ·엄마의 마음·이란다."

"엄마의 마음……?"

"그래. ……선생님은 말이지? 사랑하는 아들에게 도시락을 전달해야 하는 엄마의 심정으로 달렸어. 그래서 그렇게 빨리 뛴 거야."

"마, 말도 안 돼! 그런다고 빨리 뛸 수 있을 리가 없어! ……나는 인정 못해……. 상식을 지키는 최후의 요새로서, 나는 절대 인정 못해!"

마사토가 지면을 내려치며 그렇게 외쳤지만…….

바로 그때, 학생들이 마마코 선생님의 주위로 몰려들었다.

"마마코 선생님! 방금 달리기는 정말 대단하셨어요!"

"어떻게 하면 그렇게 빨리 뛸 수 있는 거야? 가르쳐줘!"

"우후후. 그건 말이지? 끝내주는 비책을 썼기 때문이란다."

"비책인가요……. 그 비책을 쓰면, 저도 빨리 뛸 수 있을까요……."

"응. 물론이지."

"그럴 리가 없어! 없다고! ……으으, 이렇게 되면…… 내가 진실을 가르쳐주겠어! 너희 모두 그 비책이라는 것을 쓰고 덤벼봐! 내가 상대해주겠어!"

이리하여, 마사토 VS 오해를 하고 있는 NPC 학생 전원의 대결이 성사됐다.

엄마의 마음으로 운동능력이 상승한다는 말도 안 되는 소리를 인정할 수는 없다. 마마코는 절대 지지 않겠다고 맹세하며 출발지점에 섰다.

그리고 레이스 스타트!

제1시합.

"다들 힘내렴! 엄마의 마음이야! 제자리에, 준비…… 엄마!"

"헛소리 하지 마! 그런다고 발이 빨라질 리가……!"

"오늘은 타는 쓰레기를 버리는 날! 아, 수거차가 벌써 왔네! 빨리 내놔야 해!" 휘잉!

승자, 출석번호 1번 군.

제2시합.

"좋아~ 엄마!"

"크! 이, 이럴 리가 없어! 이럴 리가……!"

"슈퍼의 타임 세일이 5분 후면 끝나! 서둘러야 해!" 휘이잉!

승자, 출석번호 2번 양.

제3시합.

"엄마!"

"기, 기다려! 기다려 달라고! 이럴 리가 없는……!"

"아, 곧 애들 학원이 끝날 시간이네! 요즘은 뒤숭숭하니까, 빨리 마중가야겠어!" 휘이이이이잉!

승자, 출석번호 3번 군.

뭐, 이런 식으로…….

결과.

"대단해, 마마코 선생님! 우리, 진짜로 발이 빨라졌어! 우리 모두 마사토 군에게 압승을 했단 말이야!"

"마마코 선생님의 말이 맞았어! 나, 완전 감격이야!"

"운동을 질색하던 내가 이렇게 빨리 뛰다니, 정말 감동했어! 마마코 선생님한테 가르침을 받아서 정말 다행이야!"

“마마 씨 선생님! 저도 더 빨리 뛰고 싶어요! 운동을 더 즐기고 싶어요!”

“우후후. 다행이구나. 그럼 다 같이 체육 수업을 즐기는 거야!”

“““예!”””

한편…….

“허억, 허억…… 이, 인정 못해……. 이렇게 말도 안 되는…… 일, 이…… 꼬…… 꼴깍.”

지칠 대로 지친 마사토가 홀로 숨을 거뒀다.

뭐, 죽지는 않았지만 말이다.

“……하아…… 진짜 못해먹겠네……. 다 싫어……. 멋대로 하라고……. 더는 어울려주지 못하겠다고…….”

“저기, 마사토. 삐치지 좀 마.”

“맞아요, 마사토 군. 자신의 존재의의를 버리지 마세요.”

“내 존재의의가 대체 뭔데……. 나는 고독한 태클 담당이 된 적 없다고…….”

“마사토 씨! 힘내죠! 파이팅이에요!”

“으으…… 포타에게 응원을 받으니 힘을 내고 싶긴 한데…… 그래도…….”

아무리 노력해봤자, 마사토는 분명 아무것도 못할 것이다.

왜냐하면, 다음 수업은…….

“여러분! 3교시와 4교시에는 모두들 고대했던 요리실습을 연달아 할게요! 우후후!"

앞치마가 너무나도 잘 어울리는 마마코 선생님이 말했다시피, 이제부터는 요리 시간이다.

온갖 조리도구와 실험기구가 갖춰져 있는 조리과학실. 이곳에서 가정과목 수업을 하는 것이다.

마마코하면 요리, 요리하면 마마코다.

마마코 선생님의 가장 특기인 분야의 수업인 만큼 열성적으로 수업을 할 것이 틀림없다. 엄청난 요리가 연달아 나올 것이며, 그걸 본 학생들은 흥분과 감탄을 감추지 못하며 마마코 선생님을 존경하게 될 것이 뻔했다.

처음부터 알고 있었다.

"……하아…… 이제 와서 오해를 푸는 건 무리겠지……."

마마코 선생님은 대단해! 라는 흐름을 막는 건 불가능할 것 같았다.

그래서 마사토는 책상에 엎드려서 순순히 방관이나 하기로 결정했지만…….

바로 그때, 마마코 선생님은 미안해하는 듯한 어조로 말했다.

"그럼 수업을 시작……하고 싶지만…… 실은 말이지? 아쉽게도 요리실습용 식재료가 없단다. 그래서 요리를 만들 수가 없어."

"……어?"

마사토는 그 뜻밖의 말을 듣고 무심코 몸을 일으켰다.

식재료가 없다……. 마마코 선생님이 한 말은 사실이다. 교실 안에는 대량의 조리도구가 있지만, 식재료는 어디에도 없었다.

이래서는 요리실습을 할 수 없다.

"오오…… 이거 혹시 수업을 안 하는 거야? 그렇지? 맞지?!"

마마코는 수업에 실패했고, 묘한 환상에도 마침표가 찍혔다. 세계는 올바른 인식에 따라 움직이기 시작하는 것이다.

마사토는 무심코 주먹을 꼭 말아 쥐며 기뻐했지만…….

"그러니까 오늘은 우선 식재료를 모으는 것부터 시작할까 해."

마마코 선생님이 그렇게 말했다. 이봐, 의욕이 넘치는걸.

"식재료를 모으는 것부터 한다니…… 저기, 마마코 선생님! 뭐, 좀 물어봐도 될까요?"

"응, 마 군. 궁금한 게 뭐니?"

"식재료를 모은다는 건 시장을 보는 것부터 한다는 거죠? ……이야~ 그건 좀 문제가 되지 않을까요? 수업 시간에 학교 밖으로 나가는 건 좋지 않을 것 같은데요. 여러모로 문제가 될걸요?"

마사토는 밉살스러운 어조로 그런 말을 늘어놓았다. 스스로도 짜증나는 어조라는 느낌이 들었다.

하지만 이걸로 됐다. 식재료를 모으지 못한다면 요리실습을 할 수 없다. 엄마 무쌍의 흐름을 저지하기 위해서라도, 여기서는 외출 금지를 이유로 마무리를 짓고 싶다…….

하지만 마마코 선생님은 여유 넘치는 미소를 지었다.

"응, 그래. 왠지 좀 이상한 것 같은 마 군의 말이 옳아."

"이상한 것 같다니…… 뭐, 뭐어, 나도 그렇게 생각하기는 하는데…… 아무튼, 그렇다면 말이야!"

"하지만 이럴 때는 어머니들의 힘을 빌리면 어떻게든 되지 않겠니?"

"뭐? ……아니, 그게 무슨……."

"우후후. 가능하단다. 그럼 보여줄게. ……다들 교실 창가에 모여 주겠니?"

마마코 선생님의 지시에 따라, 학생들은 창가에 집합했다. 마사토도 어쩔 수 없이 가장 가장자리에 섰다.

마마코 선생님은 창문을 열더니, 와이즈 일행을 비롯한 열성적인 학생들에게 물어보았다.

"그럼 너희에게 질문을 할게. 우리가 평소에 먹는 식사의 재료는 어디서 구하는 걸까요?"

"그, 그야…… 식재료 가게에서 사오는 거야."

"맞아. 그럼 그 식재료 가게에 있는 식재료는 어디서 구해오는 걸까?"

"식재료 가게에 있는 식재료는…… 농가와 축산가, 그리고 어부 분들에게 공급받는 거예요."

"그럼 그런 직업의 분들은 어디서 식재료를 수확하는 걸까?"

"밭이나 목장, 바다에서 구해요!"

"맞아. 그럼 문제를 하나 낼게. ……밭과 목장이 있는 대지, 그리고 바다는 어떤 인물에 비유할 수 있을까?"

마마코 선생님이 그렇게 묻자, 서로를 쳐다보던 학생들은 곧 답을 눈치챘다.

그 중 한 명인 아들 학생은 땅이 꺼져라 한숨을 내쉬면서 교실을 나섰지만, 일단 제쳐두기로 하고…….

학생들은 한 목소리로 대답했다.

"""대지도, 바다도, 엄마예요!"""

"맞아! 다들 정답이야! 그럼 이제부터 엄마의 힘을 보여줄게!"

마마코 선생님이 양손에 검을 쥐었다.

오른손에는 활활 타오르는 불꽃같은 색깔을 띤 검, 대지의 성검 테라디마도레.

왼손에는 짙디짙은 푸른색을 띤 검, 바다의 성검 알투라.

창밖을 향해 두 검을 내민 마마코 선생님은 말했다.

"만물의 어머니 되는 대지여, 만물의 어머니 되는 바다여……. 당신들도 어머니라면, 내 마음을 이해할 수 있을 거야……. 많은 아이들이 요리 공부를 하려고 해……. 그리고 요리를 익힌 아이들이, 어머니들과 함께 부엌에 서는 모습을 상상하니, 정말 가슴이 뛰어……. 이 마음을 이해한다면, 부디 도와줘!"

그 호소에, 대지와 바다가 호응했다.

그 순간, 마을 쪽에서 거대한 흙기둥이 솟아났고, 그와 동시에 바다 쪽에서도 거대한 물기둥이 솟아났다.

그 두 기둥은 학교를 향해 일제히 쓰러졌다.

그 두 기둥의 끝에 있던 식재료 가게, 그리고 배 한 척이 조리과학실 옆에 안착했다.

"우왓?! 뭐, 뭐야?! 무슨 일이지?!"

"이봐! 뭐가 어떻게 된 거냐고!"

식재료 가게의 주인과 어부로 보이는 아저씨는 매우 당황한 것 같지만…….

마마코 선생님은 빙긋 미소 지으며 그 두 사람에게 말했다.

"저기, 실례할게요. 실은 지금 요리실습을 하고 있는데, 식재료가 없어서……."

"응? 요리실습의 식재료? 아, 마침 잘 됐군! 실은 팔다 남을 것 같은 식재료가 잔뜩 있거든! 사양 말고 얼마든지 실습에 써!"

"우리 쪽에도 식재료라면 잔뜩 있어! 오늘은 물고기가 너무 많이 잡혀서 다 팔지도 못할 정도거든! 남아서 썩기라도 한다면 바다를 볼 면목이 없지! 자, 사양하지 말고 받아달라고!"

배포가 큰 점주와 어부가 교실 창가에 식재료를 쌓았다. 고기와 채소와 과일, 생선과 조개와 해조류가 잔뜩 있었다.

그리고 흙으로 된 촉수에 꽁꽁 묶이고 「으으읍?! 으극~?!」 입에 재갈이 채워진 마사토가 식재료의 산 옆에 놓였다.

식재료 확보 완료!

"어머나, 이렇게 많이 주시는 건가요? 정말 감사해요! 돈은 나중에 꼭 드릴게요……."

"돈은 됐어! 학생들의 공부를 위한 거라며? 요리 공부를 하며…… 식재료에 흥미를 가지게 된다면, 우리 가게에서 일해 주면 돼!" 씨익.

"우리도 마찬가지야! 어부란 직업은 참 재미있지. 종업원은 항상 모집하고 있으니까, 언제든 찾아오라고!" 씨익.

돈보다는 취직자를 희망하고 있는 것 같았다. 지금은 그런 시대라는 것을 실감하며…….

식재료 가게와 배를 태운 두 기둥이 점점 돌아갔다.

그리고…….

"이, 이게 엄마인 마마코 선생님의 힘…… 대단해! 정말 대단해!"

"엄마의 힘이 이 정도라니…… 나는 진짜 몰랐어!"

"엄마 대지와 엄마 바다…… 우리는 엄마의 힘과 함께 살아가고 있었어……. 그걸 마마코 선생님이라는 엄마에게 배우다니…… 내 마음은 이제 엄마로 가득 찼어!"

압도적인 광경을 본 학생들의 머릿속은 엄마로 가득 찼다! 엄마 최고! 마마코 선생님 만세!

그런고로…….

"자, 그럼 요리실습을 시작하자. 만들 건 점심 식사이며, 메뉴는 자유야. 식재료는 자유롭게 골라도 된단다."

""""예~!""""

드디어 요리가 시작됐다. 예측은 가능하지만 회피는 불가능한 마마코 선생 무쌍의 시작이다.

"자, 그럼 선생님도 뭐 좀 만들어봐야겠네."

"마마코 선생님이 요리하는 모습을 엄청 보고 싶어!"

"그래요. 저도 우선 견학부터 하고 싶네요."

"마마 씨 선생님은 어떤 식재료로 요리를 할까요?"

"이 선생님이 고를 식재료는 물론…… 우후후……."

"으읍? 으으읍?! 으극~?!"

자신을 향한 달콤한 시선을 느낀 식재료 한 마리가 격렬하게 버둥거렸다.

마마코 선생님이 선택한 식재료는 에너지가 넘치는 신선한 아들이었다.

그리고 점심시간.

요리될 뻔했던 아들이 요리된 아들을 지그시 응시했다.

"……자기 얼굴을 본떠서 만든 캐릭터 도시락을 대체 어떻게 먹냐고."

도시락통 안에 있는 자기 얼굴(매우 리얼함)을 본 마사토는 땅이 꺼져라 한숨을 내쉬었다.

5교시.

원래라면 다른 과목을 해야 하지만, 오늘은 특별히 5교시도 가정과목 수업을 하게 됐다.

왜냐하면…….

"마마코 선생님! 엄마를 가르쳐주세요!"

"저희는 엄마에 대해 더욱 공부하고 싶어요!"

"엄마를 알면 뭔가를 깨닫게 될 듯한…… 제가 지금까지 찾지 못했던 해답을 찾아낼 수 있을 것 같은, 그런 느낌이 들어요! 그러니까……!"

"응. 알았어. 그럼 이 선생님이 가르쳐줄 수 있는 모든 걸 가르쳐줄게."

그리하여, 학생들의 강한 요청에 따라 가정과목 수업을 하게 됐다.

그 내용은 엄마의 중요 스킬 중 하나인 청소다.

교실에서는 빗자루를 손에 쥔 마마코 선생님이 강의를 시작했다.

"우선 『엄마 청소』의 기본을 가르쳐줄게. 선생님이 청소를 하는 모습을 잘 보렴."

마마코 선생님은 바닥을 척척 쓸었다. 리드미컬하게 슥슥 말이다.

그저 평범하게 청소를 하고 있는 것 같지만…….

마마코 선생님의 주위에 모인 학생들은 매우 열심히 쳐다보고 있다. 일거수일투족을 놓치지 않겠다는 듯이, 진지하기 그지없는 눈길로 응시하고 있었다.

그 모습을 멀찍이서 지켜보던 마사토는 어이가 없었다.

"어이이봐, 왜 그렇게 주목하는 건데……. 영문을 모르겠네……."

엄마 대단해애애애애애애~스러운 장면을 몇 번이나 보다보니, 다들 머릿속이 이상해진 것일까. 아마 그럴 것이다.

이것은 위기적 상황이다.

'어떻게든 해야 해……. 그래. 어떻게든 해야 한다고. 다른

누구도 아닌, 용사인 내가 말이야.'

이상한 방향으로 나아가려 하는 세계를 올바른 방향으로 이끌어야 한다. 마사토는 사명감을 가슴에 품으며, 이번에야말로 어떻게든 해보려고……!

바로 그때, 와이즈가 슬며시 다가왔다.

"실망이야. 마마코 선생님의 저 청소가 어떤 의미인지 모르는 거야? 마사토는 아직 미숙하네. 미숙한 엄마네."

"아니, 나는 엄마 아니니까 미숙해도 괜찮은데…… 그것보다, 저 청소의 의미가 뭔데? 아무 의미도 없잖아."

"있어. 나를 보면 알 수 있을걸? 잘 봐."

"아니, 너를 봐도 전혀 모르겠…… 어?!"

그 순간, 마사토는 목격했다. 당치도 않은 것을 말이다.

와이즈는 빗자루를 손에 쥐고 바닥을 쓸고 있다. 문제는 그 쓰는 방식이다.

와이즈는 쓸고 있었다. ……바닥을 슥슥, 마치 『엄마』라는 글자를 쓰듯 빗질을 하고 있었다.

다시 마마코 선생님을 쳐다보니, 그녀도 『엄마』라는 글자를 쓰듯 빗질을 하고 있었다.

그 뿐만 아니라…….

"……앗! 메디도……!"

메디는 창문에 세정액을 뿌리고 있었다. 창문에 묻은 거품은 『엄마』라는 글자 모양을 하고 있었다.

게다가…….

"아닛?! 포타까지……?!"

걸레로 세정액을 닦던 포타의 손놀림 또한 『엄마』라는 글자를 그리고 있었다.

그리고…….

"……헉?! 마, 말도 안 돼. 설마…… 나도……?!"

마사토는 무심결에 『엄마』라는 글자를 적듯 빗자루를 놀리고 있었다. 어느새 이렇게 된 거지?!

마사토가 아연실색하자, 와이즈를 비롯한 소녀들이 속삭이듯 말했다.

"마사토. 마음을 차분하게 가라앉히고 눈앞에서 일어나고 있는 일을 응시해."

"『엄마』— 즉, 어머니에 의해 모든 것이 청결하고 아름다워지는 거예요."

"청소는 자신의 마음을 깨끗하게 만드는 것이나 다름없어요!"

"청소로…… 자신의 마음을 깨끗하게……."

그렇다. 엄마 청소로 교실을 깨끗하게 하자, 청소를 하는 이들의 마음도 청소된 것이다.

엄마에 의해, 마음속에 쌓인 불필요한 집착이 떨어져나간 것이다.

그것이야말로 엄마 청소의 의미다. 엄마 청소의 압도적 효과인 것이다.

'……내 마음에 들러붙어있던 부정적인 마음이…… 사라지고 있어…….'

엄마란 이름으로 마음 구석구석까지 깨끗해졌다.

엄마에 의해 깨끗해지는 것이 기분 좋았다. 개운했다.

마사토의 눈에서 비늘이 떨어져나갔다. 관용표현이 아니라 진짜로 말이다.

"……나는…… 지금까지 대체 뭘…… 이렇게 대단한 걸, 왜 지금까지 거부한 거지……."

"하아. 마사토도 드디어 눈치챈 것 같네."

"그래요. 드디어 마사토 군도 이해한 것 같네요."

"그럼 마사토 씨! 저희와 함께 엄마 청소를 해요!"

"응! 그래! 나도 엄마 청소를 할래!"

그렇게 다들 엄마 청소로 마음을 갈고닦으며, 엄마의 위대함을 순수하게 받아들였다…….

마마코의 1일 선생이 끝났다.

"아쉽지만, 엄마들은 다음 모험에 임해야만 해. ……그럼, 돌아가자."

"응. 돌아가자."

학교 건물을 쳐다보던 마마코가 돌아서더니, 천천히 걸음을 옮겼다. 마사토 일행도 떨어지지 않는 발걸음을 억지로 떼며 마마코의 뒤를 따랐다.

바로 그때였다.

"마마코 선생님! 기다려 주세요!"

건물 입구에서 학생들이 뛰어나왔다. 마마코 선생님의 제자들이었다.

"마마코 선생님! ……괜찮다면 앞으로도 저희를 계속 가르쳐주셨으면 좋겠지만……."

"하지만 마마코 선생님은 가야만 하지? 우리도 알아! 그러니까 잡지 않을게! 그저 우리의 마음을 들어줬으면 해!"

"우리는 이제 괜찮아! 마마코 선생님에게 소중한 걸 배웠거든! 우리가 나아가야할 길을 선생님이 가르쳐줬거든!"

글자 아트 얼굴로 엉엉 울고 있는 학생들이 자신의 가슴 속에 존재하는 뜨거운 마음을 진심을 목청껏 토했다. 「나는!」, 「저는!」, 「우리는!」 그들은!

"""언젠가 꼭, 마마코 선생님처럼 어엿한 엄마가 될 거야!"""

엄마의 위대함을 알고, 다들 그렇게 되는 것을 진심으로 바라게 된 것이다. 진로 결정!

그리고, 라이벌들과…….

"마사토 군! 언젠가 내가 어엿한 엄마가 되면 승부하자! 누가 더 나은 엄마인지 경쟁하자고!"

"좋아! 나는 엄마 용사로서 숨지도 도망치지도 않을 거야! 얼마든지 덤비라고!"

"와이즈 양! 메디 양! 우리도 승부하는 거야!"

"흐흥! 바라던 바야! 누가 더 나은 엄마인지, 나의 연속 엄마로 증명해주겠어!"

"엄마 마법으로는 저도 질 생각이 없어요. 박살을 내주겠어요. 후후후."

"포타 양! 우리는 엄마 생산직의 스킬로 승부하는 거야!"

"예! 저도 엄마 크리에이션으로는 절대 지지 않을 거예요!"

언젠가 재회해서 싸우기로 맹세했다.

이번에야말로 진정으로 작별할 날이다. 마마코는 환한 미소를 지으며 말했다.

"그럼 다들 건강히 지내렴. 다음에 만날 때는 우리 모두 엄마가 되어 있는 거야!"

그리고 뒤를 돌아보지 않았다. 돌아볼 필요는 없다.

미래로 이어질 흐느낌을 등 너머로 들으며, 마마코 일행은 걸음을 옮겼다…….

"잠깐, 어쩌다 이렇게 된 거야아아아아아앗?! 누가 좀 말리라고오오오오오오오!"

저녁노을이 드리워진 마을에서, 퍼뜩 정신을 차린 마사토의 절규가 울려 퍼졌다.

엄마 상담 게시판 2

mama's BBS

Question

질문자 : 된장국&두부요리

둘이서 질문할게요~. 마마코 씨 같은 멋진 엄마가 되는 비결을 가르쳐주세요. 잘 부탁드릴게요~.

Answer

마마코

이번 질문자는 된장국 씨와, 두부요리 씨…… 이건 와이즈 양과 메디 양이 좋아하는메뉴네.

와이즈

딩동댕! 질문자는 나와 메디야! 우리의 취향을 기억하는 구나. 좀 기뻐.

메디

아이들을 항상 신경 쓰며, 중요한 점은 잊지 않는다……. 그것도 엄마가 습득해야 할 스킬이겠죠.

마사토

어렵게 생각할 필요는 없어. 아이들이 기뻐하면 엄마도 덩달아 기쁘기 때문에 자연스레 기억하게 돼. 다들 가벼운 마음으로, Let's 엄마!

제3장
이걸 마지막으로, 엄마는 앞으로 앙케트에 참가 못하게 할 것이다. 반드시.

【성함】

오오스키 마마코

【직업】

평범한 용사의 어머니

【주소】

불명(아들, 그리고 동료인 아이들과 함께 모험 여행을 하고 있어서, 평소에는 여관에 묵어요)

【연락처】

ma-kun-no-oka-san@mmmmmorpg

【희망하는 선물 번호】

2번인『사이좋은 모자 물통』을 부탁드려요.

【의견 혹은 요청 사항이 있다면, 자유롭게 기입해 주십시오】

여행 도중에 들른 마을에서 시장을 보다 이 스페셜 이벤트에 대해 알게 됐어요. 전단지도 그때 받았고요.

저희는 모험가라서 퀘스트 의뢰는 빈번하게 체크하지만, 이런 건 놓치기 일쑤예요. 이런 중요한 이벤트를 모르고 지나치다니, 정말 아쉬워요.

앞으로는 이런 좋은 기회를 놓치지 않도록, 메일로 알려주는 서비스가 있으면 좋겠다는 생각이 들어요. 검토해주신다면 감사하겠어요.

이번 스페셜 이벤트는 지금 있는 장소에서 한참 떨어진 마을에서 개최되지만, 동료 중에 이동 마법을 쓸 수 있기 때문에 참가가 가능할 것 같아요.

1년에 한 번 뿐인 이 기회를 거머쥐다니, 정말 고대돼요. 최선을 다하겠어요!

잘 부탁드려요.

밤. 역참 마을의 숙소.

하루 동안 쌓인 때와 피로를 목욕을 하며 씻어낸 마사토는 음료수를 마시며 식당으로 향했다.

"……어라, 불이 켜져 있네. 누가 있나?"

식당을 쳐다보니, 마마코가 있었다. 테이블 구석에서 열심히 뭔가를 쓰고 있었다.

"또 운영의 앙케트……는 아닌 것 같네."

"어머, 마 군. 벌써 목욕을 마친 거니? 엄마도 같이 목욕할 생각이었는데 말이야."

"빨리 마친 덕분에 목숨을 건졌네. ……그런데 이번에는 뭘 하고 있는 거야?"

"이것도 앙케트야. 작성해서 가져다주면 선물을 준대."

마마코가 앙케트 용지를 보여줬다. 종이 매체로 된 앙케트다.

마사토는 그 용지에 적힌 답변을 읽더니, 질색을 하는 표정을 지었다. 참고로 이런 표정을 지은 건 오늘 들어 벌써 세 번째다.

"받고 싶은 선물이 사이좋은 모자 물통…… 아무 짝에도 쓸모없는 건데…… 그것보다 내 말 좀 들어봐."

"응. 왜 그러니?"

"여기에 스페셜 이벤트, 라고 적혀 있는데……."

"정말 멋진 이벤트란다!" 반짝~!

"그, 그래. 텐션이 하늘을 찌르나 보네. ……또 어머니를 위한 이벤트야?"

"아냐. 지난 번 같은 대회가 아니라, 마 군도 다른 아이들도 함께 참가할 수 있는 이벤트야! 그래도 여차하면 엄마한테 다 맡겨도 돼! 엄마가 힘낼게!"

"엄마가 의욕을 불태우니까 오히려 불안한데……."

"그래서 그런데, 마 군한테 부탁이 있어!"

마마코는 마사토에게 다가오며 졸랐다! 「마 군, 들어줄 거지?!」, 「들러붙지 말라고!」 마사토는 반사적으로 손을 뻗어서 가드했지만, 마마코는 그 가드를 뚫으며 더욱 들러붙었다!

"내일, 다 같이 이벤트에 참가하고 싶어! 어떻게 생각하니?!" 꾸욱꾸욱!

"내일? 내일은…… 별다른 일정이 없어서, 다른 애들도 「뭐 재미있는 일 없을까~」 하고 말하던데……."

"그럼 잘 됐네! 저기, 마 군? 이벤트에 참가하자!" 꾸욱꾸욱 꾸욱꾸욱!

"하아, 정말! 알았어! 참가하면 될 거 아냐! 내일은 엄마와 함께 그 스페셜 이벤트란 것에 참가할게! 그럼 됐지?!"

"고마워, 마 군! 마 군이 그렇게 말해주니 정말 기뻐!"

"헉?! 위험해?!"

마사토가 허락을 하자, 마마코는 주저 없이 열렬한 허그를……! 「마~ 군~!」, 「그렇게는 안 돼!」 마사토는 마마코의 어깨를 잡아서 어머니의 접근을 저지했다!

"좋아! 간발의 차이로 세이프! ……나는 툭하면 엄마와 허그를 하는, 그런 물러터진 아들이 아니라고! 후하하핫!"

“어머나. 마 군도 참. 사양할 필요 없잖니.”

“사양하는 게 아냐! 스킨십 좀 작작 하라고 내가 항상 말했지?!”

아들을 끌어안고 싶은 마음에 저항을 도모하던 마마코는 투덜거리면서 포옹을 포기했다.

마사토는 그제야 한숨 돌렸…….

“그럼 앙케트 작성을 마무리지어야지. ……【추신. 아들인 마 군도 엄마와 함께 참가하게 되어서 의욕이 샘솟는 것 같으니, 더욱 고대돼요!】 ……다 됐어. 사이좋은 모자답게 힘내자, 마 군. 우후후.”

“뭐엇?! 말도 안 되는 소리 하지 마! 그렇게 써놓으니까 엄마한테 어리광 부리는 아들 같잖아!”

자신이 쓴 희망사항으로 가득 찬 문장에 마마코가 매우 만족한 가운데…….

용사 모자지간과 동료들의 스페셜 이벤트 참전이 결정됐다!

제4장
시장만 보고 올게……하고 말했지만, 그러지 못하는 이가 바로 어머니라는 존재다.

느닷없이 사투가 벌어졌다. 어떻게 설명하면 좋을지 감이 안 올 정도로, 격렬한 사투의 막이 올랐다.

전투가 개시되자마자, 와이즈가 선봉에 서면서 결사의 각오로 돌격을 감행했다.

“여기는 나한테 맡겨! 초절정 현자의 힘을 보여주겠어!”

스타트 대시의 기세 자체는 매우 좋지만…….

“어, 어라? ……잠깐마아아아안?! 기, 기, 기다려?! 꺄앗?!”

와이즈는 양사이드의 동그랗게 만 머리카락을 잡히더니, 그대로 가볍게 내던져졌다. 상당한 대미지를 입었다!

상대는 숫자가 많고, 투쟁 의욕이 왕성하며, 비정상적인 힘을 지녔다.

동료 중 한 명이 빈사 상태가 됐다. 이럴 때는 회복 담당이 나설 때지만…….

“와이즈 양이 무력하고 아무 짝에도 쓸모없는 건 일상다반사니까요. 어쩔 수 없죠……. 여기는 제게 맡겨주세요!”

미소녀 스마일을 머금은 메디가 지면에 널브러진 와이즈를 무시하며 돌격을 감행했다.

그리고 무리 안으로 뛰어들어서 성과를 내려고…….

"어, 잠깐…… 저, 저기…… 꺄아아아앗?!"

무리 안으로 뛰어 들어가는 것이 무리였다. 목덜미를 잡힌 메디는 그대로 허무하게 내던져졌다. 「헬로~ 마이~ 프렌드~」, 「구, 굴욕적이에요……!」 와이즈의 옆에 내던져지더니, 그대로 바닥에 쓰러져서 눈물을 흘렸다.

역시 메디도 막지 못했다. 아무래도 물러서야 할 때인 것 같았다.

"무리네. 좋아, 포기하자." 냉큼.

"마사토 씨, 기다려주세요! 제가 어떻게 해볼게요! 다녀올게요! 에잇~!"

"앗, 포타?!"

포타마저 돌격을 감행했다.

조그마한 몸을 활용해, 무리를 헤치며 어찌어찌 전진을 했지만…….

"어, 어라? 어, 어엇, 꺄아아아아앗?!"

이리 치이고 저리 치이며 눈이 빙빙 돈 포타는 몸까지 빙글빙글 돌고 있었다. 「포타! 내 손을 잡아!」, 「예에에에에……」 마사토가 어찌어찌 포타의 손을 잡아당겨서 구출했다.

아무래도 상대가 너무 강했다. 승산이 너무 없었다.

"역시 무리야. 아무래도 물러설 수밖에 없겠어."

마사토는 철수 지시를 내리려고 했다.

하지만 바로 그때였다.

"마 군, 걱정하지 마! 엄마만 믿어! ……그럼 다녀올게! 오~!"

마지막으로 남아있던 마마코가 그대로 힘차게 기합을 질렀다.

오른손에는 활활 타오르는 불꽃같은 색깔을 띤 장바구니.

왼손에는 짙디짙은 푸른색을 띤 장바구니.

장바구니를 두 개나 장비한 마마코가 빙긋 웃으며 돌격했다.

"잠시 실례할게요. 좀 지나갈게요. 비켜주셔서 감사해요."

마마코는 저 무리 안을 어마어마한 속도로 돌파하더니…….

특판 상품을, 거머쥐었다.

"어머, 이건 괜찮네. 아, 이것도 사야겠어. 정말 싸잖아. 이것도 사는 편이 좋겠네."

원래 사려던 상품과 그렇지 않은 상품을 순식간에 살펴본 후, 살 것들을 차례차례 장바구니에 넣었다. 장보는 속도가 정말 어마어마했다.

"하아…… 역시 엄마가 대활약을 하네. 뭐, 예상대로야."

마사토는 어이없어 하면서 손에 쥐고 있던 전단지를 힐끔 쳐다보았다.

【1년에 한 번 뿐인 스페셜 이벤트! 초초초특가 세일 개최!】

마사토 일행이 참가한 것은 그런 싸움이었다.

"바겐세일 때도 무쌍 그 자체네. 역시 마마코 씨는 대단해."

"매장 전체를 꼼꼼히 살펴보면서 남들 곱절은 될 양을 구매하시네요. 정말 압권이에요."

"마마 씨, 대단해요! 슈퍼 엄마세요!"

그게 얼마나 대단한 건지 느낀 여자애들은 마마코의 움직임을 보며 감동하고 있는 것 같지만…….

마사토는 아무래도 상관없었다.

"……일단 경품교환이나 해올게."

노도와 같은 기세로 특판 코너에 몰려있는 손님들, 그리고 그 사이에서 무쌍을 찍고 있는 마마코에게서 돌아선 마사토는 사이좋은 모자 물통을 받으러 갔다.

장보기라는 이름의 격전을 마친 마사토 일행은 대량의 전리품을 포타의 가방에 넣은 후, 가게를 나섰다.

그들의 눈앞에는 새하얀 흙벽과 벽돌로 만든 벽에 따뜻한 느낌의 지붕이 놓인 건물들이다. 왕도 판타지에 나올 법한 마을이자…… 눈에 익은 풍경이다. 상냥하게 불고 있는 바람의 향기 또한 왠지 반갑게 느껴졌다.

마사토 일행은 현재 모험의 출발 지점인 카산 왕국의 수도에 와있었다.

"느닷없이 카산에 돌아가고 싶다고 해서 무슨 일인가 했더니……."

"그야 1년에 한 번 뿐인 특가 세일이잖니? 2천 맘 이상 쇼핑할 때마다 달걀 한 팩을 무료로 받을 수 있단 말이야."

"하아, 알았어. 엄마로서는 절대 놓칠 수 없는 이벤트인 거네. ……꽤 짭짤한 퀘스트가 있었는데, 세일을 우선하다니……. 모자지간의 모험은 진짜 문제투성이네."

"짭짤한 퀘스트? 먹을 수 있는 퀘스트도 있는 거야?"
"그런 의미가 아냐. 보수가 엄청 좋은…… 하아. 됐다, 됐어."
퀘스트는 먹거리가 아니에요, 같은 설명을 하는 것도 귀찮으니 그냥 넘어가기로 했다.
그런 마사토의 태도를 본 동료들이 한 소리 했다.
"저기, 마사토. 투덜대지 좀 마. 꽤 이득을 보기도 했잖아."
"맞아요. 싸고 질 좋은 식재료를 확보했으니까요."
"마마 씨는 맛있는 음식을 만들어주세요! 저는 벌써부터 기대돼요! ……아, 마사토 씨! 준비가 됐어요, 자요!"
"응……?"
포타가 내민 것은 경품으로 받은 사이좋은 모자 물통의 자식용 물통이다.
"HP회복 포션을 넣어놨어요! 마마 씨의 물통도 준비됐어요! 받아주세요!"
"고마워. 어깨에 걸치고 다닐 수 있구나. ……이러면 되지?"
마마코는 물통을 장비했다. 커다란 가슴 사이에 물통의 끈이 파묻혔다.
"마 군도 장비해."
"무리예요. 봐주세요. 제발 살려주세요."
"저기, 마사토. 너무 사양하지 마. 푸풉."
"포타에게는 미안하지만, 이걸 장비하는 건 무리야! 한 번 상상을 해보라고!"
사이좋은 모자 물통을 장비한 용사 모자가 전투를 치른다.

혼신의 일격! 물통이 격렬하게 흔들린다! 필살기가 작렬! 물통 컷인!

이 물통을 장비하고 전투를 치르는 건 무리다. 「푸하하! 시리어스가 사망하겠네!」, 「내 말이 그 말이야!」 흔들리는 물통이 눈길이 간 나머지, 다들 전투에 집중하지 못할 것이다.

사이좋은 모자 물통은 어디까지나 컬렉션 아이템으로서 포타가 보관하기로 했다.

"아무튼 장보기는 끝난 거지? 그럼 이제부터 퀘스트를 하러 가자!"

전송마법으로 원래 있던 마을로 돌아가서 짭짤한 퀘스트를 수행하는 것이다. 그렇게 생각한 마사토는 이 대화를 일찌감치 마치려 했다. 하지만…….

"어머? 저 가게는 뭘까?"

마마코가 갑자기 멈춰서더니, 길가에 있는 건물을 쳐다보았다.

"엄마, 뭘 하려는 거야? 쇼핑은 이제 그만…… 어?"

마마코가 쳐다본 건물은 상점처럼 생겼지만…….

그 건물에 달린 간판에는 가게 명칭도, 어떤 장사를 하는지도 적혀 있지 않았다.

와이즈와 메디는 건물을 쳐다보며 고개를 갸웃거렸다.

"폐점한 가게 같지 않아? 혹은 개점 준비 중?"

"새로 지은 건물 같으니까, 이제부터 영업을 시작하려는 가게 같은데…… 아무런 작업도 하지 않는군요……."

"제가 가서 보고 올게요!"

포타가 건물 쪽으로 뛰어가더니, 창문을 통해 안을 쳐다보았다. 그리고 갑자기 「와앗?!」 화들짝 놀라며 몸을 뒤편으로 젖혔다.

마사토는 서둘러 포타가 있는 곳으로 뛰어가서, 건물 안을 쳐다보았다.

"어이, 왜 그래?! 대체 뭘…… 아……."

그 건물의 내부는 패스트푸드점을 연상하게 했다. 주문을 받는 카운터가 있고, 테이블 세트가 몇 개나 있으며…….

입구 통로의 한가운데에는 관이 놓여 있었다.

"아…… 우리 앞에 나타난 관에는 대부분 그 사람이 들어 있잖아."

마사토가 그렇게 말하자, 가게 안을 쳐다보던 동료들이 일제히 고개를 끄덕였다.

건물은 잠겨 있지 않았다. 「마치 환영받고 있는 것 같아서, 기분이 나쁘네」 마사토 일행이 안으로 들어간 후, 메디가 소생 마법을 사용했다.

관이 사라지더니, 수녀 복장을 한 예의 그 사람이 몸을 일으켰다.

"이번에도 이렇게 소생시켜주셔서 감사합니다. 저는 시라아세…… 여러분의 여행을 돕는 안내자이자, 때때로 사소한 부탁을 드리기도 하는, 벌레 한 마리 죽이지 못할 듯한 시라아세라는 점을 여러분에게 알려드립니다."

그 어떤 상황에서도 냉정한 표정인 시라아세가 고개를 꾸벅 숙였다.

"그럼 저를 살려주신 여러분에게, 답례로 이 땅과 건물을 선물하겠습니다. 이곳에서 멋진 가게를 경영하며, 방황하는 부모자식들을 도와주십시오. 잘 부탁드립니다."

마사토 일행은 부동산 자산을 손에 넣었다! 자산을 유효 활용하는 모험이 시작됐다!

하지만 그런 모험을 할 생각이 없는 마사토가 시라아세를 도끼눈으로 쳐다보았다.

"이번에는 또 뭘 꾸미고 있는 거예요?"

"그렇게 말씀하시니 섭섭하군요. 저는 어디까지나 순순하게, 여러분에게 협력을 요청 드리고 있는 것뿐입니다. ……실은 좀 곤란한 문제가 발생해서 말이죠."

"곤란한 문제? 대체 어떤 문제니?"

"운영 측과 관련된 일입니다만…… 이 게임은 부모자식 사이의 유대를 중요시하고 있는데도 불구하고, 부모자식을 지원하는 서포트 체제가 부족하다는 의견이 쇄도하고 있습니다……."

"서포트 체제가 부족해? 나는 그렇게 느낀 적이 없는데 말이야."

와이즈가 별생각 없이 그렇게 중얼거리자…….

시라아세는 매우 진지한 표정으로 와이즈를 응시했다.

"예를 들자면, 어떤 모녀지간이 심하게 다툰 끝에 헤어지는 사건이 발생하거나……."

"윽……."

"반대로 쭉 함께 행동하면서 스트레스가 쌓인 바람에, 결과적으로 심각한 사건으로 발전하거나……."

"그, 그건……."

"특별조치를 이용해, 장기간에 걸쳐 아이만 혼자 모험을 한다거나……."

"어어어어……."

"이런 식으로 여러 부모자식이 멋대로 행동하면서 다양한 문제가 발생했고, 그것을 계기로 서포트 체제의 강화가 요구되고 있습니다."

와이즈의 말실수 탓에, 메디와 포타도 한소리 듣고 있었다.

방금 언급된 사례의 당사자인 세 사람은 할 말이 없는 것처럼 고개를 숙이고 있었다. 다들 많은 이들에게 폐를 끼쳤다는 것을 자각하고 있는 것 같았다.

시라아세는 만족한 것처럼 고개를 끄덕이더니, 말을 이었다.

"운영 측으로서는 서둘러 부모자식을 위한 상담 창구를 만들기로 했습니다. 우선 제가 시설을 설치할 장소를 살펴보러 왔습니다만…… 예측하지 못한 버그 때문에 사망했고……."

"우연히 이 근처를 지나던 저희가 시라아세 씨를 소생시킨 바람에, 불행하게도 성가신 일을 맡게 된 건가요."

"실수로 악마의 봉인을 풀고 말았다, 같은 식의 반응을 보이니 섭섭하군요. 아무튼, 그렇게 된 겁니다. 어떻게 하시겠습니까?"

"너무 갑작스러운 이야기라……."

"물론 모험을 우선하셔도 됩니다. 시설 운영은 모험 도중에 기분전환 삼아서, 혹은 서브 이벤트…… 아니면 실컷 폐를 끼친 점에 대한 속죄라 여기며 협력해주셔도 괜찮습니다."

"그, 그거 괜찮네! 할게! 하면 되잖아!"

"다른 사람이 같은 실수를 저지르지 않도록, 이끌어주는 것도 좋겠죠!"

"아, 예! 저도 엄청 돕고 싶어요!"

자신의 죄를 씻어내고 싶은 여자애들이 의욕을 보이며 그렇게 말했다. 아니, 필사적이었다.

게다가, 마마코도…….

"지금까지의 경험으로 다른 가족들을 도울 수 있을지도 모르는 거네. 정말 멋진 일이야. ……저기, 마 군. 한 번 해보는 게 어떨까? 응?"

마사토에게 찰싹 달라붙더니, 방긋 웃으며 그렇게 말했다.

"하아……. 엄마는 아들과 함께 모험한 나날들을 남들에게 이야기해주고 싶은 것뿐이잖아."

"그, 그렇지 않아. 그냥 이야기만 하고 싶은 게 아니라, 남들에게 도움이 되었으면 해서……."

"알았어. 알았다고. 엄마가 수다를 좋아한 게 하루 이틀 일도 아니잖아……."

바로 그때였다.

"와이즈 양, 메디 양, 포타 양. 그리고 마마코 씨도 협력을 해주시는 거군요. 감사해요. 그럼 결정이 된 걸로 알겠습니다."

"어? 저기, 시라아세 씨? 제 의견은요?"

마마코가 동의한 걸로, 결정이 난 것이나 마찬가지다.

"그럼 마마코 씨. 대표로 이 서류에 기입을 부탁드립니다. 느낌에 따라 대충 작성하셔도 돼요."

"내가 적으면 되는 거구나. 그런 느낌에 따라……." 슥슥.

"어?! 잠깐만!"

"그럼 뒷일은 저에게 맡겨 주시죠. 잘 부탁드립니다."

책임자인 시라아세가 그 서류에 도장을 찍자, 수속은 간단히 완료됐고…….

상업구역의 가장 비싼 땅에, 신장개업한 가게의 이름은 바로!

【엄마 해결사】

간판에 적힌 글자를 몇 번이나 봐도, 다양한 각도에서 봐도, 거기에는 엄마 해결사라고 적혀 있었다.

마사토는 가게 앞의 통로에 엎어진 채, 일어서지 못했다.

"어이…… 이게 대체 어떻게 된 거냐고……."

"저기, 마 군?! 왜 그러니?! 엄마는 참 멋진 가게라고 생각해!"

"뭐가?! 어디가?! 멋진 부분은 하나도 안 보이거든?!"

카네이션이 장식된 화사한 카페 분위기인 가게에, 【엄마 해결사】라 적힌 간판이 떡하니 걸려 있었다.

게다가 마사토에게 있어서는 친어머니가 경영자인 가게다. 「어쩌면 비디오 대여점의 19금 코너보다 들어가기 힘들 거라고」, 「어머, 마 군. 그런 곳에……」, 「드, 들어간 적 없어!」 어디까지나 마사토 개인의 감상이다.

"저기, 엄마! 내 말 좀 들어봐! 이건 여러모로 문제라고!"

"어머, 어디가 문제인 거니?"

"우선 여기가 어떤 가게인지 알 수가 없잖아!"

"엄마 해결사의 가게니까, 『아, 여기는 가정의 문제를 해결해주는 가게구나』 하고 다들 생각할 것 같은데……."

"아무도 그렇게 생각 안 해! 진짜 영문을 모르겠네! ……다른 녀석들도 이딴 가게 명칭에 납득하지 않을 거라고!"

내 동료들도 불만을 드러내며, 불평을 늘어놓을 것이 틀림없다!

마사토가 가게 안으로 뛰어들어가 보니…….

"어서 오세요! 엄마 해결사에 잘 오셨어요~!" 흐흥.

"곤란해 보이시는 군요. 그래도 안심하세요." 빙긋.

"마마 씨, 그리고 저희가 고민을 해결해드릴게요!" 방긋!

여자애들의 접객 스마일이 정말 눈부셨다. 진심으로 즐거워하며 종업원을 하고 있었다.

"……저기, 다들 나 좀 봐. 차분하게 이야기를 나눠보자고."

"마사토, 왜 그래? 의욕이 없는 것 같네."

"의욕이 날 리가 없잖아! 이 가게는 너무 이상하다고! 우선 이름이 이상해! 엄마 해결사라니……!”

“고민이 있는 어머니들이라면 『그럴 때는 바로 여기!』 하고 바로 떠오를 것 같지 않아?”

“어머니에 관한 고민을 가지고 있는 분들도 바로 떠올릴 수 있을 거예요.”

“『엄마』라는 말만 들어도, 저는 왠지 안심이 돼요!”

“맙소사……. 다들 정체불명의 힘에 물들어버렸어…….”

지금 믿을 사람은 마사토뿐이다. 어떻게든 이 바보 같은 상황을 타개해야만 한다.

마사토가 타개책을 생각하고 있을 때였다. 가게 앞에 호화로운 마차가 정차했다.

“잠시 실례할게. 오호호호.”

화려한 드레스를 입은 여성이 가게 안으로 들어왔다. 단순한 부자가 아니라, 고귀한 분위기를 지닌 귀부인이었다.

그 뒤를 이어 병사들이 가게 안으로 뛰어 들어오더니, 그 여성을 호위했다.

존댓말을 쓰지 않았다간 그 자리에서 처형당할지도 모른다……. 병사들의 굳은 표정을 보니, 그런 생각이 들었다.

“으음…… 저기, 누구신지……?”

“어머. 이 나라에 있으면서 나를 알아보지 못하다니…… 당신, 혹시 테스트 플레이어야?”

“아, 예. 그런데요…….”

“그렇구나. 그럼 어쩔 수 없이 자기소개를 해야겠네. ……내 이름은 퀸 오브 카산. 이 나라의 여왕이야."

"이름이 괴상하긴 한데, 여왕 폐하 되시옵나이까?!"

"오호호. 그렇게 긴장할 필요 없어. 나도 대충 지은 듯한 이름이 영 마음에 들지 않으니까, 그냥 여왕 폐하라고만 불러주면 좋겠네. 그리고 오늘은 비공식적으로 이곳에 온 거니, 격식을 차리지 않아도 돼."

퍼스트레이디께서 이 가게를 찾아주셨다.

"그럼, 저기, 질문이 있는데…… 여왕 폐하께서, 왜 여기에 온 거죠?"

"가게 이름이 신경 쓰여서 들러본 거야."

"저 바보 같은 간판으로 최상급 VIP를 낚았어?!"

"바보 같다니, 당치도 않아. 이 가게의 이름을 본 순간, 『여기는 꼭 들어가 봐야 해!』라는 느낌이 들었지. 오호호."

"맙소사……."

마사토가 고개를 돌려보니, 와이즈가 의기양양하게 고개를 끄덕였다. 왠지 분했다.

"그런데, 여기는 아직 오픈을 하지 않은 거야?"

"아뇨, 이미 영업 중이에요. 자, 앉으시죠."

마마코는 숙련된 점장 같은 관록을 발휘하며 여왕을 테이블석으로 안내했다.

종업원인 세 소녀도 재빨리 움직였다.

"기념비적인 제1호 손님이야!"

와이즈는 카운터 안쪽으로 뛰어가더니, 화염 마법으로 물을 데워서 차를 끓였다.

"아까 장을 보러 갔을 때, 과자를 잔뜩 사두기 잘했어요!"

포타는 숄더백에서 과자를 산더미처럼 꺼내더니 그릇에 담기 시작했다.

"그럼 뒷일은 저한테 맡겨주세요. 귀족을 대하는 예의범절이라면 숙지하고 있어요."

차와 과자가 준비되자, 서빙 담당인 메디가 그것을 테이블로 가져갔다.

전투 때보다 더 완벽한 콤비네이션이었다.

마사토는 할일이 없기에 카운터 안쪽에서 상황을 지켜보기로 했다.

마마코와 여왕이 이야기를 시작했다.

"그런데 이 가게는 뭘 하는 곳이야?"

"간단히 말해 가정에서의 고민을 해결해주는 가게라고나 할까요? 오지랖일지도 모르지만, 가정의 문제로 곤란해 하는 사람이 있다면 도와주고 싶어서 이런 가게를 차렸답니다."

"어머나, 그렇구나! ……그럼 내 고민을 좀 들어주겠어? 왕자, 그러니까 내 아들 말인데…… 요즘 들어 나한테 어리광을 부리지 않아."

"쓸쓸하시겠군요……."

"맞아. 정말 쓸쓸해……. 이럴 때, 백성들은 어떻게 할까? 괜찮다면 지혜를 빌려줬으면 해."

여왕이 말한 것은 부모자식간의 문제다. 내용만 따지자면 마사토가 이해할 수 없는 영역이지만, 엄마 해결사의 전문 분야다.

그러니 마마코가 대활약을 하며 이 문제를 해결해줄 것을 기대하자……고 생각했을 때였다.

"아, 그래. 백성들 하니까 생각난 건데…… 이곳에 오는 도중에 많은 사람들이 모여 있는 가게를 봤어. 거기는 뭐하는 가게일까?"

"그 가게는 1년에 한 번 뿐인 바겐세일을 하고 있어요!"

"바겐세일? 처음 듣는 단어네. 자세하게 이야기를 해주지 않겠어?"

"네! 물론이죠!"

"……이봐."

이야기가 탈선되기 시작했다.

이렇게 되면, 어머니들의 수다를 막는 것은 불가능하다…….

한 시간 이상 훌쩍 지났다.

"어머나, 너무 오래 잡담을 나눴네. 오래 머물러서 미안해."

"괜찮아요. 당신과 대화를 나누면서 무척 즐거웠어요."

"응. 나도…… 어머, 그러고 보니…… 나는 상담을 받으러 온 거였지."

"자식이 어리광을 부리지 않는다고 하셨죠? 그럼 우선 단둘이서 함께 보내는 시간을 늘려보시는 건 어떨까요? 자식과 단둘이서 쇼핑을 하는 거죠."

"그래. 자식과 단둘이서 쇼핑을 하다가 뭐라도 사준다면…… 좋아! 그렇게 해볼게!"

겨우 그 정도의 대화만으로 결론이 나온 것 같았다. 소요시간은 겨우 수십 초에 불과했다. ……그리고 상담을 시작하기 전에 잡담을 나눈 시간은 한 시간이 훌쩍 넘었다.

"그럼 힘내세요. 저도 마음속으로 응원할게요."

"고마워! 많은 도움이 됐어! 사이가 좋은 부모자식이 너무 부러운 나머지 부모자식간의 애정표현 금지령을 내릴까 했지만, 그럴 필요는 없을 것 같네! 오호호!"

아무래도 부모자식간의 관계를 뒤흔드는 횡포를 저지한 것 같았다. 만족한 것처럼 보이는 여왕이 호화로운 마차를 타고 돌아갔다.

마사토와 마마코는 정중하게 배웅을 한 후…….

"한 건 해결했네. 좋아."

"좋긴 뭐가 좋다는 거야. 쓸데없는 수다만 실컷 나눴잖아. ……덕분에 이쪽은 괴멸 상태라고."

가게 안으로 돌아가서 카운터 안쪽을 보니, 와이즈를 비롯한 여자애들이 졸고 있었다. 잠드는 것도 무리는 아니었다. 단순한 잡담이 한 시간 넘게 이어졌으니까 말이다.

솔직히 말해 마사토도 졸리지만, 그것보다 마마코에게 할 말이 있었다.

"저기, 엄마. 걱정이 되어서 하는 말인데 말이야. ……그런 어설픈 조언을 해도 괜찮은 거야?"

"어머, 뭐가 어설프다는 거니?"

"여왕 폐하와 왕자가 둘이서 쇼핑을 하면 왕자가 어리광을 부릴 것이다, 같은 소리를 했지? ……하지만 그럴 리가 없어. 무리야. 불가능하다고."

"그렇지 않아. 왕자님은 분명 여왕 폐하께 어리광을 부릴 거란다."

"근거가 있어?"

"엄마의 감이야." 찡긋~☆

"그런 걸……!"

어떻게 신용하냐고! 하고 마사토는 외치려고 했다.

바로 그때, 가게 앞에 호화로운 마차가 정차됐다. 여왕이 돌아온 것이 아니라…….

"잠시 실례해도 될까요?"

화려한 옷을 입은 미남 청년이 가게 안으로 들어왔다. 병사 몇 명을 이끌고 있었다.

평범한 부자가 아닌지, 고귀한 분위기가 느껴졌다. 존댓말을 쓰지 않았다간 처형당할 것 같은 느낌도 들었다.

"어? 이 느낌은…… 설마……?!"

"우선 이름부터 밝히겠습니다. 저의 이름은 프린스 오브 카산. 제가 다 슬플 정도로 대충 지은 이름이죠. 하하하."

"카산…… 그럼, 혹시 왕자님이신가요?"

"예. 당신 말이 맞습니다. ……저기, 질문이 있습니다. 혹시

이 가게는 어머니에 관한 고민을 상담해주는 곳인가요?"

"응, 그래요."

"역시 그렇군요! 이 가게 이름을 보자마자, 그렇게 생각했어요! ……그럼 저의 고민을 들어주세요! 부탁드립니다!"

저 바보 같은 간판이 또 왕족을 낚았다.

미남 왕자님이 이 가게를 찾았다.

그러니 여자들이 꺄아꺄아~ 하고 새된 환호성을 지를 거라고 생각했지만…….

"오래 기다렸습닷~! 차 세 잔 나왔습닷!"

"과자도 준비됐어요!"

"서빙은 제가 하죠. 다녀올게요."

그녀들은 평소와 다르지 않았다. 자기 일을 척척 수행했다. 그야말로 프로였다. 미남에게는 전혀 관심이 없어 보였다.

"그럼 마사토 군. 엄마 해결사의 종업원으로서, 최선을 다해주세요."

"나, 이 싸움이 끝나면 사표를 낼 거야……."

믿음직한 동료들에게 본의와는 거리가 먼 응원을 받으며, 마사토는 마마코와 나란히 자리에 앉았다. 왕자의 요청에 따라, 로열패밀리의 고민을 듣게 된 것이다.

"으음…… 그런데, 왕자님의 고민은 뭔가요?"

"어리광에 관한 겁니다." 번뜩.

"굳은 표정으로 할 말은 아니네요."

"사실 저의 어머니께서는 제가 어리광을 부리길 바라시는 것 같습니다."

"아~ 예. 그런가요……."

여왕이 아까 자기 입으로 한 말이다. 하지만…….

왕자는 마사토보다 나이가 약간 많아 보였다. 어엿한 청년인 것이다. 그렇다면…….

"아~ 하지만…… 왕자님 정도의 연령이면, 부모님에게 어리광을 부리는 건 무리겠죠."

"무슨 소리를 하는 겁니까! 저는 어리광을 부리고 싶어요!"

번뜩!

"엄청 진지한 표정으로 할 말이 아니네요."

"하지만 어떻게 어리광을 부리면 될지 좀처럼 모르겠습니다. 올바른 어리광이란 어떤 것인지, 가르쳐주셨으면 합니다."

"그런 건 가르침을 구할 사안이 아니라고 생각하니, 빨리 돌아가 주세요."

마사토는 정중하게 돌아가 달라고 요청했지만…….

"고민할 필요는 없어. 자신의 생각대로, 솔직하게 어리광을 부리면 돼."

마마코는 환한 표정으로 그렇게 말했다.

"잠깐만 있어봐. 엄마, 무슨 소리를 하는 거야. 어리광을 부리면 안 된다고."

"엄마는 마 군이 항상 어리광을 부려줬으면 해. 우후후."

"그건 엄마의 희망사항일 뿐이잖아!"

"마, 맞아요. 마마코 씨는 어머니시죠……. 마사토 군은 평소에 어떤 식으로 마마코 씨에게 어리광을 부리죠?"

"저요? 그야……!"

어리광을 부릴 리가 없잖아요! 하고 마사토는 외치고 싶었지만, 입을 꾹 다물었다.

'어라, 그러고 보니…….'

아까 여왕에게는 왕자가 어리광을 부릴 거라는 조언을 해줬다.

그런데 지금 마사토가 어리광을 부정한 바람에, 왕자가 여왕에게 어리광을 부리지 않는다면……?

'여왕 대실망. 불만 폭발에 부모자식간의 애정표현 금지령 발령…… 그 뿐만 아니라…….'

잘못된 조언을 한 엄마 해결사가 여왕의 분노를 살지도 모른다.

종업원, 처형? 단두대행?

"마 군? 얼굴이 새파랗게 질렸네. 어디 안 좋은 거니?"

"아, 아냐! 괜찮거드으은~?!"

전혀 괜찮지 않다.

죽느냐. 사느냐. 목숨을 건 승부를 펼치게 된 것이다.

'어쩔 수 없어! 왕국, 그리고 우리 파티를 구하기 위한 거야! 할 수밖에 없다고.'

마사토는 마마코의 등 뒤로 가더니, 용기를 쥐어짜내서……!

아아아아아아주~ 살짝, 끌어안았다.

“어머나. 백허그니? 마 군은 어리광쟁이라니깐. 우후후.” 반짝~!

스킬 【어머니의 빛】이 발동한 마마코 때문에 어마어마하게 눈이 부셨지만, 참아야 한다.

“와, 왕자님! 일단 이런 식으로 하면 될 거예요! 우리 엄마도 만족한 것 같으니까요! 일단 이런 식으로 해봐요!”

“오오, 그렇군요! 가르침 감사합니다!”

왕자는 감탄한 것 같지만…….

마사토가 고개를 돌려보니 순진무구한 미소를 짓고 있는 포타, 능글맞게 웃고 있는 와이즈, 그리고 억지로 웃음을 참고 있는 메디의 모습이 눈에 들어왔다. 차라리 죽여줘.

그래도 마사토는 소중한 이들을 지키기 위해, 자기 자신을 희생하며 계속 싸워나갔다.

웬일로 용사다운 행동을 하고 있는 듯한 느낌이 들지만, 이건 아니라는 느낌 또한 어마어마하게 들었다.

왕자의 고민을 해결하느라 모든 힘을 다 쓰고 만 마사토는 그대로 숨을…….

거두지는 않았다.

“이 가게는 부모자식간의 고민을 해결해주는 곳이야?”

“내 고민 좀 들어줄래? 우리 아이가 요즘 들어 어리광을 부리지 않는데…….”

“그냥 평범하게 어머니에게 어리광을 부리고 싶은데, 어떻게 하면 될까요?”

엄마 해결사에 차례차례 손님이 몰려왔다.

“자, 마 군! 용사 모자지간의 사명을 다하자! 걱정하지 마! 마 군이라면 할 수 있어! 마 군은 용사잖니!”

“큭! 그런 말을 들으면 할 수밖에 없잖아! ……미리 말해두겠는데, 이게 마지막이야! 진짜로 이게 마지막이라고!”

마지막이라 말하면서도, 마사토는 고민을 스무 건 정도나 들어주었다.

“어리광을 받아주고 싶은 부모…… 어리광을 부리고 싶지만, 대놓고 어리광을 부리는 건 주저하게 되는 자식…… 그런 부모자식의 고민을 해결해주기 위해…… 자, 마 군!”

“으으, 정말! 하면 될 거 아냐! ……오오스키 가문 오의…… 백허그다아아아아앗!”

모든 고민을, 마사토와 마마코의 어리광 시범으로 해결했다.

그리고 노동기준법을 준수하며, 휴식 시간이 됐다.

“이상해……. 탐욕적으로 어리광을 갈구하는 사람이 너무 많아……. 이상하다고…….”

지칠 대로 지친 마사토는 자신을 놀리고 싶다고 얼굴에 적혀 있는 와이즈와 메디를 전력으로 무시하며 테이블에 넙죽 엎드렸다.

“……이 가게, 그냥 폐점하자.”

"마음에도 없는 소리 하지 마~. 실은 즐기고 있잖아~."

"부모자식의 유대로 문제를 해결할 뿐만 아니라, 마마코 씨에게 어리광을 부릴 수 있으니 일석이조네요. 후후후."

"나는! 사람들을! 구하기 위해! 어쩔 수 없이! 스스로를 희생해서…… 크윽!"

"마사토 씨, 수고하셨어요! 과자 드세요!"

"아, 땡큐. 역시 포타는 내 오아시스야~."

마사토는 포타를 귀여워하고, 과자를 먹으면서 힐링 성분과 당분을 보충…….

……같은 식으로 한숨 돌릴 때가 아니었다. 마사토는 벌떡 일어서며 말했다.

"저기, 엄마! 잠깐 나 좀 봐!"

"어머, 왜 그러니? 또 엄마를 꼭 안아줄 거야?"

"꼭 안아준 적 없거든?! 아니, 그것보다……!"

마사토는 뚜껑이 열릴 것 같았지만, 마음을 억지로 진정시켰다.

"저기, 엄마. 이 가게에 관해, 그리고 우리가 할 일이 관해 좀 확인을 해보자."

"응. 좋아."

"시라아세 씨가 우리에게 의뢰한 건, 어디까지나 부모자식들을 서포트하는 거야."

"맞아. 그렇지."

"하지만 시라아세 씨는 테스트 플레이어인 부모자식들을

우리가 서포트해주는 것을 기대하고 있을 거야. 안 그래? NPC 부모자식에게 문제가 있다면, 데이터를 손보면 해결될 거잖아."

"과연…… 그럴까……."

"틀림없어. 그러니까 간판에 『테스트 플레이어 전용』이나 『NPC 사절』 같은 문구를 넣자! 응! 그러는 편이 좋겠어!"

느닷없이 왕족 2연타 후, 일반 손님들이 쉴 새 없이 몰려왔다. 엄마 해결사는 손님들로 북새통을 이루고 있었다. 손님들을 전부 소화하지 못할 정도다.

오오스키 가문 오의 백허그는 마사토의 체력과 정신력을 소모해서 펼치는 기술이기에, 이대로는 마사토의 몸이 버텨내지 못할 것이다.

그러니 하다못해, 손님 숫자라도 줄이고 싶지만…….

"으음……. 테스트 플레이어니, NPC니, 어리광쟁이니, 같은 것에 집착할 필요는 없지 않을까? 모든 부모자식이 사이좋아진다면, 다들 행복할 거잖니. 우후후."

"부탁이니까 좀 집착하자고! 그리고 어리광쟁이를 따로 언급할 필요는 없잖아!"

마마코는 의욕이 넘치는 것 같았다. 손님이 얼마든지 와보라는 듯한 느낌이다. ……오오스키 가문의 오의는 마사토를 피폐하게 만들지만, 마마코를 활성화시키는 기술이다. 다음 손님이 기다려져서 어쩔 줄 모르는 것 같았다.

바로 그때였다.

"……저기, 잠깐 실례할게요."

"히이이익?! 또 어리광 상담이야?!"

가게에 들어온 이는 꽤 피곤해 보이는 중년 여성이었다.

"가게의 간판을 보고, 어쩌면 이곳이라면 저의 고민을 해결해줄지도 모른다는 생각이 들어서 들어와 본 건데요……."

"예. 말씀해 보세요."

"잠깐만! 「어떻게 해야 자식이 저한테 어리광을 부릴까요?」 같은 고민이라면, 저희 가게에서 해결해드리지 않아요……!"

"아, 저기, 그게 아니라…… 정반대예요."

"예? 반대라니……."

"딸이 저한테 너무 어리광을 부려서…… 곤란하다고나 할까요……. 부모로서 어떻게 하면 좋을지 모르겠어요."

어리광을 받아주고 싶다거나 어리광을 부리고 싶다는 고민이 아니라, 새로운 타입의 고민이었다.

"따님이 너무 어리광을 부른다고요……. 구체적으로 얼마나 어리광을 부리는 거죠?"

"말로 어떻게 설명을 해야 할지 모르겠는데…… 괜찮다면 저희 집에 오셔서 딸을 직접 봐주시지 않겠어요? 부탁드리겠어요."

마마코가 이 의뢰에 NO라고 대답할 리가 없었다.

이 여성 손님의 이름은 리네였다.

딸을 직접 봐줬으면 한다는 의뢰에 따라, 마사토 일행은 리네의 집으로 향했다.

"이곳이에요. 자, 들어가시죠."

안내된 곳은 꽤 유복한 사람들이 살 것 같은 깨끗한 주택가였다.

하지만 리네의 집만 부자연스러운 형태를 하고 있었다.

집 곳곳이 나무판자 같은 것으로 대충 수리가 되어 있는 상태였다. 정원의 화초와 나무는 억지로 뽑은 것처럼 엉망이었다.

"마치 흉포한 무언가가 날뛴 것 같네……. 무슨 일이 있었던 건가요?"

"아, 아무 일도 없었어요! 손볼 시간이 없었을 뿐이에요……. 아, 아무튼, 딸을 소개할게요! 자, 이쪽으로 오세요!"

손본다고 어떻게 될 수준은 아니라고 생각하는데 말이다.

리네가 묘하게 허둥대면서 현관문을 열자, 느닷없이…….

"엄마~! 나, 집 잘 봤어~! 집 잘 보면 머리를 쓰다듬어주기로 약속했잖아~! ……앗?!"

복도 안쪽에서 기묘한 무언가가 엄청난 기세로 뛰어오더니…….

"소, 손님이 오셨군요! 처음 뵙겠습니다! 전 모네라고 해요! ……휴우, 세이프야."

순간적으로 태도를 바꾸더니, 정중하게 인사를 했다.

그녀는 리네의 딸인 모네다. 나이는 열다섯 살이라고 한다.

겉모습만 보면 귀여운 축에 든다고 할 수 있는 소녀다.

'드디어 내 히로인이 등장했구나, 같은 식으로 여기고 싶은

데…….'

하지만 어머니한테 지나치게 어리광을 부려대는 문제아다.

곳곳에 나무판자로 응급처치가 되어 있는 거실로 안내된 후, 응급처치가 된 소파에 앉아서 홍차와 케이크를 대접받으며 이야기를 시작하려고 한 그 순간이었다.

"으으으~! 역시 무리야! 더는 못 참겠어! ……어…… 엄마~!!"

모네는 옆에 앉아있는 리네를 향해 몸을 기울이더니, 어머니의 무릎에 볼을 비벼댔다.

"으, 으음, 모네? 이제부터 저 분들과 중요한 이야기를 해야 하니까, 좀……."

"응! 마마의 무릎을 베고 누워서 들을게~!"

"저, 저기 말이지? 제대로 앉아서……."

"저기, 엄마! 나, 케이크 먹고 싶어! 먹여줘! 아~!"

"머, 먹고 싶으면 직접……."

"엄마가 먹여주면 더 맛있단 말이야~! 그러니까, 아~!"

리네는 어리광을 부리는 모네에게 케이크를 먹여주면서, 금방이라도 울음을 터뜨릴 듯한 표정으로 마사토 일행을 쳐다보았다. 이미 두 손 두 발 다 든 것 같았다.

모네가 어리광을 부리는 모습을 본 와이즈와 메디는 물론이고, 포타와 마마코도 얼이 나간 것 같았다. 아무튼 일단 대처를 해보기로 했다.

"엄마 해결사가 나설 차례네. 어떻게 할 거야?"

"이, 일단 딱딱한 걸로 머리를 때리는 건 어떨까? 그러면 정신을 차릴지도 몰라."

"그래요. 그럼 제가……."

"아앗! 메디 씨의 타격력으로 때렸다간 중상을 입을 거예요!"

"그래. 거친 짓은 피하는 편이 좋을 것 같아."

"그렇기는 하지만……. 그럼 대체 어떻게 할 거야?"

마사토가 묻자, 마마코는 굳은 표정을 지으며 생각에 잠겼다.

"엄마를 좋아하는 건 나쁜 일이 아니지만…… 지금은 너무 과한 것 같아……. 으음…… 좀 적절한 거리를 유지하게 된다면 좋겠는데……."

"맞아. 적절한 거리가 중요해."

"응. 예를 들자면, 이 정도 말이야."

마마코는 마사토에게 다가가더니, 은근슬쩍 팔짱을 꼈다.

어머니의 커다란 가슴이 마사토의 팔에 닿다 못해, 아예 포근히 감쌌다.

"그래. 딱 이 정도…… 라니 무슨 소리를 하는 거야?! 너무 가깝다고!"

"어머, 그래? 엄마는 이 정도가 적당하다고 생각하는데 말이야."

"적당하기는 무슨! 이건 아들과의 적당한 거리라기에는 너무 가깝다고!"

마마코의 감각은 믿을 수가 없다. 완전 꽝이다.

마사토는 부드러운 가슴에 닿지 않도록 조심하며 마마코를 밀어낸 후…….

“아무튼 중요한 건 거리감이야. 그걸 가르쳐줄 사람은…… 와이즈!”

“흐흥~. 내 차례인 거네. 맡겨만 줘.”

와이즈는 자신의 어머니와 다툴 정도로 사이가 좋다 같은 느낌의 거리를 유지하고 있다. 좀 폭력적이기는 하지만, 나쁘지 않은 모녀관계다.

자신만만하게 자리에서 일어선 와이즈는「잠시 실례할게~」모네 모녀 사이에 비집고 들어가더니, 두 사람 사이에 앉았다.

그 순간, 모네가 발끈하며 고함을 질렀다.

“뭐하는 거야?! 나와 엄마 사이에 끼어들지 마!”

“미안해~. 그래도 너무 화내는 거 아냐?”

“화내는 게 당연하거든?! 절대 용서 못해! 이 악마! 나와 엄마의 유대를 끊으려 해?! ……이렇게 되면…… 에잇!”

분노에 사로잡힌 모네의 공격.

모네는 손에 힘을 모으더니, 와이즈의 옆구리를 움켜잡았다.

“악마여, 물렀거라!”

“잠깐, 뭐하는, 꺄하하하하하핫?!”

와이즈는 그대로 소파에서 미끄러지더니, 바닥 위에서 깔깔 웃으며 굴러다녔다. 아무리 도망치려 해도, 모네의 간지럼 공격에서 벗어나지는 못했다.

팬티가 훤히 드러나고 있지만, 와이즈의 표정이 안쓰럽기 그 자체인지라 마사토는 그저 고개를 돌릴 수밖에 없었고…….

5분 후.

"하, 하찌 마…… 내까, 짤모태써……." 털썩.

"악을 멸했어! 모녀지간의 유대가 승리한 거야!"

승부가 갈렸다. 모네는 승리의 함성 삼아 「엄마~!!」 하고 외치며 리네의 품에 안겼다.

물리적으로 두 사람 사이의 거리를 벌리는 작전은 실패로 돌아갔다.

"역시 와이즈는 무리였네. 뭐, 와이즈니까 실패하는 것도 무리는 아냐."

"허, 헛소리 하지 마……. 그것보다, 보고 있지만 말고 좀 도와……."

"그럼 다음은 메디!"

"와이즈 양은 저희 중에서 가장 약하죠. 제가 진정함 힘을 보여주겠어요."

다음 자객은 메디다.

메디는 리네의 옆에 서더니 그녀의 어깨에 손을 얹었다.

"모네 양. 잘 들으세요. 이제부터 당신의 어머니가 마음속에 품고 있는 생각을 당신에게 알려주겠어요."

"엄마의 생각?! 듣고 싶어!"

메디는 남의 생각을 읽는 스킬을 지니지 않았다.

하지만 메디는 의식을 집중하며, 그럴 듯한 어조로 천천히 이야기를 시작했다.

"당신의 어머니는 이렇게 생각하고 계세요. ……모네 양을 딸로서 소중히 여기고 있지만……."

"있지만?"

"너무 어리광을 부려서 꽤 걱정하고 계신 것 같군요."

"뭐? 나, 엄마에게 어리광을 너무 부리는 거야? ……그렇지는 않다고 생각하는데…… 엄마는 한 번도 그런 말을 한 적이 없는걸……."

"당신의 어머니는 자신의 생각을 솔직하게 말하지 못하는 성격이신 것 같군요. 하지만 마음속으로는 분명 그렇게 생각하고 계세요. ……안 그런가요? 리네 씨."

리네는 그 말을 듣더니, 머뭇거리면서도 고개를 끄덕였다. 본심을 표현한 것이다.

이런 식으로 모네를 설득한다면…….

"그리고 솔직히 말해 기분 나쁠 정도로 어리광을 부린다고 생각하세요. 정신이 나간 건 아닐까 하고 생각하고 계시죠."

"예에에엣?! 엄마, 나를 그렇게 생각하는 거야?!"

"메디, 멈춰! 그건 네 본심이잖아!"

"아, 무심코……."

내추럴하게 속이 음흉한 메디가 무심코 자기 본심을 말했다.

리네는 그렇게까지 생각하지는 않는다는 듯이 고개를 저었다.

끝났다.

"엄마는 아니라잖아! ……이익…… 나를 속이려고 한 거지?! 용서 못해!"

"아니, 저기, 진정하세요! 제 말을 들어보면 이해가 될 거예요! 그러니까……!"

"듣기 싫어! 에잇!"

"잠깐마아하하후후히이이이이이잇?!"

분노에 찬 모네가 또 공격을 펼쳤다.

옆구리를 공격당한 메디는 붕괴된 미소녀 페이스를 아낌없이 드러내며 바닥을 굴러다니더니…… 아까 당했던 와이즈의 옆에서 움직임을 멈췄다.

"흐흥! 꼴좋다!"

모네는 승리의 V사인을 날린 후, 또 리네의 품에 안겼다.

아무래도 상당한 강적 같았다.

"메디도 실패했네. 뭐, 메디잖아. 실패할 만도 해."

"전혀 납득이 안 되는 말이지만…… 패배를 했으니, 받아들일 수밖에 없겠죠……."

"뒷일은 우리한테 맡기고 쉬어. 수고했어."

하다못해 편안히 쉴 수 있도록, 완전히 말려 올라간 치마를 내려줬다. 마사토는 신사적이었다. 편히 잠들라, 흰 팬티.

자…….

"강제적인 끼어들기도, 어머니를 통한 어프로치도 전부 실패로 끝났어. 이제 어떻게 하지?"

"저기, 마 군. 괜찮다면 엄마가……."

"어리광에 대해 긍정적인 엄마가 괜한 짓을 했다간 역효과가 날 것 같은 느낌이 들어. 그러니까 안 돼."

"너무해……. 엄마, 훌쩍훌쩍."

"하아, 짜증나는 짓 좀 하지 마."

마마코가 우는 척하면서 다가오자 마사토는 슬며시 밀쳐냈다.
"마사토 씨! 할 말이 있어요!"
포타가 손을 번쩍 들었다.
"오오, 포타! 포타도 참전하려는 거구나! 용기 있는걸!"
"예? ……저기, 으음…… 그게……."
포타는 절망에 찬 얼굴로 골로 가버린 와이즈와 메디를 보더니…….
공포에 가득 질린 얼굴로 울먹거리며 말했다.
"아, 예! 저, 장렬히 산화하고 올게요!" 덜덜, 부들부들.
"가, 가지 마! 거짓말이야! 농담이라고! 포타는 그럴 필요 없어! 폭소를 터뜨리며 망가지는 포타는 보고 싶지 않아! ……실은 의견이 있는 거지?! 그래서 손든 거 아니었어?!"
"아, 예! 맞아요!"
"좋아! 그럼 포타가 아이디어를 제공해줘! 말해봐! 우리가 어떻게 하면 좋을까?!"
"역시 모네 씨가 달라져야 한다고 생각해요!"
"응! 맞아!"
포타의 말이 옳다. 문제를 발생시킨 장본인을 어떻게든 해야 한다.
"그럼 어떻게 해야 달라질까……. 구체적인 방법은……."
"마사토 씨가 자신의 솔직한 마음을 가르쳐주면 될 거라고 생각해요!"
"내 마음을 가르쳐주라고? ……내 마음을……."

"마사토 씨는 마마 씨와 사이가 좋고, 정말 멋진 모자지간이잖아요! 그 마음을 알려주는 것만으로도 충분할 거예요!"

"저기, 포타. 잠깐만 있어봐."

마사토가 마마코 쪽을 힐끔 쳐다보니, 열심히 고개를 끄덕이고 있었다. 거기도 좀 작작 좀 하라고.

"미리 말하겠는데, 나와 엄마는 그렇게 사이가 좋지는……."

"참 사이가 좋은 모자지간이야. 항상 곁에서 본 내 말이니까 틀림없어."

"어떻게 하면 그렇게 될 수 있는지 마사토 군이 자식의 입장에서 그 마음을 알려주는 건, 매우 좋은 아이디어라고 생각해요."

와이즈와 메디가 은근슬쩍 부활하더니 고개를 끄덕이며 그렇게 말했다.

확 실패해서, 자신들과 마찬가지로 간지럼 지옥 형벌을 받아라…… 그런 기대를 품고 있는 것처럼 느껴졌다.

게다가 리네까지 끼어들었다.

"그래요……. 자식의 입장에서 조언을 해주신다면, 딸도 생각하는 바가 있을 테니…… 부탁드려도 될까요?"

"예? 지, 진심이에요? 제가요? ……진짜로요?"

기대에 찬 눈길이 마사토에게 쏠렸다.

"……으……."

야생짐승처럼 경계심을 품고 있는 어리광쟁이 모네. 그런 모네와 대치한 자는 용사 마사토.

어리광을 건 대결의 막이 올랐다.

마사토와 모네는 마당으로 나갔다.

마사토가 뒤를 돌아보니, 마마코 일행이 창가에 모여서 두 사람을 쳐다보고 있었다. 주목도가 어마어마했다.

부담감이 그야말로 어마어마했다.

"저기~. 할 말이 있으면 빨리 말해줬으면 좋겠는데 말이야~."

"아, 응. 그래."

"미리 말해두겠는데, 나는 엄마가 이야기를 들어보라고 해서 어쩔 수 없이 들어주는 거야. 그러니까 착각하지 마."

"그래."

"그리고 나는 어리광이 고갈되고 일정시간이 지나면 큰일이 난단 말이야."

"아, 응. 그래. ……하아, 말도 안 되는 소리를 늘어놓네……."

헛소리는 그냥 무시하기로 하고…….

마사토는 삐친 듯한 모네에게 신중한 목소리로 말을 걸었다.

"일단…… 으음…… 너는 리네 씨를……."

"정말정말 좋아하거든?! 뻔한 걸 물어보지 마!"

"응. 그렇구나."

"그래도 이상한 의미로 좋아하는 건 아냐! 엄마는 어디까지나 엄마로서 좋아하는 거란 말이야!"

"그렇구나……. 그렇다면 좀 안심이 돼."

머릿속 나사가 완전히 돌아가 버린 게 아니라면, 어떻게든 될 것이다.

"그럼 네가 좋아하는 엄마가 난처해한다면, 어떻게 할 거야?"

"그야! 엄마를 난처하지 않도록 내가 손을 쓸 거야!"

"그럼 손을 써 봐! 리네 씨는 너 때문에…… 고생…… 아니, 너를 걱정하고 있어."

"뭐?! 왜?! 나는 엄마가 걱정할 만한 짓은 전혀 안 했단 말이야……!"

"아니, 하고 있어. 너는 너무 어리광을 부려. 리네 씨가 그런 너를 걱정한 나머지 우리에게 도움을 청할 정도로 말이야."

"뭐……."

모네는 허둥지둥 고개를 돌리더니, 어머니를 응시했다.

대화는 들릴 것이다. 리네는 머뭇거리면서도 고개를 끄덕였다.

"……자, 너는 어떻게 할 거야? 좋아하는 엄마가 난처해한다면, 네가 손을 쓸 거라고 했지?"

"그, 그렇기는 한데…… 대체, 어떻게……."

"그건 간단하잖아."

마사토는 평소처럼 미소를 짓고 있는 마마코를 힐끔 쳐다본 후…….

자신의 마음속에 있는 말을 그대로 입에 담았다.

"우리 엄마는 나를 너무 걱정한 나머지 괜한 소리를 하거나 참견을 하기도 하지만…… 나는 엄마가 그러지 않았으면 해."

"그, 그럼, 어떻게 해?! 응?!"

"간단해. 이제 걱정을 하지 않아도 된다고 여기도록 행동하는 거야."

마사토 본인이 그것을 충분히 실천에 옮기고 있는지는 제쳐두겠지만 말이다.

"엄마가 괜히 참견하지 않더라도 뭐든 해낼 수 있다는 걸 보여주는 거야……. 충분히 자립하고 있다는 걸 보여주는 거지."

"자립……."

"아마 리네 씨는 그런 점 때문에 걱정하고 있는 걸 거야."

"나…… 자립 못한 걸까……."

"딸이 자신에게 어리광을 부리는 걸 어머니가 싫어할 리가 없어. 하지만 딸이 자신한테 항상 붙어만 다닌다면, 부모로서는 역시 걱정이 될 거야. 사회에 나가서 일을 제대로 할 수 있을지, 애인을 만들 수 있을지, 결혼을 할 수 있을지…… 그런 걸 걱정하는 거야. 부모는 그런 존재거든."

애인이나 결혼 관련으로는 다른 걱정이 뒤따르겠지만 말이다.

'내 느낌에 따라 말한 건데…… 틀리진 않았겠지.'

혹시나 해서 리네를 쳐다보니…… 마사토의 말이 옳다는 듯이 쉴 새 없이 고개를 끄덕이고 있었다. 좋아.

부모마음을 조금은 이해한 느낌이 든 마사토는 그대로 모네의 설득을 시도했다.

"자, 너는 어떻게 할래? 어떻게 할 거야?"

"나…… 엄마에게 걱정을 끼치는 건 싫으니까…… 엄마가 걱정하지 않아도 되도록, 어엿한 모습을 보여주고 싶어."

"응. 그래. 그렇게 해."

"그러기 위해서…… 응! 우선 아르바이트라도 하면서 제대로 일하는 모습을 엄마한테 보여줄래!"

"그래. 일해. 노동은 시민의 의무거든."

"그리고 애인도 만들 거야! 어엿한 남자애와 사귀는 모습도 엄마한테 보여줄 거야!"

"응. 만들어. 그리고 그 상대는 나 말고 다른 사람이면 좋겠네."

얼굴이 취향이 아니다, 같은 건 아니지만 말이다.

마마걸인 여자애와 사귀는 건 마사토로서는 버겁다고나 할까…….

"나는 마사토 군처럼 어엿한 남자애가 내 딸과 사귄다면 매우 안심이 될 것 같지만 말이에요. 후후후."

리네가 마당으로 나오더니, 그런 당치도 않은 말을 했다.

그리고 마마코 일행도 리네의 뒤를 이어 밖으로 나왔다.

"아르바이트를 할 거면, 우리가 운영하는 엄마 해결사에서 하는 건 어떻겠니?"

"아~ 그거 괜찮겠네. 우리도 가게만 계속 지키고 있을 수는 없잖아."

"가게를 열고, 의뢰 내용을 들어본 후, 필요에 따라 우리에게 연락을 해줄 분이 있다면 여러모로 편하겠죠."

"가게 일을 도와준다면 저희도, 그리고 곤경에 처한 사람들도 정말 도움이 될 거예요!"

"딸이 여러분의 가게에서 일한다면 더욱 안심이 될 거예요!

……모네! 어떻게 생각하니?!"

"아니, 저기, 잠깐만 있어봐. 진정 좀 하라고요."

이야기가 점점 진행되고 있을 때였다.

모네가…….

"응! 결심했어! 내가 자립한 모습을 보여줘서, 엄마를 안심시켜줄 거야! 그 가게에서 일할게! 그리고…… 애인도 만들 거야!"

마사토를 응시하며, 그렇게 말했다.

그리고, 이렇게 됐다.

"저기, 시라아세 씨. NO라고 말해도 되는데요……."

"제 생각이 짧았군요. 서포트 시설이 항상 닫혀 있으면 의미가 없죠. 마마코 씨 여러분이 부재중일 때는 모네 양에게 가게를 맡기도록 하죠. 종업원이니 임금도 지불하도록 하겠습니다."

엄마 해결사에 불쑥 나타난 권력자가 그렇게 말하면서, 정식으로 결정됐다.

"그럼, 다시 자기소개를 해야겠네……. 모네예요! 잘 부탁드려요!"

새롭게 종업원이 된 모네가 고개를 꾸벅 숙였다. 예의가 바르고, 기운이 넘치며, 활기차고 귀여운 소녀다.

하지만…….

"그래도 깜짝 놀랐어요. 시크릿 보스인 그녀를 찾아내서 동료로 삼다니, 정말 대단합니다."

"예?"

"그녀의 진짜 이름은 마신(魔神) 맘모네. 최상급 퀘스트의 보스로 작성된 캐릭터입니다만, 퀘스트의 스토리 작성이 지연되면서 우선 일반가정의 딸로 생활하게 했죠."

"예?"

시라아세가 무슨 말을 했다.

"자, 잠깐만요?! 모네가 시크릿 보스?! 그게 무슨 소리예요?! 최강 캐릭터를 출발 지점의 일반 가정에 배치해두다니…… 전반적으로 이상하잖아요!"

"다른 방법이 없었어요. 실은 그녀의 숨겨진 능력이 매우 특수해서……."

시라아세가 말을 이으려던 바로 그때였다.

모네가 갑자기 신음을 흘리며 이 자리에서 무릎을 꿇었다.

"윽……."

"잠깐, 뭐하는 거야?!"

"큰일이에요! 서둘러 약을 준비하겠어요!"

"아냐, 그런 게 아니라…… 사실 내 어리광은 단순한 어리광이 아니라, 힘을 봉인하기 위한 거야……. 엄마에게 이제 어리광을 부리지 않기로 했으니까……."

마음이 충족되지 않으면서, 갈망의 힘이 발현된다.

모네를 중심으로 의자와 테이블, 그리고 마사토 일행까지 서서히 끌려들어갔다.

그리고 끌려들어간 관엽식물이 모네에게 닿은 순간, 산산이 분해되면서 그녀의 몸속으로 흡수되었다.

"맙소사! 이 녀석, 어리광을 충분히 부리지 않으면 블랙홀처럼 되는 거야?! ……설마, 저 애의 집이 엉망이었던 건 이 힘 때문에…… 아, 아무튼! 어떻게든 해야 해!"

"그, 그럼! 내가 어리광을 받아줄게!"

"아뇨. 와이즈 씨는 저와 엄마 사이를 갈라놓으려고 했던 악마니까, 어리광을 부리고 싶지 않아요." 단호.

"와이즈 씨는 안 되겠네요! 그럼 제가……!"

"아뇨. 메디 씨는 뱃속 꺼먼 사기꾼이니까, 어리광을 부리고 싶지 않아요." 단호.

"그럼 저한테 어리광을 부리세요!"

"포타 양은…… 으음~ 나쁘지는 않지만…… 그래도 자기보다 어린 애한테 어리광을 부리는 건 좀……."

"긴급 상황인데도 이상한 고집을 피우네! 이 애, 진짜 골치 아파!"

바로 그때, 주인공이 등장했다.

"그럼 나는 어떠니? ……자, 모네 양. 이리 오렴. 엄마한테 어리광을 부리는 거야."

마마코가 두 팔을 벌리며 그렇게 말했다. 「엄마~!」, 「마마코 씨~!」, 「마마 씨~!」 왠지 와이즈를 비롯한 다른 여자애들이 마마코에게 끌려들어가는 것 같았다.

모네는 마마코에게 다가가 끌어안으려 했지만, 꾹 참았다.

"큭! 안 돼! 마마코 엄마에게 어리광을 부렸다간, 결국 엄마한테 어리광을 부리는 거나 다름없어! ……왜냐하면 마마코 씨는 언젠가, 진짜로 내 어머님이 될 사람인걸!"

"그렇게 안 돼. 절대 안 된다고. 내가 그렇게 되도록 두고 볼 것 같아?"

"그러니 이럴 때는 역시…… 에헤헤! 마사토 군~!"

"관두세요~!"

"안 관둘 거야~. 왜냐하면 마사토 군은 내 애인인걸~."

"나는 인정한 적 없어!"

"마사토 군이 인정하지 않더라도, 나는 결심했어~. 부비부비~. 부비부비~."

모네는 마사토의 품에 안기더니, 그의 가슴에 볼을 비볐다. 알콩달콩한 커플처럼, 부비부비~.

그렇게 어리광을 부린 덕분에, 모네는 힘을 억누르는 데 성공한 것 같았다. 파멸적인 흡인력이 잦아든 것이다.

하지만 마사토는 모네에게 찰싹 달라붙어 있었다.

"우후후~. 마사토 군~." 부비부비~.

"큭…… 좋은 냄새가 나……!"

"그럼 이 참에…… 엄마도 마 군에게…… 부비부비~."

"엄마까지 들러붙지 말라고오오오오!"

"재미있어 보이는 군요. 그럼 저도 때때로 마사토 군에게 어리광을 부리도록 할까요."

"시라아세 씨가 그러면 저를 괴롭히는 거라고요! ……누, 누

가! 누가 나 좀 구해줘! 이 어리광 지옥에서 해방시켜달라고오오오오!"

마사토가 필사적으로 고함을 질러도 포타는 즐거운 듯이, 와이즈와 메디는 미묘한 표정으로, 묵묵히 지켜보기만 했고…….

이곳은 엄마 해결사 가게의 밖.

길가는 사람들의 시선을 개의치 않으면서, 창가에서 안을 당당히 훔쳐보고 있는 거동 수상자가 있었다.

"뭘 저렇게 바보처럼 떠들어대는 거야? 거 되게 여유가 넘치네. 짜증이 날 정도야."

"마사토 군이 저렇게 인기가 있는 것도 참 신기한 광경이네~. 완전 초현실적인 현상 아냐~?"

한 사람은 호랑이를 연상케 하는 흉포한 인상을 지닌 소녀다.

그리고 다른 한 사람은 달콤한 눈길을 지닌 요염한 여성이다.

반항조직 리벨레 사천왕 중 두 사람인 아만테와 소레라다.

아만테는 간판에 적힌 【엄마 해결사】라는 글자를 노려보면서 이를 갈았다.

"느닷없이 카산으로 이동하나 싶더니, 이딴 가게를 차려? ……이건 우리에게 도전하는 거라고 봐도 틀림없네."

"어머니란 존재를 인정하지 않는 우리로선~ 매우~ 불쾌하네~."

"맞아. 이딴 가게는 빨리 망해버려야 해. ……망해야 하지만……."

아만테와 소레라는 가게 안을 쳐다보았다.

가게 안에는 세계제일의 모친 타이틀을 보유한 마마코와, 사천왕 중 두 명을 궁지에 몰아넣은 적이 있는 와이즈와 메디, 게다가 시크릿 보스라는 사실이 밝혀진 모네도 있다. 그뿐만 아니라 포타도 있는 것이다.

시라아세와 마사토도 있지만, 그 둘은 안중에도 없었다.

아무튼 두 사람은 식은땀을 흘리며 조용히 물러났다.

"따, 딱히 저 멤버를 상대로 이길 자신이 없다고 생각하는 건 아니거든?! 겁먹은 건 아니거든?!"

"그, 그래~! 그냥~, 수적 열세라고나 할까~ 저쪽이 머릿수가 더 많잖아~!"

"마, 맞아! 그래! ……그러니까, 작전을…… 아, 맞아. 확 이 가게를…… 그러면……."

"좋은 생각이라도 났어~? 그런 거야말로 설명해줬으면 좋겠네~."

"시간이 없어. 우선 행동부터 하자. ……오오스키 마마코…… 전 세계에 널리 알려진 네 평판이 네 목을 조르게 될 거라고는 꿈에도 생각 못할 거야. 후후훗! 아하하핫!"

엄마 해결사 앞에서 돌아선 아만테와 소레라는 행동을 시작했다.

엄마 상담 게시판 3

mama's BBS

Question

질문자 : 피타

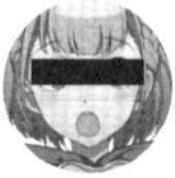

엄마 해결사가 오픈했어요! 저도 열심히 도울게요! 저는 뭘 하면 될까요?!

Answer

마마코

포타 양의 가방에 달린 인형인 피타 양의 질문이네.
피타 양에게는 뭘 부탁할까…….

포타

저, 아니, 피타는 뭐든 열심히 해요! 혼자 움직이는 건 잘 못하지만요…….

마마코

그럼 가게의 마스코트가 되는 건 어떨까? 테이블 위에서 차나 과자 메뉴를 들고, 손님들을 맞이하는 역할이야.

포타

예! 피타에게 딱 맞는 일이에요! 피타가 들고 있을 메뉴책은 제가 금방 만들게요! 저한테 맡겨만 주세요!

제5장
「맞선이란 건, 결국 면접 같은 거지?」 하고 말했더니, 여자애들이 어이없어 했다. 왜지?

퀘스트를 하기 딱 좋은 날씨다.

이번에 맡은 의뢰는『닭을 노리는 몬스터를 어찌해 달라』는 것이다.

의뢰자의 양계장에 간 마사토 일행은 전투 준비를 마친 후, 우선 타깃을 유인하기 위한 미끼를 준비했다.

"……저기, 엄마. 엄마가 준비한 미끼에 대해 좀 물어볼 게 있는데 말이야."

"정보에 따르면, 타깃은 고양이 타입의 몬스터래. 그러니 이거면 될 거야."

"고양이 타입이라는 점만 고려한 결과냐……. 큭……. 내가 빨리 눈치챘다면, 이런 사태는 막을 수 있었을 텐데……."

마사토가 쥔 미끼는, 몇 번을 봐도, 눈을 씻고 살펴봐도…….

밥그릇에 담긴, 고양이밥이다. 밥과 가다랑어포를 절묘한 밸런스로 섞은 마마코 특제 고양이밥인 것이다.

그것을 적당한 장소에 둔 후, 양계장 뒤편에 숨어서 기다렸다.

"상대는 어떤 고양이일까?" 두근두근.

"고양이가 아니라 몬스터야. ……그리고 저딴 미끼에 낚여서 나타날 리가 없잖아. 미끼 하면, 보통은 고기라고……. 몬스터가 고양이밥에 낚일 리가……."

"어, 잠깐만 있어봐. 저쪽 숲에서 뭔가가 나온 것 같은데……."

"너무 멀어서 잘 보이지 않는 군요. ……포타 양은 보이나요?"

"저건…… 아앗! 검치호랑이예요! 엄청 빨라요!"

"말도 안 돼! 고양이밥에 낚인 거야?! 잠깐만, 그것보다 검치호랑이라고?!"

고양이밥의 냄새가 바람을 타고 흘러간 곳에서, 거대하기 그지없는 이빨을 지닌 맹수가 노도 같은 기세로 뛰어왔다. 전력질주를 하고 있었다.

"육식동물 주제에 고양이밥에 낚이지 마! ……그딴 소리를 할 때가 아니지! 저건 위험해! 공격을 받았다간, 한 방에 즉사할 수도 있어……!"

"마사토가 공격을 막을 거지? 잘 부탁해!"

"제가 바로 소생시켜드릴 테니까, 안심하세요!"

"나는 일단 피하자는 뜻으로 한 말이거든?!"

와이즈와 메디가 마사토의 등 뒤에 숨더니, 옷자락을 움켜잡으며 그를 마사토란 이름의 방패로 삼았다. 「이제 됐어」, 「혹시 모르니 포타 양도 이쪽으로 오세요」, 「아, 예!」 저 용서 못할 두 사람만이라면 몰라도, 포타까지 등 뒤에 있으니 마사토는 방패를 관둘 수 없다.

"젠장! 이럴 때만 나한테 기대는 거냐! ……뭐, 기분이 나쁘지는 않지만 말이야!"

이렇게 되면 할 수밖에 없다. 믿음직한 용사의 힘을 보여줄 뿐이다.

검치호랑이는 더 커다란 먹잇감인 마사토를 표적으로 삼았다.

마사토는 왼손을 내밀어서 방어장벽을 전개하더니, 결사의 각오로 공격을 받아내려 했다……!

"어머나. 고양이가 아니라 위험한 몬스터였네. 그럼…… 에잇."

마마코의 공격. 바위 칼날과 물방울 칼날의 머릿수별 전체 공격×2로, 검치호랑이를 순식간에 해치웠다! 「뭐, 이렇게 될 줄 알았어」 마사토는 그렇게 납득을 하면서 왼손을 내렸다.

전투 종료. 퀘스트 클리어다.

"해치운 몬스터한테서 젬이 산더미처럼 나왔어요! 제가 회수할게요!"

"부탁해. ……그럼 나는 고양이밥을 처리할게. 엄마, 젓가락과 간장 줘."

"그래. 여기 있어. 차도 준비했어."

"잘 먹겠습니다."

"이제 길드에 보고를 하기만 하면 되네. ……간단히 해결해 버렸네."

"오늘 일정은 이 퀘스트뿐이었으니까, 갑자기 한가해졌네요."

"맞아. ……이제부터 뭘 하지……."

마사토가 고양이밥을 먹으면서 그런 생각을 하고 있을 때였다.

마마코가 갑자기 손뼉을 쳤다.

"그럼 엄마 해결사가 어떤 상황인지 보러가는 건 어떨까?"

엄마 해결사가 영업을 시작하고 며칠이 흘렀다.

마사토 일행이 부재중일 때는 모네가 가게를 맡기로 했는데…….

"그래……. 가보자."

신경이 쓰이지 않는다면 그건 거짓말일 것이다. 마사토는 단숨에 고양이밥을 먹어치운 후, 바로 행동을 개시했다.

우선 역참 마을의 모험가 길드에 가서 보고를 한 다음…….

"……영차. 카산에 도착했네. 와이즈, 수고했어."

"응~. 내 마법에 감사해."

"그럼 가게가 어떤 상황인지 보러 가자. 출발~!"

전송마법으로 카산 왕도 입구에 도착한 마사토 일행은 마마코의 말에 따라 엄마 해결사를 향해 이동을 개시했다.

"모네 양, 괜찮을까……."

"괜찮을 거야. 혼자서 버거울 때는 시라아세 씨도 도와주기로 했잖아."

"원래 운영 측에서 해야 할 일이기도 하잖아. 분명 잘 하고 있을 거야."

"걱정이 되는 건 가게보다 모네 양의 힘인데 말이죠……."

"마사토 씨에게 어리광을 못 부려서 힘을 억제할 수 없게 된 나머지, 폭주를 했을지도 몰라요! 정말 걱정돼요!"

"나 때문에 마을이 괴멸적인 타격을 받는 건 피하고 싶은데……. 뭐, 그런 걱정은 안 해도 되겠네. 봐. 카산 마을은 오늘도 평화롭잖아."

카산 마을은 멀쩡했다. 모네의 블랙홀 같은 힘에 파괴된 듯한 흔적은 없었다. 길을 가는 사람들도 보였다. 남녀노소, 특히 여성이 많아 보였다.

수많은 사람들이 줄지어서 마을 입구에서 어딘가를 향해 나아가고 있었다.

"무슨 일이지? 이벤트 같은 거라도 하는…… 어라?"

바로 그때, 멈춰서있던 마사토의 몸이 기묘하게 움직였다.

마사토의 몸이 선 채로 수평이동을 하기 시작하더니, 느닷없이 가속된 것이다. 「우왓?!」, 「앗, 마 군?!」 마마코가 반사적으로 손을 뻗었는데도 잡지 못한 마사토는 그대로 길을 따라 슬라이드 이동했다.

"무, 무서워어어어어어엇?! 뭐가 어떻게 된 거야아아아아앗?! 내 몸이 멋대로 이동, 아니, 끌려가고 있는 것 같잖아?! 어떻게 된 거지?!"

상업구역으로 이어진 행렬을 따라 나아간 마사토의 몸이 모퉁이의 급커브를 돌았다. 「히이이이익?!」 맹렬한 G 때문에 목이 부러질 것 같은 가운데, 그대로 계속 미끄러지더니…….

곧 행렬의 선두가 보였다. 그 행렬이 이어져 있는 곳은 바로 엄마 해결사였다.

"이 사람들은 엄마 해결사의 손님인 거야? 가게 문에 【휴식중】이라는 간판이 걸려 있는데…… 어, 잠깐만…… 이대로 가다간, 부딪칠 거야?!"

점포의 창문이 코앞에 있는데도, 마사토의 몸은 멈추지 않았다. 「우윽?!」 마사토는 그대로 창문에 찰싹 들러붙었다. 하지만 그 상황에서도 힘이 계속 작용했다. 「우오오오오?!」 창문 사이의 약간의 틈을 통해, 마사토의 몸은 가게 안으로 끌려들어갔다.

그렇게 질질 끌려가다시피 한 곳에는…….

"더는 무리, 더는 무리, 더는 무리, 더는 무리, 더는 무리, 더는 무리, 더는 무리, 더는 무리, 더는 무리."

카운터 너머에서 몸을 웅크린 채, 죽은 생선 같은 눈길로 발치를 쳐다보며, 그런 말을 중얼거리고 있는 모네가 있었다.

영락없는 말기 증상이었다.

"더는 무리, 더는 무리…… 더는 무? ……무, 무무무?! …… 무수투 꾸우우우운!"

"무수투, 가 아니라 마사토야! 그리고 나를 여기까지 끌고 온 건 바로 너냐?! 어리광 대상을 억지로 끌고 오는 힘을 익힌 거냐고! 정말 민폐스러운 진화를……."

"사람들이이이이잇 사람들이 잔뜨으으으윽! 끝도 없이이이이잇! 우에에에엥!"

"젠장! 대화를 나눌 수도 없는 상태잖아!"

모네는 울음을 터뜨리면서 마사토의 품에 뛰어들었다. 그리고 그의 가슴에 마구 볼을 비벼댔다. 어리광을 급속 차지 중인 것이다.

그러는 사이, 마마코 일행이 가게로 뛰어 들어왔다.

“마 군, 괜찮니?! ……어머나, 모네 양! 뭐가 어떻게 된 거야?!”

“보는 대로야. 나도 잘 모르겠지만…… 밖에 손님이 저렇게 많잖아……. 어쩌면 혼자서 대처할 수가 없어서, 정신적으로 궁지에…….”

“이제 다 싫어어어어엇! 더는 무리야아아아앗! 우에에에엥!”

“자, 자아~! 일단 진정 좀 해! ……모네는 최선을 다했어! 그렇지?!”

“응! 부모자식 사이의 어리광에 관한 고민이 많았어! 그런 쪽으로는 누구보다 잘 아니까, 손님들의 고민을 해결해줄 수 있었어!”

“모네 양에게 이 가게를 맡기기 잘한 것 같네. ……하지만…….”

“맞아! 최근 며칠 사이에 손님이 말도 안 될 정도로 늘어난 거야! 그래서 이러지도 저러지도 못하게 됐어! 우에에에에엥!”

“울지 마세요! 이제 괜찮아요! 진짜로 괜찮다고요!”

마마코와 포타는 모네의 등을 상냥하게 쓰다듬어주면서 그녀를 진정시키려 했다. 하지만 흥분 상태인 모네는 좀처럼 진정하지 못했다.

와이즈와 메디도 모네의 등을 쓰다듬어주려 하자…….

“자, 이제 울지 마…….”

“모네 양, 이제 진정하세요…….”

“저기, 이러지 마세요. 악마와 사기꾼에게 위로를 받아봤자 전혀 기쁘지 않아요!” 냉랭.

"우와. 이 애, 그때 일로 아직 앙심을 품고 있네~."

"아직도 화가 풀리지 않았나 보군요……."

모네는 딱 잘라서 두 사람의 손길을 거부했다.

아무튼, 결과적으로 모네는 마음이 진정된 것 같았다.

"마사토 군, 흐트러진 모습을 보여서 미안해……. 훌쩍."

"개의치 마. 누구나 처음에는 다 그러는 법이야. 혼자서는 소화할 수 없을 만큼 많은 손님들이 몰려온 거잖아. ……처음부터 성황이기는 했지만, 이렇게 폭발적으로 손님이 늘어나다니……. 대체 왜……."

"원인은 이것 때문일 거야. 손님들이 가지고 온 건데, 누가 나눠주더래."

모네가 전단지를 보여줬다.

그것은 엄마 해결사의 홍보 전단지였다. 가게의 위치와 영업시간 같은 기본 정보가 기재되어 있을 뿐만 아니라…….

【고민을 해결하지 못할 경우, 오오스키 마마코가 그 책임을 지기 위해 엄마를 관둡니다!】

라는 문장이 대문짝만하게 적혀 있었다.

"저…… 저기, 엄마. 이게 뭐야? 엄마가 만든 거야?"

"엄마는 모르는 일이야. 딱히 주문한 적도 없는데……."

"그럼 누가 멋대로 만들어서 뿌린 거야? 대체 누가…… 어?"

전단지를 유심히 보니, 가장 아래편에 뭔가가 적혀 있었다.

【발행자 : 반항조직 리벨레】【문의처 : 아만테 혹은 소레라】

『母』라는 글자가 거꾸로 새겨진 심벌마크도 실려 있었다.

"악의 조직 주제에 표시의무까지 지킨 거냐……. 어이없을 정도의 바보네."

"아까 시라아세 씨가 와서 같은 말을 했어. 바로 대처하겠다면서 나갔는데…… 일단 가게를 닫으라고 했거든. 그래서 시키는 대로 한 거야."

"그랬구나. 그럼 그 바보들은 시라아세 씨에게 맡겨두기로 하고…… 우리는 이쪽을 어떻게든 해야겠어."

가게 앞에는 손님들이 어마어마하게 몰려 있었다. 「대체 언제 오픈하는 거죠?!」, 「꽤 급한 일인데요~!」, 「아이가 어리광을 부리지 않아요!」, 「엄마한테 어리광을 부리고 싶은데요!」 인내심이 바닥난 손님들이 문과 창문을 두드리며 그렇게 외쳐댔다.

"전단지가 가짜더라도, 고민이 있는 사람들이 이렇게 잔뜩 몰려온 건 사실이잖아. 그냥 돌려보낼 수는 없어."

"물론이야! 엄마 해결사는 고민을 해결해주는 가게잖니!"

"좋아. 그럼 해결을 못하면 엄마를 관둔다는 부분만 정정하고……."

"잠깐만 있어봐. 내 생각인데 말이야. 정정하지 않는 편이 재미있지 않을까?"

"반항조직의 책략을, 정정당당하게 박살낸다……. 확실히 그 편이 통쾌할 것 같아요."

"저도 그렇게 생각해요! 마마 씨와 마사토 씨의 필살기로 고민도, 사천왕이란 사람도, 전부 날려버리는 거예요!"

"뭐? ……아, 응. 뭐…… 정면 돌파로 승리를 거두자는 의견에는 찬성이지만……."

어리광 시범은 마사토에게 가해지는 부담이 막대했다.

"아, 맞다! 이참에 엄마와 모네가 콤비를 짜서 리벤지를 해보는 건……!"

"나, 손님들의 고민이 뭔지 들어보고 올게! 같은 고민을 가진 사람들은 한꺼번에 해결해주는 편이 나을 거야!"

모네는 가게 밖으로 뛰쳐나갔다. 정말 재빨랐다.

와이즈 일행은 카운터 안쪽으로 가서 손님들을 접대할 준비에 들어갔다. 이쪽도 재빨랐다.

입술을 깨문 마사토의 옆에, 마마코가 섰다. 가장 재빨랐다.

"자, 마 군. 엄마와 함께 힘내자. 우후후."

"큭…… 아아, 정말! 알았어! 할게! 하면 되잖아요!"

마사토가 자포자기하는 심정으로 각오를 다진 순간, 영업이 재개됐다.

손님들이 가게 안으로 쏟아져 들어오더니, 차례차례 고민의 해결을 요청했다.

"아이가 자연스럽게 어리광을 부리게 하려면, 어떻게 하면 좋을까요?!"

"그럴 때는 무릎베개가 가장 좋아요. 자, 마 군. 시범을 보여주렴."

"와, 와아~! 엄마 무릎에 다이빙! ……아, 졸려……. 쿠울……."
"은근슬쩍 엄마에게 어리광을 부리려면, 어떻게 해야 할까요?!"
"팔짱을 끼고 함께 산책을 하는 건 어떨까? 마 군, 부탁해."
"오케이~! 오늘은 내가 엄마를 에스코트할게! 레츠고~!"
사이좋은 모자지간의 시범이 방황하는 이들의 마음을 사로잡았고…….

어느새 해가 지며, 밤이 됐다.
엄마 해결사를 찾은 손님의 숫자는 삼백 명을 훌쩍 넘었다.
그들의 고민을 전부 해결했지만, 대미지 또한 어마어마했다.
"더는 무리, 더는 무리, 더는 무리, 더는 무리, 더는 무리, 더는 무리, 더는 무리, 더는 무리, 더는 무리."
"마, 마 군! 이제 괜찮아! 방금 손님이 마지막이었단다!"
"마사토 군, 고생했어! 상으로 내가 머리를 쓰다듬어줄게! 나한테 어리광을 부려도 돼~!"
"어? 더는 무리, 어, 어리광? 어리광?!"
"마사토 씨, 과자와 음료 드세요! 피곤할 때는 달콤한 게 좋대요!"
"히이이익?! 어리광도, 달콤한 것도 싫어어어어어엇!"
마마코와 함께 수도 없이 어리광 시범을 보였던 마사토는 어마어마한 정신적 대미지를 입었다. 어리광 자체가 트라우마가 되고 말았다.
그런 마사토를 보다 못한 건지…….

"하아. 어쩔 수 없네……. 메디, 하자."

"그래요. 빨리 치료해주죠."

마법서를 출현시킨 와이즈와 지팡이를 고쳐 쥔 메디가 마사토에게 번갈아 마법을 사용했다.

"……스파라 라 마지아 펠 미라레…… 사망(모르테)!"

"아. 나, 죽었어."

"……스파라 라 마지아 펠 미라레…… 소생(리아니마토)!"

"응? 되살아났어?"

죽어서 관에 들어가자마자 바로 되살아난 마사토에게 와이즈와 메디가 슬며시 다가가더니, 귓속말로 이렇게 말했다.

"용사 마사토. 그대는 전생(轉生)을 통해, 지금 이 자리에서 다시 태어났느니라."

"뭐? 전생? 나, 다시 태어난 거야?"

"그래요. 아까 전까지의 당신은 이제 존재하지 않아요. 지금 이 자리에 있는 건, 마음을 좀먹던 무거운 짐에서 해방된 새로운 당신이랍니다."

"오오! 몸도 마음도 가벼워! 그래, 나는 다시 태어났구나!"

신생 마사토, 탄생!

"잠깐만, 그럴 리가 없잖아. 나는 아까 전과 마찬가지라고. 헛소리 하지 마."

"그럴 거야~. 나도 알아."

"하지만 농담을 주고받을 수 있을 만큼 회복된 것 같네요. 다행이에요."

"이런 장난을 싫어하지 않는 나 자신이 원망스러워……. 아무튼 현실과 마주할 수 있을 정도로는 회복됐어. 폐를 끼쳐서 죄송합니다~."

본의는 아니지만, 마사토가 부활했다. 즐겁게 웃고 있는 와이즈와 메디를 노려보며…… 마음속으로는 진심으로 고마워했다.

바로 그때였다.

"저기~. 잠깐 실례해도 될까요?"

느닷없이 퉁명스런 표정을 짓고 있는 모네가 와이즈와 메디 앞에 섰다.

"으음…… 왜 그래? 화난 것 같네."

"화난 건 아니지만~ 왠지 기분이 나쁘다고나 할까~. 제가 마사토 군을 위로해주려고 했는데~ 두 사람이 괜한 짓을 해서~ 기분이 나쁘다고나 할까~."

"즉 기분이 나쁜 건가요……."

"마사토 군과 친하다는 걸 과시하는 건가요~. 그런 건가요~."

"잠깐만 있어봐. 딱히 그럴 생각인 건 아냐. 우리는 마사토를 부활시켰을 뿐이거든?"

"맞아요. 마사토 군을 부활시킬 적당한 방법이 생각나서, 실행에 옮겼을 뿐이에요."

그 적당한 방법이라는 것에 불만이 있지만, 그것은 일단 제쳐두기로 하고…….

지금 이 순간, 마사토를 마음에 두고 있는 여자애들의 배틀이 발발하려 하고 있다!

"미리 말해두겠는데요~. 마사토 군의 애인은 저니까~ 그 점을 배려……."

"모, 모네?! 그런 바보 같은 소리 하지 마! 정신 바짝 차려!"

"자기 자신을 좀 더 소중히 여기는 게 좋지 않을까요?!"

"어이, 너희 둘. 방금 그 말이 무슨 의미야?"

여자애들의 배틀은 벌어지지 않았다.

바로 그때였다. 누군가가 이 가게의 문에 노크를 했다.

"우왓?! 또 손님이 온 거야?! ……그래도 해가 졌으니까, 오늘은 영업을 마친 걸로……."

"예~. 들어오세요."

"잠깐만, 엄마?!"

마마코가 대답을 하며 손님을 안으로 들였다.

"안뇽~."

"리카, 「안녕하세요」 하고 말해야 하잖니. 좀 있으면 서른 줄 접어드는 애가 인사도 제대로 못하는 거니?"

"아직 20대거든?! 후반이긴 해도 20대야! 아직 젊단 말이야!"

이번 손님은 자칭 젊은 여성과 중년 여성이었다. 외모도 닮았다. 펜과 태블릿, 붓과 그림도구 등, 그림을 그리는 데 필요한 도구를 지니고 있었다. 두 사람 다 화가인 걸까?

아무튼 가게 안으로 들어온 손님을 쫓아 보낼 수는 없다. 여자애들에게 차와 과자를 준비해달라고 부탁한 후, 손님을 자리로 안내했다. 그리고 마사토와 마마코가 손님들과 대화

를 나눴다.

"어서 오세요. 그럼 고민을……."

"마 군, 우선 인사부터 해야 하잖니. ……처음 뵙겠어요. 저는……."

"아, 괜찮아요. 저는 운영 스태프라서 마마코 씨와 마사토 군을 잘 알아요."

"예? 운영 측 분인가요?"

"캐릭터 디자인 담당이라 실제 운영에는 거의 관여하지 않지만 말이야. ……나는 스즈야 리카. 이쪽은 내 엄마야."

"스즈야 카나코라고 해요. 잘 부탁드립니다."

어머니인 카나코가 고개를 숙이며 정중하게 인사를 했다. 「자, 리카도 인사를 하렴!」, 「아, 알았다니깐 그러네!」 카나코가 팔꿈치로 딸인 리카의 옆구리를 찌르자, 그녀도 고개를 꾸벅 숙였다.

"우리는 그냥 테스트 플레이어라고 생각하면 돼. 그런 입장으로 여기에 온 거기도 하거든. ……그리고 부탁하고 싶은 게 있는데 말이야."

"어머, 뭐니?"

"엄마 해결사에 찾아왔다는 건 부모자식 사이의 고민이 있다는 거죠? 어리광 관련의 문제만 아니라면 어찌어찌……."

"왕자님을 소개해줘! 나, 왕자님과 결혼하고 싶어!"

어리광과 관련된 고민이 아니었다. 아니, 그 이전에 부모자식간의 고민도 아니었다.

"왕자님…… 그건 여자아이에게 있어 동경의 대상. 단순한 미남이 아니라, 심기체(心氣體)를 전부 갖춘 지고의 존재. 세련된 스타일, 기품이 느껴지는 행동거지, 그리고 달콤한 목소리로 내 이름을…… 으으, 안 돼……. 멋진 왕자님을 상상하기만 해도, 나, 정신이 나가버릴 것만 같아! 꺄아~!"

리카는 20대 후반인데도 꽤나 취향이 소녀틱한 건지 마이드림에 푹 빠진 듯한 넋두리를 늘어놓더니…….

곧 눈을 치켜뜨며 전력으로 호소했다.

"그러니까 소개해줘! 일전에 왕자님이 이 가게를 찾았지?! 아는 사이 맞지?!"

"으음…… 일단, 돌아가 주시지 않겠어요?"

"그럴 수는 없어! 왕자님과 맺어질 때까지, 절대 돌아가지 않을 거야! 마사토 군은 무리라도, 마마코 씨라면 가능하지 않아?! 자, 왕자님을 소개해줘! 응?! 응응응응응?!"

"사람 신경 건드리지 말고 돌아가 주세요. 빨리 꺼져달라고요."

"죄, 죄송해요! 못난 딸을 대신해서 사과드릴게요! 제가 제대로 설명을 하겠어요! ……리카! 입 좀 다물고 있으렴!"

"으으으읍!"

카나코는 딸의 목덜미를 잡아당긴 후, 자초지종을 이야기했다.

"우리 딸은 어릴 적부터 왕자님을 동경하며, 틈만 나면 왕자님의 그림만 그렸죠……. 그 취미 때문에 일러스트레이터가 되었고, 이 게임의 제작에도 참여하게 되었답니다. 그리고……."

"혹시 리카 씨가 카산 왕국의 왕자님을 디자인한 건가요?"

"떠벌리고 다닐 일은 아니지만, YES! 내 이상형 그 자체인 왕자님이 탄생한 거야! 오예~!"

"떠벌리고 다녀선 안 될 일이죠. 듣자하니, 상사 분을 협박해서 억지로 자기가 맡은 것 같아요."

"훈훈한 분위기 속에서 직장내 성희롱 소송에 관해 이야기했을 뿐이거든?! 합법이야, 합법!"

"그리고 그 왕자님이 게임 세계에 구현됐으니, 실제로 만나보고 싶다지 뭐예요……. 이번에는 그쪽 담당자와 접촉해서 테스트 플레이어로 참가 신청을 했답니다. 그리고 모자지간이 2인1조로 참가하는 게 룰이라며, 저를 억지로……."

"그리고 현재에 이른 건가요……. 열정이 어마어마하네요."

"이건 전부 왕자님을 향한 사랑 때문에 벌인 일이야! 사랑을 위해서라면 다소의 직권 남용도 세이프야! ……왜냐하면, 더 말도 안 되는 짓을 하는 사람도 있거든……."

리카는 카운터 너머에서 과자를 몰래 먹고 있는 포타를 쳐다보았다. 「……어?」 포타는 리카가 왜 자기를 쳐다보는 건지 모르겠다는 듯한 표정을 지었지만, 아무튼 그 표정도 참 귀여웠다.

"게다가! 우리는 해결해야만 하는 문제를 안고 있는 모자지간이야! 가정 붕괴의 위기에 직면했단 말이야! 그러니까 이 게임에 참여하는 게 당연해!"

"그 문제가 뭐죠?"

"왕자님과의 결혼은 내가 어릴 적부터 간직해온 정말 소중한 꿈……. 그런데, 엄마가 뭐라고 한단 말이야!"

“「이제 그만 정신 좀 차려」, 「평범하게 사람을 애인로 만들어서 결혼해」 하고 몇 번이나 말했는지 모르겠네. 몇 번을 말해도 알아듣지를 않는다니깐.”

“들었지?! 저딴 소리를 늘어놓는단 말이야! 자식의 꿈을 응원해주지는 못할망정 저딴 소리나 해! 부모로서 실격이야! 이대로 가다간 부모자식간의 인연을 끊을 수밖에 없어! ……그러니, 마사토 군!”

리카는 엄마 해결사의 가짜 전단지를 꺼내더니, 빙긋 웃으며 말을 이었다.

“부모자식간의 유대를 지키기 위해, 그리고 마마코 씨가 엄마를 관두지 않아도 되도록…… 나와 왕자님이 결혼할 수 있게 도와줘!”

“솔직히 말해 리카 씨가 짜증나는 성격이라 거절하고 싶지만…….”

“아, 좋은 생각이 났어~. 캐릭터 디자인 담당의 힘으로, 마사토 군의 모든 장비품에 마마코 씨의 모에 일러스트를 그려 넣어야지~. 확 마마보이 용사로 만들어버릴까~.”

“당신, 악마지?! 아, 알았어요! 할게요! 할 테니까, 그런 사양 변경은 하지 말아 주세요!”

그 무시무시한 협박에 굴복한 마사토는 의뢰를 받아들일 수밖에 없었다.

다음날.

엄마 해결사를 모네와 스즈야 모녀에게 맡긴 마사토 일행은 왕성으로 향했다.

“처음으로 맡은 어리광 이외의 제대로 된 일이 이딴 거냐고. 돌아버리겠네~.”

“『왕자님을 소개해줘!』라는 말을 듣고 완전 질렸어. 진짜로 진심이더라니깐.”

“사랑에 빠진 여성이라기보다, 굶주린 맹수 같았어요.”

“그 정도로 왕자님을 좋아하는 거라고 생각해요! 하지만 상대는 왕자님이니까 쉽지는 않을 거라고 생각해요!”

“그래……. 어떻게 될지는 모르겠지만…… 우선 이야기를 해보자.”

일행은 성문 앞에 도착했다.

경비를 서는 병사들이 굳은 표정으로 마사토 일행을 쳐다보았다.

첫 관문인걸. 우리 같은 모험가는 왕성 안에 함부로 들어갈 수 없을 거야. ……엄마의 이름은 전 세계에 널리 알려져 있지만, 그것만으로는…….

“오오! 혹시 당신은 오오스키 마마코 님 아니십니까?!”

“틀림없어! 천하제일 모(母)도회에서 우승한 어머니 중의 어머니, 오오스키 마마코 님이야! 만나 뵈어서 영광입니다! 자, 안으로 들어가시죠!”

“어머, 고마워라.”

"얼굴이 프리패스냐!"

바로 통행 허가가 내려졌다. 「괜찮으시면 갑옷에 사인 좀 해 주십시오!」, 「저도 부탁드립니다!」, 「이거면 될까?」 통과하는 데 시간이 걸리기는 했지만, 마사토 일행은 무사히 성 안으로 들어갔다.

조각상과 그림으로 꾸며진 벽과 잘 닦인 바닥, 고개를 들자 높디높은 천장이 눈에 들어왔다. 호화로운 현관홀을 보고 잠시 압도된 후…….

"으, 으음, 일단 들어오긴 했는데…… 여기서부터가 문제네. 상대는 왕자야. 쉽게 만날 수 있는 상대가 아니라고."

"딱히 어렵지는 않을걸? 마사토가 한 마디 하면 될 거야."

"플래그를 세우라는 거군요."

"마사토 씨, 한 마디 부탁드려요!"

"에이, 무리야. 아무리 그래도…… 갑자기 왕자님이 우리 엄마를 발견하고 다가오는 것 같은 일은……."

"음? 마마코 씨 아니십니까! 마사토 군, 그리고 다른 분들도 오셨군요! 오래간만입니다!"

"어머나, 왕자님이네."

"진짜로 왔잖아?! ……맙소사…… 혹시 나는 그런 특수능력을 지니고 있는 건가?!"

마사토가 플래그 건축사 능력에 각성했다?! 일단 그건 제쳐 두기로 하고…….

고급스러운 옷을 휘날리며, 프린스 오브 카산 왕자가 멋들어진 러닝 폼으로 마사토 일행에게 다가왔다.

"여러분, 잘 오셨습니다! 환영합니다!"

"안녕하세요. ……그런데 왕자님. 저기 말이죠."

"좀 사적인 질문을 해도 될까?"

"예, 괜찮습니다. 어떤 질문이죠?"

"왕자님은 결혼했어?"

"아뇨, 독신입니다."

"그럼 사귀는 분 혹은 약혼자가 있나요?"

"그런 사람은 없어요."

왕자는 연이어 받은 질문에 술술 대답했지만…….

"그럼 좋아하는 사람은 있나요?!"

"좋아하는 사람, 말인가요? ……그건…… 저기…… 없습니다."

포타가 질문을 던진 순간, 왕자는 작은 목소리로 부정하면서 부끄러워하듯 고개를 숙였다.

이 반응은……?

'혹시, 마음에 둔 사람이 있는 걸까?'

어떤 걸까. 이런 쪽은 마사토의 특기분야가 아니기 때문에 확실치는 않았다.

"뭐, 실은 그런 이야기를 드리려고 찾아온 거예요. 꼭 왕자님과 맺어지고 하는 사람이 있거든요. 괜찮다면 한 번 만나주지 않겠어요?"

"그, 그런가요. 즉 저에게 혼담을 제안하러 온 거군요……. 그런데, 소개해주시려는 분은 어떤 분이시죠?"

"이 게임의 캐릭터 디자인을 맡은 사람이에요……. 게임 속 캐릭터에게 이런 설명을 하는 것도 좀 이상하지만…… 아무튼 그 사람은 왕자님을 만나고 싶어서, 이 세계까지 왔어요."

"캐릭터 디자인을 맡은 분이…… 그렇군요……."

왕자는 상대방에 대해 듣고 뭔가 생각하는 바가 있는 건지, 표정을 굳히며 생각에 잠겼다.

일단은 가볍게 이야기를 풀어나가고 싶다. 그 사람은 왕자를 디자인한 사람이에요, 같은 괜한 정보를 전했다간 괜한 생각에 잠기고 말 것이다.

"우선 맞선이라도 한 번 보지 않겠어요?"

"그래요……. 신세를 진 여러분께서 소개해주시는 분인데다…… 이 게임에 관여한 분이라면 일단 맞선만이라도…… 아, 잠시만 기다려주십시오."

"혹시 문제가 있는 거니?"

"어머님이 뭐라고 하실지 알 수가 없어서요. 이런 건 우선 여왕인 어머님의 허락을 받아야만 하니, 저 혼자 결정을 내릴 수는……."

"여왕 폐하에게 물어봐야 한다는 거구나. ……그럼 마사토."

"플래그 건축사께서 나설 차례군요."

"마사토 씨, 부탁드려요!"

"훗. 내 힘에 매료되거라. ……어험…… 아~ 여왕 폐하가 우리가 있는 곳에 오실 리가 없잖아…… 하지만 놀랍게도 여왕 폐하가……!"

……오지 않았다.

아무리 기다려도, 오지 않았다.

"어라?"

"방금은 마사토의 발언에 문제가 있었어."

"우리가 있는 곳이 아니라, 마마코 씨가 있는 곳이라고 말해야 하지 않을까요."

"에이, 그럴 리가 없어. 그래서야 결국 엄마의 힘인 것 같잖아. 그럴 리가 없다고. ……여왕 폐하가, 엄마를 발견하고 다가올 리가……!"

"어머, 마마코 씨. 그리고 자제 분들. 오래간만이야."

"여왕 폐하가 오셨어요!"

"어머나, 오래간만이에요. 연락도 안 드리고 찾아와서 죄송해요."

왔다. 화려한 드레스를 입은 퀸 오브 카산 여왕이 차분한 발걸음으로 마마코의 곁에 왔다.

마사토는 그 자리에서 무너지듯 주저앉더니, 목 놓아 울었다.

일전에 여왕과 왕자의 고민을 해결해준 마사토 일행은 왕족의 친구로서 환대를 받았다. 딱딱한 격식은 제쳐놓았고, 알현실이 아니라 성의 정원으로 안내됐다.

고급스러운 홍차와 과자를 맛보며, 이야기를 꺼내자…….

"……그래. 결혼을 시야에 두며, 왕자와 맞선을 보게 하고 싶은 사람이 있다는 거구나."

여왕의 표정이 흐려졌다.

"죄, 죄송해요. 갑작스러운 이야기죠?"

"맞아. 갑작스러워서 조금 놀랐지만…… 문제가 되는 점은…… 상대방이 왕족이나 귀족이 아니라 서민 여성이라는 점이야."

"신분이 낮으면 안 되는 건가요?"

"마마코 씨 일행은 이해가 잘 안 될지도 모르지만…… 오랫동안 이어져온 격식과 함께 사는 것이 바로 왕족의 규율이야. 설령 그것이 어리석을지라도, 함부로 바꿀 수는 없어. 그러니 이 이야기는……."

"어머님. 드릴 말씀이 있습니다."

여왕이 이 이야기에 마침표를 찍으려 했을 때, 왕자가 자리에서 일어나며 입을 열었다.

그리고 여왕의 뒤편에 서서 꼬옥~ 하고 백허그를 했다.

"어머나, 왕자도 참. 사람들이 보는데 말이야. 어리광쟁이라니깐."

"우후후. 이제 사이좋은 모자지간이네."

"마사토! 우리도 질 수는 없어!"

"지금이야말로 용사 모자지간의 실력을 보여줄 때군요."

"마사토 씨, 파이팅이에요!"

"좋아, 그럼…… 아, 안 할 거야!"

"어머, 유감이네. 그래도 괜찮아. 어제 엄마 해결사 일을 하면서, 마 군이 실컷 어리광을 부렸잖니. 엄마 안의 어리광 에너지는 가득 차 있단다."

"입 좀 다물어! 지금은 농담할 때가 아니잖아!"

왕자는 뭔가 할 말이 있는 것 같았다. 하지만 여왕이 선수를 쳤다.

"어리광으로 내 비위를 맞춰주려고 해봤자 소용없어. 규율을 받아들이렴."

"하아, 실패했군요……. 하지만 어머님. 부디 재고를 부탁드립니다. 저도 이제 그만 가정을 꾸려야 할 때라고 생각해요. 저는 그 분도 꼭 만나보고 싶어요. 그러니, 부디 허락해주셨으면 합니다."

"결혼에 관해 왕자가 긍정적으로 생각하고 있는 건 정말 기쁘지만……."

"그럼, 부디……."

왕자가 더 세게 포옹을 하면서 열심히 어리광을 부렸지만 「그래도 말이지」 여왕은 여전히 허락하지 않았다.

튼튼한 방어를 무너뜨리지 못한 채, 이 이야기는 이대로 끝나는 건가…….

바로 그때였다.

"어? 저기, 마사토. 홍차가 갑자기 달콤해진 것 같은 느낌이 들어."

"어이, 와이즈. 이 상황에서 홍차나 마시고 있는 거야? 분위기 파악 좀 해. 홍차가 달콤해지든 말든, 아무래도…… 어라. 진짜로 달콤해졌네?"

홍차를 마셔보니, 확실히 달았다. 진짜로 달콤했다. 설탕을 전혀 넣지 않았는데 말이다.

대체 무슨 일이 일어난 거지?

'달지 않던 게, 갑자기 달아지다니…… 어, 설마……?.'

자식의 어리광 성분이 축적되어서 임계점에 달하자, 아무런 전조도 없이 발동되는 스킬이 있다. 모친 특수 스킬 【물러터진 어머니】다.

그 효과는 경이적이며, 도박의 설정이나 던전의 난이도 등, 온갖 것들을 물러터지게 만든다.

마마코는 어리광 에너지가 가득 찬 상태라고 말했다. 그렇다면…….

"시험해볼 가치는 있을지도 몰라……. 저기~ 엄마. 이 참에 엄마도 부탁을 좀 해봐."

"알았어. ……여왕 폐하. 저도 부탁드려요."

"마마코 씨의 부탁이라면 거절할 수 없지. 알았어."

"바로 오케이하는 거냐?!"

여왕의 방어가 순식간에 물러지더니, 바로 오케이했다. 「이 스킬, 엉망진창이네」, 「응? 뭐가 엉망진창이라는 거니?」 자기도 모르는 사이에 최강급 사상 개변 능력을 발휘한 친어머니는 정말 믿음직하기는 하지만, 친아들로서는 매우 마음이 복잡했다.

아무튼 여왕은 납득했다. 고개를 끄덕이며 이렇게 말했다.

"그럼 이렇게 하자. ……내일, 거국적으로 성대한 맞선 파티를 열겠어."

"맞선 파티……?"

"신분을 따지지 않고, 누구나 참가할 수 있는 맞선이야. 거기서 마마코 씨가 소개하고 싶은 분과 왕자가 참가하는 거지."

"거기서 두 사람의 인연이 맺어진다면, 왕자가 그 사람을 반려로 삼는 것을 허락해주실 건가요? 상대방의 어떤 신분일지라도 말이에요."

"여왕으로서는 왕자가 귀족 자녀와 맺어지기를 바라지만, 상대가 귀족이 아닐지라도 일단 인정은 해주겠어. ……이게 내가 할 수 있는 최선의 양보야. 마마코 씨, 납득해주겠어?"

"예. 멋진 아이디어라고 생각해요. 그렇게 부탁드릴게요."

"그럼 결정이 된 거네. 그럼 맞선 파티를 준비하겠어."

일단은 인정해주겠다. 마사토는 그 말이 마음에 걸렸지만…….

엄마 해결사에 들어온 고민이랄까, 말도 안 되는 의뢰의 해결을 위해, 한 걸음 전진했다.

여왕의 한 마디에 국정을 담당하는 대신들이 모이더니, 맞선 파티 개최를 위한 논의가 시작됐다. 마사토 일행은 그 논의에 참견할 자격이 없기에, 왕실에 준비된 고급 과자를 먹어치우는 데 전념했다.

그 모습을 지켜보고 있는 이가 있었다. 정원의 원예식물 뒤에 숨어있는 아만테와 소레라다.

"……쳇. 벌써 이야기가 정리됐네. 끼어들 여지가 없어."

"여왕이 거부해주면 좋았을 텐데~. ……어떻게 할까~?"

"이렇게 되면 파티 중일 때 습격을 해서 확 망쳐…… 아냐. 그것만으로는 안 돼. 오오스키 마마코가 패배하게 만들려면, 맞선 파티가 벌어졌는데도 의뢰 해결에 실패했다는 결과가 필요해."

"그럼~ 파티에서 승부를 할 수밖에 없네~. 가자~."

악당 두 명이 악질적인 미소를 머금으며 몰래 행동을 시작했다.

가게에 돌아가서 리카에게 진척 상황을 알려주자…….

"역시 너희한테 부탁하기 잘했네! 고마워! 이 언니는 정말 기뻐~!"

"그럼 뒷일은 리카 씨가 개인적으로 최선을 다하기로……."

"응? 무슨 소리를 하는 거야? 마사토 군 일행도 참가해야 할 거 아냐. ……왜냐하면……."

리카의 말에 따르면…….

"왕자님과의 만남을 애절히 바라는 평민 소녀…… 예쁘게 꾸미고, 두근대는 가슴을 안은 채, 파티장으로…… 하지만 그곳에는 심술궂은 아가씨들이 기다리고 있다! 길을 막고, 심술을 부리는 바람에, 왕자님에게 다가갈 수 없다! 아앗, 한 송이 꽃 같은 조신한 사랑은 이렇게 스러지고 마는가!"

리카는 연극을 하는 듯한 말투와 움직임으로 그렇게 호소한 후…….

마사토의 어깨에 손을 얹었다.

"그런 게 여성향 게임 왕자님 루트의 왕도거든. 현지 서포트, 잘 부탁해."

"어? 현지 서포트? 아니, 그런 고난과 역경은 직접 극복해야……."

"그럴 경우에는 다른 사람에게 도움을 받는 거야. 그게 공략의 철칙이거든. 잘 부탁해."

"그런 게임 이야기를 해봤자……."

"하지만 이건 게임 속 세계잖아."

"아, 그랬죠."

"그럼 잘 부탁해."

"아, 예……."

그런고로…….

엄마 해결사의 영업이 종료된 후, 마사토 일행은 밤거리로 나섰다.

그들이 향한 곳은 파티 드레스를 취급하는 부티크다.

"저기구나! 왕자님의 하트를 거머쥘 드레스는, 바로 내 거야아아아앗!" 후다다다닥!!

"저기, 리카! ……하아, 정말! 죄송해요! 저도 같이 가볼게요!"

진심 모드인 리카가 가게에 돌격하자, 카나코가 허둥지둥 뒤를 쫓아갔다.

뭐랄까, 여러모로 대단했다.

"……저기, 내 생각인데 말이야."

"괜찮아. 저렇게 에너지가 넘친다는 것은 좋은 거잖니. 우후후."

"그리고 왕자님 앞에서는 남의 집 고양이처럼 얌전하고 정숙하게 행동하는 거군요."

"우와~ 최악이야. 음흉 그 자체네~. 완전 메디와 똑같네~."

"후후후. 와이즈 양. 저쪽의 으슥한 데서 이야기 좀 해요."

……고오오오오…….

"어엇, 메디 씨! 다크 파워가 새어나와요! 뿜으면 안 돼요!"

그런 식으로 평소와 다름없이 시끌벅적하게 떠들고 있을 때였다.

"자, 마사토 군! 우리도 가자!"

"우왓?!"

모네가 마사토의 팔을 꼭 끌어안았다. 그리고 팔에 볼을 비볐다. 「그만해!」, 「에이, 괜찮잖아~」 부드러움과 간지러움을 번갈아 느끼느라 팔의 신경이 정신없이 바빴다.

"드레스 고르러 고고~!"

"잠깐만, 드레스를 입을 필요는 없지 않아? 우리는 어디까지나 서포트 담당이라고."

"파티장에 가서 서포트를 할 거잖아? 그럼 멋 좀 부려야 하지 않겠어? 평소 옷차림으로 갔다간 쫓겨날지도 몰라."

"그런…… 거야?"

"그래! 그러니까 드레스! ……나 말이지? 마사토 군의 가슴을 두근거리게 만들 듯한 귀여운 드레스를 입고 싶어! 저기 있는 빨간 애와 하얀 애가 눈에 들어오지 않을 만큼, 마사토 군이 나한테 빠지게 만들 거야!"

모네가 도발적인 어조로 그렇게 말하자…….

옷 색깔로 자신들을 불렀다는 것을 안 와이즈와 메디가 반응을 보였다.

"마사토의 가슴을 두근거리게 만들어?"

"저희가 눈에 들어오지 않을 만큼, 자기에게 빠지게 만들겠다는 건가요?"

"응~? 어머나~? 혹시 두 사람도 경쟁심에 활활 불타오르고……."

"모네! 너도 이제 그만 정신 차려!"

"상대는 바로 마사토 군이거든요?! 자기 자신을 좀 소중히 여기세요! 예?!"

와이즈와 메디는 얼굴이 새파랗게 질리더니, 진심으로 모네를 걱정했다. 「거기 둘, 나한테 맞고 싶어?」 진짜 무례하기 그지없는 동료들이다.

하지만 아주 약간, 딱 한순간…….

와이즈와 메디는 마사토를 힐끔 쳐다보았다.

어디까지나, 쳐다보기만 했다.

"……하아. 어쩔 수 없네. 전혀 흥미는 없지만, 모네의 도전을 받아줄 수밖에 없겠어."

"이 나라에서 주최하는 정식 파티니까, 정장을 입어야 하겠죠. 예절을 지키지 않는 사람이라고 여겨지고 싶지는 않고, 여성스럽지 못하다고 여겨지는 것도 불쾌하니까요."

"응. 맞아. 그러니까 우리도 드레스를 고를래. 포타도 드레스 입자."

"예! 저도 귀여운 드레스를 입고 싶어요!"

"그럼 결정된 거네! 좋아, 소녀의 승부를 시작하자!"

모네, 와이즈, 메디, 포타. 여자애들이 진지한 표정을 지었다.

그리고 가장 먼저 한 걸음을 내디딘 이는…….

"누가 마 군을 두근거리게 만드는 드레스 차림을 선보이느냐로 승부하자!"

""""오~!""""

"잠깐만! 왜 엄마가 가장 의욕을 불태우는 거냐고!"

마마코가 앞장서면서 부티크에 들어갔다.

시야를 가득 채운 것은 여성복, 여성복, 여성복이었다. 가격대가 상당한 정장과 드레스가 잔뜩 있었다. 여성용 옷을 취급하는 가게이니 당연할지도 모른다.

그리고 손님 또한 대부분이 여성이었다. 맞선 파티가 열린다는 점은 이미 온 나라에 알려졌다. 소녀부터 어른까지, 절

친해 보이는 그룹, 메이드를 거느린 아가씨 등, 가게는 수많은 손님들로 북적거리고 있었다.

그런 이 가게에 남자는 단 한 명, 마사토뿐이다.

"뭐…… 맞선에 참가할 사람이 남자를 데리고 옷을 고르러 올 리가 없잖아……."

주위의 시선이 따가웠다. 『어, 남자가 왜 여기 있는 거지?』 같은 시선으로 다들 쳐다보니 진짜로 힘들었다.

마마코를 비롯한 여성진은 사방으로 흩어져서 드레스를 고르고 있었다. 「마 군! 엄마는 여기 있어~!」 열심히 손짓을 하고 있는 이도 있지만, 절대 다가가지 않았다.

마사토는 벽 쪽에 있는 벤치에 얌전히 앉아서 기다리기로 했다.

"하아…… 돌아가고 싶어. 집에 보내줘."

"꽤나 한심한 소리를 늘어놓는 군요. 쇼핑 중인 여성을 묵묵히 기다리는 것도 남성의 소양 아닐까요?"

"그래도 이건 진짜…… 무리…… 어?"

느닷없이 그 목소리를 듣고 옆을 바라보니…….

수녀 복장을 한 시라아세가 아무렇지도 않게 마사토의 옆에 있었다.

"우왓?! 대체 어디서 기어 나온 거예요?!"

"사람을 벌레 취급하지 말아주세요. 저는 마사토 군이 오기 전부터 이곳에 있었어요."

"그, 그랬나요. 그 전에 출몰했던 거군요."

“마사토 군은 저를 벌레 취급하기로 작정한 것 같군요. 좋아요. ……그럼 저는 벌레처럼 굴죠…….”

시라아세는 손을 뻗어서 마사토의 허벅지에 손가락을 댔다. 그리고 시라아세의 손가락이 마사토의 허벅지 위에서 뛰어다녔다. 「뭐하는 거예요오오오오오오?!」 몸서리가 쳐졌다. 성인물 지정을 할 정도는 아니지만, 이 위험한 감각이 마사토의 신경을 유린했다!

“후후후. 알고 지내는 엄마 벌레에게 희롱당하는 기분이 어떻죠?”

“잘못했어요! 건방진 소리를 해서 정말 죄송합니다! 용서해 주세요!”

“그럼 용서해드리죠. ……이 기회에 보고를 해두도록 할까요. 우선 이 건에 대해서 이야기 드리겠습니다.”

시라아세 시는 엄마 해결사의 가짜 전단지를 꺼내며 그렇게 말했다.

“아, 이건 아만테와 소레라 짓이죠?”

“조사해보니, 원고 작성부터 인쇄, 배포까지 전부 직접 한 것 같더군요.”

“그 녀석들은 괜한 기술과 정열을 갖추고 있네요.”

“아마 지금도 이 카산 왕도에 잠복하고 있을 듯한데…… 피치 못할 사정 때문에 운영 측에서의 수색은 일시적으로 중단됐습니다.”

“그 사정이 뭔데요?”

"바로 저 사람입니다."

시라아세 씨의 시선은 열심히 드레스를 고르고 있는 한 여성을 향했다.

검은색 원피스를 입었고, 마마코를 쏙 빼닮은 뒷모습을 지닌 저 사람은…….

"저 사람은…… 혹시, HAHAKO 씨인가요?!"

"예. HAHAKO 씨입니다. 그녀가 느닷없이 카산 왕국에 출현한 바람에, 감시체제를 강화하고 있죠."

"왜 여기에 온 거죠? 뭔가 목적이 있는 걸까요?"

"그건…… 들어보시면 알 수 있을 겁니다."

귀를 기울이자, HAHAKO의 혼잣말이 들렸다.

"맞선 상대가 「당신의 자식이 되고 싶어요!」 하고 말하도록, 제대로 된 복장을 구해야 해. 뭐가 좋을까……."

……라고 한다.

"……맞선은 만남의 자리이긴 하지만, 뭔가 오해를 하고 있는 것 같네요."

"하지만 아이는 남한테서 빼앗아서 차지하는 게 아니라는 점은 확실히 이해하고 있는 것 같군요. 천하제일 모도회 때의 일이 좋은 쪽으로 영향을 끼친 것 같습니다."

"그럼 이번에도 실패를 통해 성장하기를 바라는 건가요?"

"그럴 작정입니다. ……하지만, 완전히 방치해두는 건 걱정되니……."

"시라아세 씨는 HAHAKO 씨 담당이고, 저희는 사천왕을 맡는 거네요."

"역시 말이 잘 통하는 군요. ……아, 저들도 양반은 못 되겠군요. 저기 있습니다."

"예? 설마……?!"

마사토가 허둥지둥 가게 안을 둘러보니…….

"……에이, 있을 리가 없잖아요. 아무데도 없다고요."

"하긴, 느긋하게 드레스나 고르고 있다면 단순한 바보겠죠."

"맞아요. 바보는 맞지만, 그 정도로 바보는 아니에요. 하하하."

바로 그때였다.

"마사토 군! 이쪽으로 좀 와서 감상을 들려줘~!"

모네가 마사토를 불렀다. 어마어마하게 큰 목소리로 말이다.

마사토는 다른 손님들의 날카로운 시선을 받으면서 허둥지둥 몸을 일으켰다.

"어이! 너 때문에 엄청 주목 받았잖아! 저 녀서어어어어억! ……시라아세 씨! 죄송한 데 좀 가보고 올게요!"

"남자의 진가를 시험받는 전개군요. 선전을 기대하죠."

"개인적으로는 평범한 배틀을 하고 싶다고요! 그럼 다녀올게요!"

모네의 목소리는 가게 안쪽에 있는 탈의실 쪽에서 들려왔다.

마사토가 허둥지둥 그곳으로 가보니…….

"아, 왔네! 정말~ 어디 갔던 거야?! 빨리 와봐!"

"좋아! 드디어 결전의 순간이야!"
"가장 마사토 군을 두근거리게 만든 사람이 누구인지……."
"승부예요! 저도 열심히 할게요!"
줄지어 있는 개인실에서 모네, 와이즈, 메디, 포타, 네 사람이 얼굴만 쏙 내밀었다.
"뭐야. 딱히 흥미 없는 척 했으면서, 와이즈와 메디도 꽤 의욕이 넘치네."
"아까는 그랬는데…… 이렇게 드레스를 입으니 의욕이 샘솟네."
"여성들은 멋을 내는 것을 싫어하지 않으니까요. 여자 마음을 좀 알아주세요."
"그럼 누구부터 할까요?!"
"저요~! 1번 타자는 바로 나야! ……이얍!"
커튼을 걷으며 밖으로 뛰쳐나온 모네가 입은 건…….
사랑하는 그 사람의 품에 그대로 뛰어들 것만 같은, 어리광쟁이 느낌 물씬 나는 귀여운 드레스다.
남자라면 누구라도 꼭 안아주며 어리광을 받아줄 것이다!
"자, 마사토 군! 감상을 말해줘!"
"으음…… 평범하게 귀여운 것 같지 않아? 아마도 말이야."
"『아마도』 같은 말을 하면 안 되잖아~! 코멘트가 너무 가벼워~!"
"마사토의 가슴을 두근거리게 만들지 못한 모네는 패배 확정이네. ……다음은 바로 나야!"
다음은 와이즈다. 자신만만하게 모습을 드러낸 여고생 현자가 입은 건…….

어른스러운 분위기에 도전한 듯한, 정열적인 빨간색 드레스다.

남자를 한손에 거머쥐고 농락하는 소악마가 모습을 드러냈다!

"자, 마사토! 무슨 말이든 해봐! 자, 자, 자, 자아!"

"흐음…… 빨갛네."

"어, 색깔?! 할 말이 그게 다야?!"

"아무래도 와이즈 양도 탈락한 것 같군요. ……그럼 주인공이 등장하도록 할까요."

메디가 여유 넘치는 미소를 지으며 모습을 드러냈다.

숙녀 그 자체라고 해도 과언이 아닐 듯한, 심플하면서도 섬세한 디자인의 청초한 흰색 드레스 차림이다.

사교의 자리에 핀, 더러움을 모르는 한 송이 꽃이 이 자리에 모습을 드러냈다!

"그럼 마사토 군? 최고급 찬사를 부탁드리겠어요."

"……찹쌀떡 같아."

"예?! 차, 찹쌀떡 같다는 게 무슨 의미죠?!"

"새하얀 겉모습과 그 내면에 존재하는 음흉함을 생각해보니, 문뜩 찹쌀떡이 생각났어."

"그런 생각이 들더라도 그 말을 입에 담으면 안 되잖아요?! 여자애의 드레스 차림에 대한 코멘트를 하고 있다는 걸 자각하고 있긴 한가요?!"

"저기, 이제 저도 나가도 될까요?!"

메디가 패닉 상태에 빠져 있을 때, 포타가 모습을 드러냈다.

그녀가 입은 건…….

프릴이 잔뜩 달려서 숄더백까지 귀여워 보이는 조그마한 공주님 드레스다.

이 모습을 본 이들은 누구나 한 목소리로 말할 것이다. 이 애는 내가 지키겠다고 말이다!

"오오~! 좋아, 포타! 엄청 귀여워! 진짜로 공주님 같은걸!"

"치, 칭찬해주셔서 감사해요!"

마사토는 무심코 포타를 안아들더니, 그대로 빙글빙글 돌기 시작했다. 「내 공주님은 참 귀엽네~!」, 「꺄아~!」 팔불출 아버지와 사랑하는 딸 같았다.

그리고 패배자들이 한 마디씩 했다.

"큭! 반응이 정말 좋네!"

"하지만 가슴이 두근거리는 것 같지는 않군요. 순수하게 귀여워하고 있는 것 같아요."

"그, 그럼 말이야! 이 승부는 비긴 걸로 하자! 응?!"

"그, 그래. 그게 좋겠어."

"좋아요. 그냥 없었던 걸로……."

여자애들이 그렇게 이 일을 마무리 지으려 한 바로 그때였다.

"저기, 마 군. 거기 있지? 잠시 나 좀 볼래?"

근처에 있던 탈의실에서 마마코의 목소리가 흘러나왔다.

그 순간, 와이즈와 메디, 모네는 동시에 미간을 찌푸리며 마사토를 지그시 쳐다보았다.

"……저기, 마사토."

"혹시나 해서 하는 하는 말인데 말이죠."

"어머니를 보고 가장 가슴이 뛰는 것 같은 사태가 벌어지는 건 아니지?"

"바보 같은 소리 하지 마! 그럴 리가 없다고! ……잘 봐!"

마사토는 포타를 내려놓더니, 마마코의 목소리가 흘러나온 탈의실 앞에 섰다.

그리고 심호흡을 한 번 한 후, 지극히 차분한 목소리로 말했다.

"어이, 엄마. 나 여기 있어. 무슨 일이야?"

"아, 마 군. 왔구나. 나 좀 봐줬으면 하는데……."

커튼이 걷히더니, 마마코가 모습을 드러냈다.

끝내주는 몸매를 고저스하면서도 엘레강트함으로 감싼, 섹시한 이브닝드레스를 입고 있었다.

미의 여신조차도 맨발로 도망칠 듯한, 완벽한 아름다움이었다!

하지만 마사토에게 있어서는 평범한 어머니다. 전혀 가슴이 뛰지 않았다…….

"으음…… 아들로서는 노출을 좀 줄였으면 좋겠는데…… 뭐, 나쁘지는 않네. 딱히 이상하지는 않아."

"그러니? 그럼 이걸로 할까……. 하지만 입는 법이 어려워……. 특히 등 부분의…… 어머?"

마마코가 몸을 살짝 비튼 순간, 가슴 부분이 훌렁 「그렇게는 안 돼애애애애앳!」 어머니의 큼지막한 특정부위가 훤히 드러날 뻔 했지만, 마사토는 드레스가 흘러내리는 것을 손으로 겨우겨우 막았다. 세이프!

"큰, 일 날 뻔 했네에에에엣! 가슴이 너무 뛰어서, 심장이 몸 밖으로 튀어나오는 줄……!"

""""이럴 줄 알았어.""""

"아냐아아아아앗! 그런 의미가 아니라고오오오오! 엄마! 그냥 그 드레스로 하고, 빨리 원래 옷으로 갈아입어!"

툭 하면 가슴이 철렁하게 만드는 어머니를 탈의실에 다시 밀어 넣은 후, 마사토는 한숨 돌렸다.

그리고 마마코의 뒤를 이어 포타가 탈의실에 들어갔을 즈음…….

마사토는 무례한 시선으로 자신을 쳐다보고 있는 여자애 세 명을 향해 고개를 돌렸다.

딱히 이런 말을 할 필요는 없겠지만…….

"저기…… 모네."

"응? 왜~?"

"아까 전의 그 귀여운 드레스 말인데, 모네한테 진짜로 잘 어울린다고 생각해. 이럴 때 어떤 식으로 칭찬하면 좋을지 모르니까, 이런 말밖에 못하겠네."

"아…… 으, 응. 고마워……."

"그리고 와이즈의 드레스도 나쁘지 않아. 역시 와이즈한테는 빨간 색이 잘 어울려. 이미지에 딱 맞거든. 좀 어른스러운 느낌인 것도, 너답다고 생각해."

"뭐? ……아, 응. 고마워……."

"메디는 평소의 몸가짐이 아름다우니까, 괜히 화려한 옷보다는 그런 심플한 게 잘 어울린다고 생각해. 메디의 매력 포인트를 잘 살려주는 것 같아."

"마사토 군한테 그런 말을 들을 줄은 꿈에도 몰랐군요……. 고, 고마워요."

딱히 말하지 않아도 괜찮을 듯하지만, 그래도 말을 해보니…….

모네도, 와이즈도, 메디도, 입을 쩍 벌린 채 멍하니 마사토를 쳐다보았다.

"어이. 다들 반응이 왜 그래?"

"으, 으음……."

"아니, 뭐랄까…… 허를 찔려서 머릿속이 굳어버린 것 같다고나 할까……."

"저희는 이제 어쩌면 좋죠……?"

"어이, 정신 차려. 드레스를 다 골랐으면, 원래 옷으로 갈아입고 돌아가면 되잖아. 자, 행동 개시! 준비, 출발!"

마사토가 신호를 주자, 마음이 다른 곳에 간 듯한 세 사람이 탈의실에 들어갔다. 「하아, 왜 저러는 거야?」 말도 안 되는 소리를 늘어놓으며 놀릴 때는 언제고, 이번에는 얼이 나가버렸다. 진짜 알다가도 모를 여자애들이다.

"뭐, 좋아. 아무튼 이걸로 쇼핑은 끝났네. ……시라아세 씨가 사천왕을 우리한테 맡겼지만, 그 녀석들이 이런 곳에 있을 리는 없으니…… 마음 놓고 돌아가도 되겠어~."

기지개를 켜면서 해방감을 맛보던 마사토는…….

문뜩, 시선이 마주쳤다.

"응?"

동료들이 들어간 탈의실과는 별개의 탈의실에서 얼굴만 쑥 내민 누군가가 마사토를 쳐다보고 있었다.

그 누군가는 바로 흉포한 외모를 지닌 포니테일 여자애와 악질적이고 요사한 눈매를 지닌 여성이었다.

"……응?"

마사토를 지그시 쳐다보며 주위를 살피더니, 또 마사토를 지그시 쳐다보고 있던 그 두 사람은…….

"아닛?! 아만테?! 소레라?! 너희가……?!"

그 순간, 아만테가 엄청난 속도로 뛰쳐나와서 「으윽?!」 마사토의 멱살을 잡더니, 그대로 방금까지 있던 탈의실로 끌고 갔다.

좁은 탈의실 안에서, 마사토는 사천왕 중 두 명과 몸을 밀착시키고 있었다. ……그것도, 속옷차림인 아만테, 소레라와 말이다.

여러 가지 의미에서, 마사토의 가슴은 뛰고 있었다. 오늘 최고 기록을 갱신했을 정도다.

"어이?! 하, 할 말은 많지만, 우선……!"

"우리는 속옷차림이지만, 개의치 마. 엄마 길드 때는 목욕 수건만 걸친 내 모습을 봤지? 그 후로 그냥 포기했거든."

"나는 원래부터 신경 안 써~. 게다가 상대는 마사토 군이니까~. 봐도 괜찮다고나 할까~."

"그렇게 간단히 받아들이지 말라고……. 나를 남자로 여겨달란 말이야……. ……아, 아니면 하다못해 적으로라도 여겨줘!"

"우리의 지시에 따른다면, 공격은 하지 않겠어. 오오스키 마마코에 현자 와이즈와 치유술사 메디는 몰라도…… 너는 적대시 안 하거든."

"마사토 군은~ 딱히 위협적이지 않거든~. 그러니까 안심해~. 우리는~ 너한테 좀 물어볼 게 있는 것뿐이야~."

"……훌쩍."

남자로도, 적으로도 여겨지지 못한 용사의 눈에서 눈물이 흘러내렸다. 뭐, 아무튼…….

상대의 지시에 따르는 한, 목숨이 위험할 일은 없을 것이다.

만약 고함을 지른다면…… 마마코와 다른 여자애들이 이곳으로 몰려와서 속옷 차림의 이 두 사람과 밀착해 있는 마사토를 보게 될 것이다. 그리고 도움을 받기는 하겠지만, 마사토의 체면은 완전히 구겨지고 말 것이다. 그것은 최악의 사태다.

일단은 저 두 사람의 말에 따르는 편이 낫다고 판단한 마사토가 고개를 끄덕이자, 아만테는 그를 놔줬다.

"……물어볼 게 뭔데?"

"흐흥. 그야 뻔하잖아?"

"실은~ 이것 말인데~……."

아만테와 소레라는 수상한 미소를 흘리더니…….

호랑이 무늬 드레스와 해골 무늬 드레스를 꺼내서 마사토에게 보여줬다.

“어때? 이거, 나한테 어울릴 것 같아?”

“남자애의 솔직한 의견을 들려줄래~?”

“내가 어떻게 알아~! 너희가 알아서 고르라고! ……아, 아차!”

마사토는 무심코 고함을 질렀다. 「이 멍청이!」, 「어엇~?!」 그 순간, 아만테는 소레라와 의복을 안아들면서 눈에 보이지 않는 속도로 도주했다.

이것으로 마사토는 위기에서 벗어……나지는 못했다.

“마 군, 왜 고함을 지른 거니? 무슨 일 있어?”

마마코가 마사토를 살피러 왔다. 마마코의 뒤편에는 다른 여자애들이 있었다.

여성용 가게의 탈의실 안에서 아만테와 소레라가 떠넘겼던 드레스를 손에 들고 있던 마사토는, 무슨 말을 하면 좋을지 몰라서……!

“어, 어울려?”

일단 드레스를 몸에 대며 그렇게 물었다.

“으음, 어울린다고 생각해. 남자애의 드레스 차림을 어떤 식으로 칭찬하면 되는지 모르니까, 이런 말밖에 못하겠네.”

“역시 마사토한테는 호랑이 무늬와 해골 무늬가 잘 어울려. 이미지에 딱 맞거든.”

“마사토 군의 매력 포인트를 잘 살려주는 것 같아요.”

모네와 와이즈와 메디의 목소리는 차갑고, 교과서를 읽는 것처럼 딱딱했다.

"으, 으음, 저기…… 잘 어울리는 것 같아요!"

"포타는 필사적이었다.

"하지만 사이즈가 맞지 않는 것 같네. 마 군의 키에 맞는 걸 찾아올 테니까, 잠시만 기다려봐."

"노, 농담 한 거야! 안 찾아도 돼! 진담으로 받아들이지 마!"

사랑하는 아들의 모든 것을 받아들이려 하는 어머니는 여러모로 성가시기 그지없었다.

다음 날. 맞선 파티 당일.

아름답게 꾸민 여성진들 사이에는 마사토가 평소와 다름없는 옷차림으로 서있었다.

"어머나~? 마사토 군은 왜 드레스를 안 입은 거야~? 푸픕."

"그러니까! 어제 그건 농담이었다고! 사천왕 중 두 명이 느닷없이……!"

"꼴사나워, 마사토. 변명을 해도 좀 제대로 된 걸 하는 게 어때?"

"아무리 그래도 적에게 뒤집어씌우다니……. 용사로서 그래도 되는 건가요."

"진짜야! 내 말 좀 믿어줘!"

"믿어주고 싶지만, 그 대신 마음껏 어리광을 부릴 거야!"

"좋아, 가 아니라! 어리광은 적당히만 부려! 주위 사람들의 눈길이 무섭다고!"

독설을 들으며 어리광을 받아주느라 마사토가 바쁜 가운데, 그들은 성문을 통과했다.

파티장은 왕성이다. 우아한 공간에서 최고의 한때를 보내며, 멋진 만남을 가질 수 있기를…… 여왕의 그런 배려에 따라, 모든 공간을 일반인에게 개방한 것이다.

성 안에는 남녀불문하고 많은 참가자들이 모여 있으며, 곳곳에서 담소를 나누고 있었다. 조금이라도 더 나은 상대와의 만남을 바라며, 정력적으로 행동하고 있는 것 같았다.

오늘의 주역인 리카 또한 등이 훤히 드러나는 대담한 드레스 차림으로 나타났으며, 기합이 잔뜩 들어가 있었다. 여성용 정장 차림인 카나코와 함께, 리카는 드디어 꿈을 이루기 위해 첫 발을 내디뎠다.

"시작됐어……. 왕자님과의 맞선이, 드디어 시작된 거야!"

"그래. 인사를 나누고, 바로 차인 후, 후딱 돌아가자꾸나."

"엄마?! 농담이라도 그런 소리를 하지 말아줄래?!"

"알았어. 농담이 아니라 진심으로 그런 말을 해서 미안하구나."

"으으, 정말! 엄마는 입 좀 다물고 있어! 이건 어디까지나 내 맞선이란 말이야!"

텐션이 하늘을 찌르는 듯한 리카, 그리고 텐션이 바닥을 치는 카나코가 말다툼을 하면서 걸음을 옮겼다.

마사토 일행은 말로 형용할 수 없는 미묘한 표정을 지으며 두 사람의 뒤를 따랐다.

"……카나코 씨는 영 내키지 않나 보네."

"그래. 어머니로서 나름 생각하는 바가 있을 거야."

"부모 마음이라는 것 때문일까? 나야 그런 걸 잘 모르지만…… 최종적으로 카나코 씨가 리카 씨의 가장 큰 방해물이 될 것 같아서 좀 걱정이야……."

"그래? 엄마는 카나코 씨가 딸에게 큰 도움을 줄 거라고 생각한단다."

"그럼 좋겠지만…… 아."

리카가 갑자기 걸음을 멈췄다. 그리고 주위를 유심히 살펴보았다.

"왕자님의 모습이 보이지 않아. ……이 근처에는 없는 것 같네."

"인연이 없나 보네. 그럼……."

"안 돌아가! 엄마는 입 좀 다물고 있어!"

"그럼 불러볼까? 마마코 씨가 플래그를 세우면 바로 등장할 거야."

"그런 게 가능한 거야?! 그렇다면…… 아니, 됐어. 이 타이밍에서의 왕자님 소환은 좋은 작전이 아냐."

"뭔가 문제라도 있나요?"

"왕자님이 모습을 보이면 다른 애들도 일제히 몰려들 거야. 그래서는 차분하게 이야기를 나눌 수 없어. 그러니, 우선…… 방해되는 애들을 하나하나 격파하자!"

"격파…… 이건, 맞선 맞지?"

"응, 맞아. 맞선…… 즉, 인생을 건 전투야! 누가 왕자님을 손에 넣을지를 건 진검승부! 그러니까……!"

리카가 열변을 늘어놓고 있을 때였다.

"어머나. 야만스러운 소리를 늘어놓는 분이 있네. 푸풉."

"이래서 서민은 딱 질색이라니깐. 푸풉."

"왕자님을 손에 넣겠다니…… 자기 얼굴을 거울에 비춰본 적이 없는 걸까? 푸풉."

각각 금색, 은색, 동색 보색이 잔뜩 달린 졸부 드레스를 입은 상류층 아가씨 세 명이 모습을 드러냈다.

리카는 그녀들을 보자마자 표정을 굳혔다.

"큭, 벌써 나타났네……. 다들, 전투 준비를 해!"

"저, 전투 준비? 대체 뭘 하면 되는 건지 모르겠는데……."

"내 지시에 따르기만 하면 돼! 우선…… 와이즈 양! 저 세 사람의 옆을 지나가봐!"

"어, 나 말이야? 뭐, 좋아. ……그럼……."

와이즈는 그냥 걸으면서 저 아가씨들의 옆을 지나가려 했다.

하지만 다음 순간, 와이즈는 갑자기 휘청했다.「어…… 우왓?!」와이즈가 통로에 그대로 넘어지자, 그녀의 새빨간 승부 팬티가 훤히 드러났다.

금색 드레스를 입은 아가씨가 와이즈를 내려다보며 조소를 흘렸다.

"어머~? 자기 발에 걸려 넘어지는 이상한 사람도 있네. 푸풉."

확실히 와이즈는 자기 발에 걸려서 넘어진 것처럼 보였지만…….

눈썰미가 좋은 포타는 놓치지 않았다.

“마사토 씨! 저는 봤어요! 금색 드레스를 입은 사람이 엄청난 속도로 발을 내밀어서, 와이즈 씨를 넘어뜨렸어요!”

“뭐, 정말이야?!”

“생각대로야……. 심술쟁이 아가씨의 하단 약킥은 강해!”

“이게 무슨 격투 게임이냐?!”

“알고 있었으면, 나를 희생양으로 삼지 마! ……으으, 열 받아! ……거기, 너!”

와이즈는 벌떡 일어나더니, 금색 드레스를 입은 아가씨를 막아섰다.

코끝이 닿을 것만 같을 정도로 가까운 거리에서, 두 사람을 서로를 노려보았다.

“재미있는 짓을 벌이네. ……그래도, 아직 멀었어.”

“뭐? 대체 뭐가 아직 멀었다는 거야?”

“나는 너 따위보다 백만 배는 음흉한 애와 같이 다녀. 너 같은 조무래기의 이딴 짓은 아무것도 아냐.”

와이즈는 씨익 웃으면서 상대방의 발끝을 짓밟았다.

“뭐…… 다, 당신! 이게 무슨 짓이야?!”

“응~? 왜 그래요~? 저는~ 아무 짓도 안 했는데요~?”

“큭! ……너희가 이렇게 나온다면……!”

금색 드레스를 입은 아가씨는 은색 드레스를 입은 아가씨에게 눈짓을 보냈다. 은색 드레스의 아가씨가 조용히 다가오더니, 와이즈의 정강이를 걷어차려고 했다.

하지만 바로 그때, 메디가 그 아가씨의 발을 밟아서 저지했다.

"아닛……?!"

"와이즈 양이 누구를 말한 건지는 모르겠지만…… 이 분들이 조무래기라는 건 알겠군요. 발도 제대로 쓸 줄 모르니까요."

"큭! 이게……!"

"그리고 표정 관리도 어설프군요. 할 거면 이렇게 해야죠."

……고오오오…….

"히이이익?! 미소가 무서워?! ……누, 누가 좀 도와줘!"

은색 드레스를 입은 아가씨는 도움을 청했지만…….

"안 돼요! 보내줄 수 없어요!"

"뭐야?! 이익, 빨리 놔! 이 애는 뭐야?!"

포타가 동색 드레스를 입은 아가씨에게 매달려서 훼방을 놨다.

"이 사람들을 우리가 막을게!"

"다른 분들은 먼저 가세요. 리카 씨를 잘 부탁드려요."

"왕자님과 만날 때까지 힘내세요! 응원할게요!"

"크읏! 다들 고마워! 이 은혜는 평생 잊지 않을게! ……자, 마사토 군! 동료들의 시체를 넘어서 나아가자!"

"아직 아무도 안 죽었지만요. 뭐, 아무튼 가보죠."

눈물을 흘리며 감동하는 리카의 텐션에 약간 질린 가운데…….

맞선이란 이름의 싸움은 다음 스테이지로 넘어갔다.

입구 부근에서, 왕성 안쪽으로 이동했다. 이곳에는 고급스러운 장식품이 놓여 있는 응접실과 다과가 준비되어 있는 살롱 등, 많은 방이 개방되어 있는 구역이다.

이곳에도 참가자들이 잔뜩 있었으며, 다들 즐거우면서도 긴장한 느낌으로 남녀가 담소를 나누고 있었다. 분위기는 정말 훈훈했다.

"맞선이라는 건 원래 이런 느낌인 걸까. ……하지만, 이쪽은……."

"내 왕자님은 어디 있어?! 어디 있는 건데?! 크르르르릉!"

"저기, 리카! 좀 진정하렴! 하아, 내가 낳은 건 인간 여자애인데! 너는 왜 이렇게 굶주린 짐승 같니?!"

"카나코 씨. 리카 씨의 고삐를 꼭 쥐고 계세요. 저는 무리거든요."

배고픈 맹수를 산책시키고 있는 느낌이다.

게다가…….

"왕자님은 어디 있는 걸까? 응? 마사토 군." 부비부비~.

"글쎄, 어디 있는 걸까? 그것보다, 이렇게 대놓고 어리광 좀 부리지 마."

"엄마의 왕자님은 여기 있는데 말이야. 우후후." 꼬옥~.

"어, 엄마! 은근슬쩍 나와 팔짱을 끼지 마!"

양손의 꽃, 아니, 짐덩이가 달린 마사토는 고생이 말이 아니었다. 체력과 정신력이 쑥쑥 줄어드는 느낌이 들었다…….

바로 그때였다.

"……헉?! 다들 조심해! 전투 준비!"

"이건 딱히 전투 같은 게 아니라고 생각하는데요."

리카는 마사토의 태클을 무시하며 전투태세를 취했다.

복도 끝에는 딱 봐도 기품이 있어 보이는 남성들이 모여 있었다.

"우와아. 반짝반짝 거리는 남자들이네. ……저기, 마사토 군. 쟤들은 혹시 귀족 자제일까?"

"그런 것 같아. 미남 천지네. 경쟁하려는 건 아니지만, 왠지 짜증나."

"괜찮아, 마 군. 엄마한테는 언제나 마 군이 1등이니까. 우후후."

"그거 참 고맙네. 뭐, 엄마한테 그런 말을 들어봤자 기쁘지는 않지만 말이야."

"나도 마사토 군이 1등이야! 미남은 아니지만, 마사토 군이 좋아! 에헤헤!"

"못났다는 소리를 들은 것 같아서 기분이 좋지는 않네. ……아무튼 여기는 간단히 돌파할 수 있을 것 같아. 그냥 지나가면 될 것 같은데……."

"물러, 마사토 군! 그렇게 간단한 일이 아냐!"

"어, 그런가요?"

리카는 심술궂은 아가씨들을 상대할 때보다 더 긴박한 표정을 짓더니…….

곧 몸을 배배 꼬기 시작했다.

"그야 저런 미남들이 관심을 보이면…… 이 누나는 어쩔 줄 모를 거란 말이야. 꺄아~."

"예?"

"나는 왕자님을 마음에 뒀어! 하, 하지만 나는 매력적이니까, 저 멋진 남성들이 나한테 구애를 할 거야! 아아! 나는 정말 죄가 많은 여자야!"

"저기요. 이 말은 안 하려고 했는데…… 이봐, 너. 작작 좀 해."

이러는 사이, 미남 집단이 코앞까지 다가왔다.

"아, 안 돼! 내가 아무리 멋져도, 나를 사랑해선…… 아아, 꺄아~!"

사랑에 빠진 듯한 표정의 남성들이 일제히……!

리카를 지나치더니, 마마코 앞에서 한쪽 무릎을 꿇었다.

"아름다운 아가씨! 당신에게 첫눈에 반했습니다!"

"어머나, 아가씨라니. 나는 애 딸린 유부녀야."

"맙소사! 자식을 둔 어머니면서, 이렇게 아름답다니…… 마치, 소문으로만 들었던…… 헉?! 혹시 당신은, 당신이 바로, 오오스키 마마코 씨인가요?!"

"응, 맞아. 그리고 저기 있는 애가 내 아들인 마 군이야."

"아드님은 일단 제쳐두기로 하고, 역시 그랬군요! 만나 뵈어서 영광입니다!"

"아드님은 일단 제쳐두기로 하고, 괜찮다면 잠시 이야기를 나누시지 않겠습니까?!"

감동과 동경에 찬 눈길이 마마코에게 일제히 쏠리는 가운데…….

무시당한 아들 쪽도 일단 제쳐두기로 하고…….

꺄아~ 꺄아~ 포즈로 딱딱하게 굳어버린 리카는…….

"훌쩍…… 자, 마사토 군! 이 자리는 마마코 씨에게 맡기고, 우리는 빨리 가자!"

"아, 예. ……저기, 죄송해요."

"사과하지 마! 사과를 받으면 더 비참할 거야! 그러니까, 하지 마!"

힘차게 나아가는 리카의 등을 보며, 마사토는 여자의 의지라는 것을 느꼈다.

장애물을 돌파한 일행은 위층에 도착했다. 이곳도 아래층과 마찬가지로 맞선을 위해 개방된 방이 줄지어 있었다.

하지만…….

"어? 여기는 사람이 없어."

"정말이네. ……혹시 들어가면 안 되는 곳일까?"

"그럴 리가 없어. 출입금지라고 적혀 있지는 않았잖아. 그냥 사람이 없을 뿐이라고 생각하는데…… 그건 그렇고, 묘한걸."

마사토와 모네가 대화를 맞추자, 갑자기 주위에 정적이 흘렀다. 아무 소리도 나지 않았다.

불안이 느껴질 정도로 정적이 흘렀다.

"RPG게임에 비춰보면, 좋지 않을 일이 일어날 듯한 상황이네. ……리카 씨는 어떻게 생각해요?"

"여성향 게임에 비춰본다면 대박인 상황이야. 히로인과 왕자님이 단둘이 만날 수 있도록 남들이 딱 자리를 비춰준 거지."

"……그런가요?"

"응. 틀림없어. ……왕자님을 찾아 돌아다니다, 아무도 없는 방에 도착. 오면 안 되는 장소에 왔나 싶어 불안을 느끼며 주위를 둘러보니…… 아아, 이럴 수가! 사랑하는 왕자님께서 창문 너머에 있는 발코니에……!"

드라마틱하게 그런 소리를 늘어놓는 사람이 있어서, 별생각 없이 방안을 둘러보니…….

복도 쪽 창문 너머에 있는 발코니에서, 홀로 하늘을 올려다보고 있는 왕자님이 눈에 들어왔다.

"우와아아아아아아아앗?! 지지지지, 진짜로 있네에에에에엣?! 진짜로 있어어어어어엇! 어어어어어어엇! 너무 놀라서 콧물이 다 나네에에에엣!" 푸읍!

"우와아……. 리카 씨가 망가졌어."

"이 사람은 원래부터 망가졌잖아."

"리카! 하아, 정말! 부끄러워서 미치겠다니깐!"

카나코가 휴지를 꺼내서 「자, 흥!」, 「흥!」 딸을 보수공사했다. 여러모로 손이 가는 딸이다.

아무튼…….

"그, 그럼, 드디어 클라이맥스네! 왕자님과의 대면이야!"

"그러네요. 이 통로를 나아가면 발코니에 갈 수 있을 것 같으니까…… 가보세요."

서포트 담당의 업무는 여기까지다. 뒷일은 당사자들에게 맡기자고 생각한 마사토는 그렇게 말하며 옆으로 물러섰다.

하지만 리카는 한 걸음도 내딛지 않았다. 긴장한 것처럼 땀을 흘리며, 못 박힌 것처럼 가만히 서있었다.

"……리카 씨?"

"으, 응. 알고는 있는데…… 왕자님을 만나서…… 나, 어떻게 하면 되지?"

"어떻게 하면 되냐고요? 그야……."

"이러면 돼! 잘 봐!"

모네는 마사토한테서 떨어지더니, 도움닫기를 하면서 그대로 마사토의 품에 뛰어들었고……!

"회피."

"어라?!"

마사토가 날렵하게 피한 바람에, 모네의 포옹은 불발로 끝났다.

"정말~! 왕자님은 회피 스킬이 뛰어나지 않거든~?! 꼭 안아줘야 할 거 아냐~!"

"아, 미안해. 시범을 보이려는 거였구나. 그냥 평소처럼 피해버렸네."

"훌쩍훌쩍! 우엥~! 마사토 군, 너무해~! 어리광을 안 받아줘~! ……어리광을 안 받아주면…… 어리광이 고갈되면, 나……힘이……."

"우왓?! 지금은 좀 참아!"

갈망의 힘이 발현되자, 모네를 중심으로 흡인력이 발생했다.

마사토는 물론이고, 복도에 장식되어 있던 꽃과 조각품이 모네 쪽으로 끌려갔고……. 「스톱! 스토옵~!」 마사토는 허둥지둥 모네를 안아주며, 어리광을 받아줬다. 이럴 수밖에 없는 것이다.

"모네, 착하지?! 응?! 자, 내 가슴에 마구 부비부비해! 부비부비!"

"부비부비~! 에헤헤~! 어리광 보충 완료!"

"가라앉았구나. 다행이야……. 아무튼, 리카 씨? 이렇게 하면 돼요."

"무, 무슨 소리 하는 거야?! 무리야, 무리! 왕자님 상대로 느닷없이 그러는 건 무리거든?!"

모네 쪽은 어찌어찌 수습이 됐지만, 리카는 아까와 똑같았다. 여전히 머뭇거리고 있었다.

바로 그때였다.

"그럼 이제 끝내렴. 이제 그만 돌아가자꾸나."

카나코가 굳은 어조로 그렇게 말했다.

"뭐엇?! 자, 잠깐만 있어봐! 엄마, 무슨 소리를 하는 거야?!"

"일본어로 말했는데, 못 알아들은 거니? ……자기가 디자인한 캐릭터가 평범한 인간처럼 움직이는 것을 봤으니, 충분히 행복하지? 만족했잖니? 그럼 원래 세계로 돌아가서 시집갈 준비를 하고, 제대로 된 상대를…….”

“나는 내가 그린 이상적인 왕자님과 결혼하고 싶어! 그게 내 꿈이란 말이야!”

“말은 그러면서, 우물쭈물 거리며 다가가지도 못하잖니.”

“윽…… 그건…… 어떻게든…… 저기…….”

“괜히 꾸물거리지 말고 그냥 포기해. ……나는 이 근처에서 쉬고 있을 테니까, 돌아갈 마음이 들면 말하렴.”

카나코는 진심으로 어이없어하면서, 근처에 있는 방에 들어갔다.

하지만 다음 순간…….

“마침 잘 됐어. 차와 과자가 준비…… 어? ……꺄아아아앗?!”

“어? ……카나코 씨?!”

“어, 엄마?! 무슨 일이야?!”

카나코가 비명을 질렀다. 마사토 일행이 뛰어가 보니…….

방구석에는 수많은 사람들이 쓰러져 있었다. 드레스 차림의 여성과 메이드 복장을 한 여성이 열 명 가량 되었다.

“이, 이 사람들…… 설마, 죽은 건……?!”

“엄마, 정신 차려! 괜찮을 거야! ……그렇지?! 마사토 군!”

“숨을 쉬고 있으니 아직 돌아가시진 않았어요. 살아 있어요.”

“의식을 잃었을 뿐인 것 같네. ……이건 마법의 효과일 거야.”

“그렇구나……. 그럼 이건 RPG게임의 사태…….”

“맞아. 왕자에게 몰려든 녀석들이 방해가 되니까 마법으로 정리한 거야, 하고 일일이 설명할 필요는 없지만 말이야."

"아만테~ 제발 부탁이니까~ 그 버릇 좀 고쳐~."

정중하게 설명을 해주는 적이 나타난 것이다.

호랑이 무늬 드레스를 입은 아만테, 해골 무늬 드레스를 입은 소레라가 이 방 안으로 들어왔다.

"그런 복장으로 등장한 건 꽤 뜻밖이지만…… 역시 너희 짓이었구나."

"어때? 어울려? 감상을 말해줘도 돼."

"우리를 보고 가슴이 두근거렸어~? 그런 거야~?"

"덕분에 가슴이 두근거리긴 했어. ……나쁜 의미로 말이야."

사태는 최악으로 치닫고 있다.

상대는 사천왕 두 명이다. 아만테는 무기를 휴대하고 있지 않지만, 압도적인 신체능력을 지녔다. 소레라는 마법으로 언데드 계열 몬스터를 불러낼 수도 있다.

한편, 마사토 쪽은…….

"……모네. 싸울 수 있겠어?"

"으으~. 좀 무리일 것 같아. 나는 특수능력을 지녔지만, 전투를 치를 힘은 아직 없거든."

"그래……. 그렇다면……."

마사토가 리카를 쳐다보니, 그녀는 고개를 저었다. 정신을 잃은 카나코에게는 물어볼 필요도 없었다.

즉, 그들은 절체절명의 상황에 처한 것이다…….

"괜한 생각 하지 말고 얌전히 있어. ……받아."

아만테가 갑자기 마사토를 향해 꽃병을 던졌다.

반사적으로 받아보니, 그 꽃병은 매우 무거웠다. 「우왓?!」 버티지 못한 마사토는 그대로 주저앉더니, 허벅지에 꽃병을 올려놓은 채 꼼짝도 못하게 됐다.

"이건…… 소레라의 능력 저하 스킬! 젠장!"

"맞아~. 힘을 못 쓰겠지~? 이 근처에 있는 꽃병은~ 비싼 것 같으니까~ 깨지 않도록 조심해~."

리카와 카나코도 아만테가 억지로 건네준 꽃병 때문에 꼼짝도 못하게 됐다.

그리고 모네도…….

"너도 얌전히 있어. 받아."

"우왓! 이 꽃병, 진짜로 비싸 보여! ……깨면 큰일 날 테니까, 원래 장소에 가져다둘게!"

모네는 꽃병을 안아들고 터벅터벅 걸어가더니, 꽃병을 원래 있던 곳에 뒀다. 그걸 보고 한숨 돌렸다.

어?

"어라, 모네? ……너, 움직일 수 있어?"

"응. 아무렇지 않게 움직일 수 있네. 아하하."

"뭐어~?! 어어어, 어째서~?! 내 능력 저하 스킬이 안 통하는 거야~?!"

"맙소사, 어째서……. 그러고 보니 이 애는 시크릿 보스로서 만들어진 마신이라든가…… 실은 괴물이라서 디버프의 영향을 받지 않는 거야?!"

"괴물 아냐~! 연약한 여자애거든~?!"

"특수능력은 있지만 싸울 힘은 없고, 디버프도 통하지 않아? 진짜 알쏭달쏭한 존재네."

"정말~! 마사토 군도 그런 소리 하지 마~! 바보~!"

모네가 발끈하며 투닥투닥 때려대는 것 때문에 짜증이 났지만, 아무튼 그녀는 움직임을 봉쇄당하지 않은 것 같았다.

여유를 부리던 사천왕 중 두 명이 허둥대기 시작했다.

"큭! 소레라의 스킬이 통하지 않은 거야?! 성가신 상대네!"

"이 상황에서 마마코 씨 일행이 온다면~ 최악이야~! 빨리 손을 쓰자~!"

"잠깐만! 대체 무슨 짓을 하려는 거야?!"

"하아. 그렇게 물어본다고…… 왕자를 세뇌해 오오스키 마마코가 소개하는 상대와 잘 되지 않게 해서 엄마 해결사 일을 실패하게 만들 거야, 하고 일일이 설명해줄 것 같아?"

"너는 진짜 쓸모가 많은 녀석이구나!"

아만테는 칠흑빛 보석을 보여주며 그렇게 말했다.

저 아이템을 쓰면 NPC를 간단히 세뇌할 수 있다.

'큰일 났다! 어떻게 하지?! 어떻게든, 저걸…….'

방법이라면, 있다.

"좋아! ……모네! 지금부터 내가 하는 말을 잘 들어!"

"뭐?! 으, 응! 뭐야?!"

"앞으로 나한테 어리광을 부리는 걸 금지하겠어!"

"뭐? ……뭐어어어엇?! 왜?! 어째서?! 갑자기 왜 그런 소리를…… 어리광이 금지되면, 나는…… 어리광을 안 부리면, 나는……."

모네는 그 충격적인 명령을 듣더니, 점점 의기소침해졌다.

그와 동시에 갈망의 힘이 해방되더니, 맹렬한 흡인력이 발생했다. 뭐든 모네를 향해 끌려가더니, 그대로 산산조각이 나서 그녀의 몸에 빨려 들어갔다.

마사토 일행을 억누르고 있던 물건도, 그리고 아만테가 손에 쥐고 있던 칠흑빛 보석도 마찬가지였다.

"큭! 이 힘은…… 앗, 큰일 났다!"

"산산조각이 나서~ 빨려 들어갔네~?! 딱 하나만 가져왔는데~!"

"좋아! ……그럼, 으음…… 아, 큰일 났다. 뒷수습은 전혀 생각 안 했어!"

소용돌이치는 흡인력은 점점 강해지더니, 가장 가까운 곳에 있던 마사토도 삼키려 했다. 「큰일 났다, 큰일 났다, 큰일 났다!」 도망치고 싶지만, 몸에 힘이 들어가지 않아서 도망칠 수 없다!

'아, 큰일 났다……. 나, 죽겠네.'

용사 마사토, 최후의 순간.

그 순간 떠오른 것은 동료들의 얼굴, 그리고 어머니의 미소였으며…….

느껴진 것은, 발치에서의 전해져 오는 진동이었다.

"이 떨림…… 젠장! 기쁘지만 분하네! 이 타이밍에 【어머니의 송곳니】인 거냐고!"

다음 순간, 바닥에 균열이 생기면서 마사토와 모네 사이에 흙으로 된 첨탑이 솟구쳤다.

아래층에서 솟아난 【어머니의 송곳니】는 균열을 더욱 벌리며 계속 뻗어나갔다. 그렇게 계속 상승하더니…….

첨탑 중간의 패인 곳에 손수건을 깔고 앉아있던 마마코가 모습을 드러냈다.

"마 군~. 엄마 왔어~."

"이봐, 거기 걸터앉아 있었던 거야?!"

"엘리베이터 같아서 편리하네. 우후후."

"이동을 위한 설비가 건물을 박살내면 어떻게 하냐고! …… 그래도 일단 고맙다는 말을 해두겠어!"

마사토는 무심코 히죽거리고 있던 표정을 굳혔다.

그리고 우선 적에게 대처를 「큭, 오오스키 마마코!」, 「일단 퇴각하자~!」 한 발 늦었다. 마마코가 등장한 순간, 아만테와 소레라가 창밖으로 몸을 날리더니 거대한 마법서를 타고 도주했다.

"젠장! ……뭐, 좋아! 지금은 저딴 바보들을 신경 쓸 때가 아니잖아! 그것보다……!"

또 하나의 긴급사태에 대처해야만 한다.

모네의 흡인력이 맹위를 떨치며 【어머니의 송곳니】마저도 분쇄해서 흡수하려 했다.

아까 전의 어리광 금지 발언은 사천왕을 저지하기 위해 피치 못해서 한 말이다. 마사토의 본심이 아니다……라고, 딱 잘라 말할 수는 없지만 말이다.

"아무튼 내가 모네를 어떻게든 해야 해……!"

"모네 양, 진정하렴. 얼마든지 어리광을 부려도 된단다." 토닥토닥.

"뭐, 정말?! 와아~! ……부비부비~ 부비부비~…… 아아, 역시 마마코 씨한테 어리광을 부리니 좋아……. 어리광이라는 행복에 마음 속 갈증이 순식간에 해갈돼~……."

"내가 나설 필요도 없는 거냐!"

모네는 마마코에게 어리광을 부리고 만족했다. 힘의 폭주도 멎었다.

리카와 카나코도 무사했다. 쓰러져 있던 여성들도 차례차례 정신을 차렸다.

실내는 엉망이 됐지만, 일단 안심해도 될 것 같았다.

"하아, 정말. 이렇게 될 줄 알았어. 결국 엄마만 대활약했네……. 하아…… 그래도 무사히 마무리되었으니까……."

"엄청 큰 소리가 들렸는데, 대체 무슨 일이죠?!"

"하아, 이번에는 또 뭐야?!"

낯빛이 바뀐 왕자가 이 방 안으로 뛰어 들어왔다.

"이, 이 상황은 대체…… 마사토 군! 여기서 무슨 일이 일어난 거죠?!"

"그게……."

마사토가 나설 차례다. 왕자에게 상황을 설명한다고 하는,

수수하지만 중요한 사명을…….

바로 그때, 마사토는 좋은 생각이 났다.

"아…… 왕자님. 자세한 이야기는 저기 저 사람한테 들으세요."

마사토는 리카를 손가락으로 가리키며 그렇게 말했다.

"어? ……어? 어? 어? ……나, 나?!"

"그래요. 자, 잘 부탁해요."

"아니, 저기, 뭐엇?! 마사토 군, 잠깐만 있어봐! 왜 나야?!"

"왕자님과 대화를 나눌 기회잖아요, 하고 어디 사는 바보처럼 일일이 설명할 생각은 없어요."

"설명했잖아! 그런 배려 자체는 고맙거든?! ……하, 하지만, 아직 마음의 준비가……!"

"기다린다고 준비가 될 리도 없거든요? 자, 빨리 이야기를 나눠 봐요. 어서요."

"하, 하지만……!"

동경하는 왕자님 앞이라 리카는 주저되는 것 같았다.

하지만 바로 그때, 카나코가 리카에게 다가갔다.

"정말, 뭘 그렇게 꾸물대는 거니? 여자한테 필요한 건 배짱이야."

카나코는 리카의 옷매무새를 여며주고, 머리를 정돈해준 후, 볼을 가볍게 쓰다듬어줬다.

그리고 그녀는 딸의 등을 가볍게 밀었다.

"순 억지를 부려대며 주위 사람들에게 폐를 잔뜩 끼쳤잖니. 조금은 멋진 모습을 보여줘야 하지 않겠어? ……자, 다녀오렴."

"엄마……."

딸은 어머니의 따끔한 응원을 듣고 고개를 끄덕이더니, 곧 한층 더 힘차게 고개를 끄덕였다. 그리고 걸음을 내디뎠다.

리카는 왕자 앞에 섰다.

"마, 만나서 반가워요! 저는 스즈야 리카라고 해요! 캐릭터 디자인 일을 하는데, 지금은 테스트 플레이어로서 이 맞선 파티에 참가했어요!"

"스즈야 리카 양…… 캐릭터 디자인 일을 하신다면…… 마마코 씨가 소개하고 싶다던 분이 혹시 당신인가요?"

"예! 저예요! ……으음…… 그, 그리고 말이죠. ……이 상황에 대해……."

왕자와 시선이 마주칠 때마다 얼굴이 새빨개진 리카는 땀을 삐질삐질 흘리면서도 말을 이어갔다.

그 모습을 바라보던 카나코는 말로 형용할 수 없는 복잡한 표정을 짓고 있었다.

"응원해줄 마음은 눈곱만큼도 없었는데…… 왜 그런 걸까……. 이런 맞선은 관두는 편이 나을 텐데, 대체 왜……."

"그건 어머니이기 때문일 거예요. 자식의 행복을 생각하는 어머니이기 때문이죠."

마마코가 확신에 찬 어조로 그렇게 말하자…….

카나코는 퍼뜩 놀라며 생각에 잠기더니…… 체념한 것 같으면서도 썩 기분이 나쁘지 않은 듯한, 그런 개운한 미소를 머금었다. 카나코의 마음에 어떤 변화가 일어난 것 같았다.

카나코는 다시 딸의 뒷모습을 온화한 눈길로 응시했다.

그런 모녀를 지켜보고 있는 마사토 일행 또한 자연스레 미소를 머금었다.

"리카 씨가 마지막 한 걸음을 내디디게 한 사람은 바로 카나코 씨였네."

"엄마의 예상대로 된 게 분하긴 해. 특수 스킬【어머니의 등 밀어주기】라고나 할까? 진짜 어머니에게 걸맞은 기술이야. ……뭐, 우리 엄마는 절대 습득하지 못할 것 같지만 말이야."

"그, 그렇지 않거든? 엄마도 여차하면「잘 다녀오렴」하고 말하며 마 군의 등을 밀어줄 수……."

"무리야, 무리. 엄마는 누구보다 먼저 나서잖아. 지금까지의 일을 생각하면, 틀림없어."

"그, 그렇지 않거든? 엄마도…… 이렇게, 톡 밀면서……."

"응. 절대 무리야."

마마코는 아들의 등을 밀며 보내주는 연습을 하는 것 같지만, 마사토는 깔끔하게 무시했다.

"그럼 뒷일은 젊은 두 사람에게 맡기자고."

"뭐? 리카 씨와 왕자님보다, 나와 마사토 군이 젊지 않아?"

"……그랬지."

마사토는 모네의 말을 듣고 방금 자기가 한 말을 수정했다. 뒷일은 당사자에게 맡기기로 하고, 마사토 일행은 조용히 이 자리를 벗어났다.

엄마 상담 게시판 4

mama's BBS

Question

질문자 : 정체불명의 전업주부

일 때문에 너무 바빠서 아이와 좀처럼 같이 있을 수가 없어요. 어쩌면 좋을까요.
좋은 아이디어가 있으시다면, 알려주셨으면 합니다.

Answer

마마코

저희를 감독할 뿐만 아니라, 반항조직과 HAHAKO 씨 일에도 대처해야 하니…….
시라아세 씨는 항상 바쁠 거야.

시라아세

저라는 걸 알아채신 건가요. 대단하세요. 특히 요즘 들어 너무 바빠서 아이가
쓸쓸해 한답니다(´；ω；｀)ㅠㅜ

마마코

어머나. 울지 마. 좋은 아이디어가 있을…… 그래!
딸을 이곳으로 데려오는 건 어떨까?

시라아세

부모자식이 함께 이곳에서 함께 지내고…… 초면인 마사토 군 일행에게 딸이 제대로
인사를 할 수 있는지 지켜보는 건가요. 좋은 생각이군요. 검토해보겠습니다.

제6장
MP 불필요. 말도 안 되는 슈퍼 효과. 그런 스킬이 이 세상에 존재해도 되는 건지, 고민된다.

그 후에도 맞선 파티는 계속 이어졌다.

많은 맞선을 통해, 마음이 맞는 파트너를 찾은 참가자들이 상당수 존재했다. 사람들이 없는 장소로 이동해서, 단둘이 이야기를 나누는 시간을 만끽하고 있는 것 같았다. 알아서 행복해지고 있는 것 같았다.

유감스럽게도 좋은 인연을 만나지 못한 채 파티장을 떠나는 사람들도 있지만, 그들에게도 찬스가 있었다. 「이렇게 된 거, 확 술이나 마시자~!」, 「그럼 같이 마시지 않겠어?!」 돌아가는 길에 의기투합해서 마을의 술집으로 향하는 그룹도 적지 않았다. 그들도 즐거워 보였다. ……아직 낮이지만 말이다.

애초에 맞선을 보러 온 게 아닌 마사토 일행은 부탁받은 일을 마친 후, 와이즈 일행과 합류해서 성의 정원에서 느긋하게 휴식을 취했다. 느긋하고, 여유롭게, 왕실용 케이크와 차를 즐겼다.

"맛있어~! ……그런데 마사토. 물어볼 게 있어."

"응? 뭔데?"

"저건 대체 뭐야?"

와이즈가 포크로 가리킨 곳에는…….

【자식 모집】이라고 적힌 간판을 들고 맞선용 자리에 앉아서 기다리고 있는, 드레스 차림의 HAHAKO와 시라아세가 있었다.

"아무도 안 왔나 보네……."

"그러네요."

"뭐가 문제인 걸까……."

"뭐가 문제인 걸까요."

적지 않은 남성이 저 두 사람에게 흥미를 가지고 있는 것 같지만, 다가가서 말을 걸지는 않았다. 참가한 목적 자체가 명백하게 다르니 어쩔 수 없을지도 모른다.

그리고 두 사람 다 사람들의 이목을 끌고도 남는 미인이지만, 너무 표정이 진지해서 다가가지 못하는 느낌이기도 했다.

도와줄 방법이 생각나지 않았기에, 마사토는 슬며시 고개를 돌렸다.

"좋을 대로 하게 둬. 시라아세 씨에게 맡겨두면 될 거야."

"알았어. 그렇게 할게."

"그럼, 저도 질문을 하나 해도 될까요?"

"응? 뭔데?"

"저쪽은 어떻게 된 거죠?"

메디가 손으로 천천히 가리킨 곳에는…….

"……훌쩍훌쩍…… 훌쩍훌쩍…… 훌쩍훌쩍……."

"울지 마세요! 맛있는 케이크를 먹고, 기운 내세요!"

"……훌쩍훌쩍…… 훌쩍훌쩍…… 훌쩍훌쩍……."

자식 모집

테이블에 벌러덩 엎드린 채 꼼짝도 하지 않는 리카가 있었다. 포타가 위로를 하고 있지만 효과가 없었다. 테이블은 눈물로 범벅이 되어 있었다.

"리카 씨의 저 참상에 대한 건…… 모네. 대신 설명 부탁해."

"왕자님과 이야기를 나누긴 했는데…… 자기소개를 하고, 아까 벌어진 소동에 대해 설명만 하고 바로 헤어졌나 봐. 맞선다운 일은 하나도 하지 못했어."

"아~ 그랬구나……."

"그거 참 유감이군요……."

"……그게…… 너무 긴장해서, 머릿속이 새하얘진 바람에…… 훌쩍훌쩍……."

"하아, 정말 한심하네. ……자, 좀 어엿하게 행동하렴. 너는 다른 아이들보다 연상이잖니. 자, 정신 좀 차려."

카나코는 진심으로 어이없어 하면서도 리카의 등을 쓰다듬어주더니, 어머니답게 딸을 배려했다.

한편, 또 다른 어머니는…….

"마 군, 지금이야! 다녀오렴!" 펑펑펑펑!

"내 등 밀지 마! 지금은 나설 타이밍이 아니라고! 내가 나서봤자, 아무 말도 못 하거든?!"

엄마다운 스킬을 익히고 싶은지 맹훈련 중인 마마코는 일단 제쳐두고…….

케이크 조각을 입에 집어넣은 여자애들이 가볍게 한숨을 내쉬었다.

“그럼 결국 어떻게 된 거야?”
“간단히 말해, 맞선은 실패한 거군요.”
“……그렇게 딱 잘라 말할 건 없잖아……. 메디 양, 너무해……. 훌쩍훌쩍…….”
“그럼 말이야. 엄마 해결사 일도 실패한 거야?”
“그렇지 않아요. 왕자님과 만나게 해주는 데는 성공했으니까요.”
“맺어질지 말지는 본인들에게 달려 있으니까요. 저희는 임무를 완수했지만, 리카 씨가 그 기회를 날려버린 거예요.”
“……아냐……. 내 탓이 아냐……. 나쁜 건…… 그래, 마사토 군이야! 그런 엉망진창인 상황에서 왕자님과 이야기를 나누게 한, 마사토 군이 나빠!”
“잠깐, 저한테 떠넘기지 말아주세요! 제 탓이 아니라고요! 저는……!”
“괜찮아, 마 군. 진정해. ……리카 양과 왕자님의 맞선은 성공했어.”
마사토의 등을 계속 밀던 마마코가 자신만만한 목소리로 그렇게 말했다.
“성공했다니…… 근거가 뭐야?”
“엄마의 감이야.” 찡긋~☆
“그딴 건……!”
근거도 뭐도 아니잖아! 하고 마사토가 외치려던 바로 그때였다.

팡파르가 울렸다. 정원을 향해 설치된 테라스에 여왕이 모습을 드러냈다.

"맞선 파티에 참가해준 여러분, 반가워. 많은 이들이 멋진 만남을 가진 것 같아서 정말 기쁘…… 어머?"

여왕은 먼지만 날리고 있는 HAHAKO의 맞선 코너를 보더니, 「으음…… 아, 아무튼!」 그냥 못 본 척 하기로 했다.

"아무튼 연회가 한창 무르익는 가운데, 이 자리를 빌려서 내 아들인 프린스 오브 카산 왕자가 여러분에게 보고할 게 있다는구나."

이 자리에 있는 모든 이들이 테라스를 주목했다.

쳐다보지 않는 사람이 한 명 있지만 말이다.

"저기, 리카 씨. 왕자님이 할 말이 있대요."

"……나 말고 다른 사람과 약혼 발표를 하는 거야……. 훌쩍훌쩍……."

"하아, 정말. 이 사람은 되게…… 성가시…… 어?"

마사토는 문뜩 쳐다보았다.

왕자가 테라스에서 정원을 향해 천천히 걸어오고 있었다.

그 상냥한 시선은 테이블에 넙죽 엎드려 있는 리카를 향하고 있었다.

'맙소사…… 엄마의 감이 들어맞은 거 아냐?'

마사토도, 마마코 일행도, 상황을 파악하더니 왕자에게 자리를 양보했다.

리카의 맞은편에 앉은 왕자가 슬며시 말을 건넸다.

"……리카 씨. 저의 말을 들어주시지 않겠습니까?"

"으으으윽?!"

리카는 자신의 맞은편에 앉은 사람이 누구인지 눈치챈 것 같지만, 여전히 엎드려 있었다. 몸이 딱딱하게 굳어버린 바람에 꼼짝도 못하는 것 같았다.

그런 모습을 응시하고 있는 왕자의 눈길은 여전히 상냥했다.

"저는 예전부터 쭉 어떤 분을 마음에 두고 있었습니다. 그리고 오늘, 기적이 일어나 그 분과 만날 수 있었죠."

"그, 그런가요……. 저보다 먼저 만난 건지 나중에 만난 건지는 모르겠지만, 만나고 말았군요……."

"그 분은 저에게 있어서 신이나 다름없는 존재입니다. 저는 항상 그 분을 마음속에 두고 있었죠."

"그, 그랬군요……. 좋아한다 싫어한다 같은 걸 따질 차원은 넘어선 거네요……."

"그렇습니다. 저란 존재는 그 분을 위해 존재하죠. 그 분에게 모든 것을 바치는 것이야말로, 저의 바람입니다. 그러니, 우선 이 마음을 바치겠습니다. ……저의 경애하는 창조주이신, 당신에게 말이죠."

"……예?"

리카가 무심코 얼굴을 들자…….

왕자는 상의의 앞섶을 벌리더니, 자신의 몸에 새겨진 알파벳 『S』와 『R』을 변형시킨 듯한 디자인의 문장을 보여줬다.

"이것은 저의 리얼리티를 가리키는 것이라고 여겼습니다만,

조사해보니 저를 그리신 분이 몰래 새겨둔 사인이라는 게 판명됐습니다. 그렇죠? 스즈야 리카 양."

"으음…… 왕자님의 디자인을 맡게 되어서 너무 기쁜 나머지, 왕자님은 내 거야~ 같은 심정으로……. 어차피 코스튬을 입힐 거니까, 들키지는 않을 거라고……."

"혹시 제 이름도……."

"그건 내가 지은 게 아냐! 치프가, 상사가 멋대로 붙인 거야! 내가 결사반대했지만, 들은 척도 안 했어!"

"그랬군요. 그럼 더는 망설일 필요는 없겠군요. ……리카 양이야말로 저의 창조주이자, 제가 사랑하고, 또한 저의 모든 것을 바치고 싶은 분……. 그런 분에게 이런 탐욕스러운 말씀을 드리려니, 정말 황송합니다만……."

왕자는 손을 내밀었다.

"스즈미야 리카 양. 저와 결혼해주십시오."

리카는 구혼을 받더니…….

"으, 으음…… 어, 어어어…… 어, 엄마! 엄마아아아앗!"

"정말! 이제 와서, 또 뭐니?!"

리카는 패닉 상태에 빠지며 카나코를 불렀다.

"괘, 괜찮아?! 나, 진짜로 해도 돼?! 응?!"

"왜 나한테 물어보는 거니?! 네 일이잖아!"

"하, 하지만…… 엄마는 좋게 생각하지 않잖아? 반대하잖아?"

"맞아. ……나도 젊은 시절에는 일러스트레이터였고, 자기 취향의 캐릭터를 그려서 함께 사는 꿈을 꿨단다……. 하지만 꿈은 꿈에 지나지 않았고…… 내가 이루지 못했던 꿈을 이루려 하는 딸을, 질투한 걸지도 몰라. 요즘 말로는 『완전 짱나』 같은 걸려나?"

"어, 엄마?! 질투심 때문에 반대한 거야?! 너무해!"

"하지만…… 자기 자식이 필사적으로, 정신없이, 온힘을 다해 꿈을 좇는 모습을 보니…… 엄마의 마음도 변했단다."

카나코는 그렇게 말하며 마마코를 쳐다보았다. 그러자 마마코는 미소를 지으며 고개를 끄덕였다.

그리고 카나코는…….

"네 꿈은, 내 꿈이야. 그리고 네 행복은 엄마인 나의 행복이기도 하단다. ……자, 정신 차려!"

리카의 등을 가볍게 두드려줬다.

리카는 몇 번이나 고개를 끄덕이고, 눈물을 흘리며, 똑바로 서더니…….

"부, 부족한 몸이지만, 잘 부탁드리옵니다예요."

"저야말로 잘 부탁드립니다."

왕자와 리카는 서로의 손을 맞잡으며 깍지를 꼈다.

악단이 축복의 팡파르를 연주했고, 사람들이 일제히 박수를 쳤다.

리카가 울음을 터뜨리자, 「정말, 표정이 그게 뭐니?」, 「어머나, 큰일이네」, 「위생병! 위생병!」 카나코와 마마코와 여자애들이 허둥지둥 리카의 안면을 보수하고 있었지만, 그것도 심각한 일은 아니었다. 행복한 한순간인 것이다.

마사토가 열심히 박수를 치며 두 사람을 축복하고 있을 때, 여왕이 다가왔다.

"결국 이렇게 되었네……. 마마코 씨가 여성을 소개해준다고 말했을 때부터 특별한 일이 일어날 것 같은 느낌이 들었지만, 그 예감이 적중했어."

"매번 제 어머니가 소란을 피워 죄송해요. ……하지만 두 사람의 마음이 저렇게 이어졌으니, 여왕 폐하도 납득해주실 거죠?"

"그래. 일단 인정은 해줄게."

"그 말씀은…… 아직 완전히 인정한 건 아닌 건가요?"

"두 사람이 진짜로 결혼하기 위해선, 극복해야만 하는 시련이 있어."

여왕이 손을 들었다. 그러자 팡파르 연주가 멎더니, 위병들이 사람들에게 정숙할 것은 요청했다.

여왕은 그렇게 주목을 모은 후, 엄숙한 어조로 말했다.

"왕자, 그리고 리카 양. 두 사람에게 전할 말이 있어. 내 말 잘 들으렴."

"예, 어머님."

"무, 무무, 무슨 일이옵나이까?! 어어, 어머니임!"

"두 사람은 우리나라의 관습에 따라, 유대를 시험하는 시련을 치러줘야겠어. 그 시련을 돌파한다면 결혼을 허락하겠어. 하지만 실패한다면, 관례에 따라 두 사람의 결혼은 백지화, 즉 파담이야. ……두 사람 다, 마음을 단단히 먹고 임하도록 해."

행복의 정점에서 천길 낭떠러지로 떨어지는 듯한 그 말을 듣자, 왕자와 리카는 완전히 사고회로가 정지됐다.

"……갈수록 태산이네."

마사토 일행은 동료들의 얼굴을 돌아보며, 말을 잊지 못했다.

여왕은 왕자와 리카를 데리고 왕성의 지하로 향했다.

마사토 일행 또한 두 사람의 호위로서 동행을 허가받았다.

"저기, 여왕 폐하. 호위가 필요한 걸 보면, 위험이 동반되는 시련인 건가요?"

"그런 걱정은 안 해도 된다고 말하고 싶지만, 단언은 못하겠네. ……시련이 준비되어 있는 던전은 왕족과 호위만 들어갈 수 있는 장소야. 그래서 손질이나 조사가 전혀 되어 있지 않아."

"그래서 우리가 호위로 동행하는 거네. 몬스터가 눌러앉아 있지 않다면 좋겠는데 말이야."

"던전으로 이어지는 이 길조차도 뭔가 튀어나와도 이상하지 않을 분위기군요……."

"으으…… 귀신이 나올 것 같아서 무서워요……."

"귀신……. 사천왕 중 한 명인 소레라는 언데드 계열 몬스터를 사역하는 능력을 가졌어……. 이 근처는 적에게 매우 유리한 전투 필드 같으니까…… 위험한걸……."

낡은 석조 통로에는 해골 같은 건 없지만, 지하묘지 같은 기운이 감돌고 있었다. 빛이라고는 여왕과 포타가 들고 있는 램프의 불빛뿐이다. 대화를 중단하자, 이곳에 있는 인원보다 많은 발소리가 들리는 느낌이 들면서 불길한 망상에 사로잡혔다.

시련에 도전하는 왕자와 리카는 입을 다문 채 서로의 손을 꼭 잡고 있었다.

바로 그때, 누군가가 마사토의 손을 움켜잡았다.

"우와아앗?! ……어…… 모네! 갑자기 뭐하는 거야?!"

"너무 놀라지 마~. 왕자님과 리카 씨를 보니 왠지 부러워서, 손을 잡은 것뿐이야~."

"그럼 미리 말을 하라고! 하아!"

"어머나. 마 군, 혹시 무서운 거니? 그럼 엄마도 네 손을 잡아줄게. 그럼 안심이 될 거야." 꼬옥.

"하지 마! 제발 부탁이니까 하지 말라고!"

"마마코 씨는 아드님과 사이가 좋나 보네……. 나도 사위인 왕자님과 저렇게 가깝게 지내고 싶어."

"안 돼요, 카나코 씨! 엄마의 이런 면을 본받지 말라고요!"

마사토의 절규가 울려 퍼지는 가운데, 어두운 계단을 한동안 내려간 일행은 탁 트인 장소에 도착했다.

그리고 그곳에는 카산 왕국의 문양이 새겨진 새빨간 문이 있었다.

"빨개……. 정말 빨갛게."

"굳이 따지자면 와이즈 양이 더 빨갛지만 말이에요."

"나와 비교할 필요는 없지 않아? ……그런데 여왕님? 여기가 거기야?"

"그래. 이 앞이 바로 운명의 붉은 던전이지."

여왕이 손을 내밀자, 문이 소리 없이 열렸다.

문 너머에는 벽도, 바닥도, 천장도 전부 새빨간 통로가 있었다.

“이곳에서 내려진 결과는 절대 뒤집을 수 없어. 두 사람 다 단단히 각오해.”

“예, 어머님!”

“최선을 다하겠나이다!”

“좋아. ……그럼 카나코 씨는 저와 함께 이곳에 남아주지 않겠어? 부모끼리 나누고 싶은 이야기가 있거든.”

“예, 알았어요.”

“호위 여러분. 두 사람을 잘 부탁해.”

“예. ……그럼…….”

“레츠고~!”

모네가 마사토의 손을 잡아끌면서 통로에 들어갔다. 그 뒤를 마마코, 왕자와 리카, 포타가 따랐다.

그리고 최후미는 와이즈와 메디가 맡았다.

“……모네 말이야. 마사토에게 어리광을 부리면서 왜 저렇게 즐거워하는 걸까?”

“글쎄요. 저도 잘 모르겠어요. ……하지만…….”

“하지만?”

“와이즈 양이 마사토 군과 모네 양을 신경 쓰는 게 좀 놀라워요.”

“아, 딱히 별다른 의미는 없어. 진짜로 없는데…… 그것보다, 사천왕이 우리를 습격하고도 남을 분위기니까, 좀 진지해지는 게 어때?"

별것 아닌 대화를 나누고, 붉은 벽의 반사된 빛을 얼굴로 쬐며…….

운명의 붉은 던전 공략이 시작됐다.

와이즈와 메디의 등을 쳐다보며, 여왕은 다시 손을 들어올렸다. 그러자 문이 닫혔다.

"두 사람이 결혼을 할 수 있을지…… 그건 이 시련의 결과에 따르기로 했지만, 정말 잘한 걸까……. 왕자의 행복, 왕족의 규율…… 그리고, 나 자신은 어떻게 하면 좋을까……. 아직도 결정을 내리지 못하고, 망설이고 있는데……."

"적어도 어머니로서는 그저 운명에 맡기고 싶다고 생각해요. 저도 그렇게 생각하고 있죠. ……앞날을 생각하면 여러모로 불안하니, 전면적으로 찬성하지는 못하지만…… 그래도 저는 어머니로서, 딸을 응원하기로 결정했답니다."

"카나코 씨는 결단을 내렸구나……. 부러워……."

"여왕 폐하도 하실 수 있을 거예요. 그 결단을 뒷받침해줄, 특별한 무언가가 일어날 거랍니다. ……그 분이 함께 하고 있으니까요."

"그래. 최선의 결말을 맞이하기를 빌게. ……과거에 나도 경험했던, 그 가혹한 시련을 극복할 수 있을지…… 출구로 이동해서, 결과를 기다리도록 하자."

어머니로서 복잡한 심경을 털어놓은 여왕과 카나코는 계단 통로를 올라가기 시작했다. 불빛이 멀어지자, 던전 입구 주변은 어둠에 휩싸였다.

그리고 얼마 후…….

벽을 따라 기듯 이동하던 어둠이 인간의 형태로 팽창하더니, 아만테와 소레라가 모습을 드러냈다.

"하아, 이렇게 편리한 이동방법이 있는데, 왜 지금까지 숨겨뒀던 거야?"

"숨긴 건 아냐~. 이곳의 어둠처럼~ 언데드가 숨기 쉬운 곳이 아니면~ 쓸 수가 없어서 안 쓴 것뿐이거든~."

"그렇구나. 그럼 됐어. ……자."

붉은 문 앞에 선 두 사람이 악질적인 미소를 지었다.

"우리가 몰래 쫓아가고 있다는 것도 모르고, 만사태평하게 던전에 들어갔네……. 섶을 지고 불에 들어가려 한다는 말을 이럴 때 쓰지?"

"이런 장소는~ 딱 나를 위한 장소나 다름없거든~. 언데드를 얼마든지 소환할 수 있어~."

"우리는 오오스키 마마코 일행과의 정면대결을 두려워하는 게 아냐. 결단코 아니지만…… 압도적인 수적 우세로 짓밟아버릴 수 있다면, 그게 더 편하잖아."

"맞아~. 우리는~ 겁먹은 게 아니라~ 일을 쉽게 해결하고 싶을 뿐이야~. 그런고로~…… 컴온~!"

소레라의 머리 위에 다다미 사이즈의 마법서가 출현하더니, 천천히 펼쳐졌다.

어두운 빛이 비춰지더니, 백골로 된 스켈레톤, 썩은 살점이 떨어지고 있는 좀비, 실체가 없는 고스트 등, 언데드 계열 몬스터가 주위의 어둠에서 차례차례 기어 나왔다.

"소레라가 사역할 수 있는 언데드의 숫자는 총 백만 마리……. 하지만 그건 『동시에』 사역할 수 있는 숫자가 백만 마리인 거야. 그 말은……."

"백만 마리가 당해도~ 여기서라면 얼마든지 더 불러낼 수 있으니까~ 또 백만 마리를 불러내서 투입하면 되니까~ 실질적으로 무한대야~."

"무한한 적을 상대로, 오오스키 마마코 일행은 패배하겠지. 그리고 호위를 잃은 왕자들은 시련을 클리어하지 못해 파국을 맞이할 거야. 즉……."

"마마코 씨 일행은~ 싸움도, 일도 실패하면서~ 우리에게 완전히 패배하는 거지~."

"그렇게 되는 거야. 후훗. 아하하하핫!"

"우후후~. 아하하~!"

승리를 확신한 아만테와 소레라의 웃음소리가 주위에 울려 퍼졌다. 기분이 끝내주는 것 같았다!

언데드 군대가 진군을 개시했다.

"왕족과 호위만 들어갈 수 있다는, 운명의 붉은 던전! 이곳이 오오스키 마마코 일행의 무덤이 되는 거야! 아하하하하핫!"

"왕족과 호위만 들어갈 수 있는 무덤이네~! 아하하~!"

우선 고스트 집단이 문을 통과하려 했다. 하지만 튕겨나갔다.

그 뒤를 이어 스켈레톤과 좀비들이 몸통박치기를 했다. 하지만 튕겨나갔다.

상급 언데드인 스켈레톤 기사가 아만테와 소레라에게 다가오더니, 가볍게 어깨를 으쓱했다.

"무리임다. 봉인이라도 되어 있는 건지, 못 들어가겠습다. 죄송함다."

""……뭐?""

사역되고 있는 몬스터인데도, 말투가 엄청 가벼웠다.

"입구 쪽이 시끄럽네. ……설마 아만테와 소레라가…… 왕족과 호위만 들어갈 수 있는 장소라는 걸 알면서도 억지로 들어오려고 한다거나…… 에이, 그럴 리가 없어. 그 녀석도 그 정도로 바보는 아니잖아."

마사토의 착각이다. 틀림없다. 그것보다…….

"저기, 리카 씨. 혹시 이 던전의 구조나 시련의 내용 같은 것에 대해 아는 건 없나요?"

"나는 캐릭터 디자인 담당이라서 던전 쪽에 대해서는 아는 게 없어. 미안해."

"그런가요……. 그럼 아무 힌트 없이 나아갈 수밖에 없네요."

통로는 일직선으로 이어져 있었다.

몬스터는 보이지 않았다. 아직까지는 평온하지만…….

"이럴 때야말로 경계해야 해. 그 어떤 가혹한 시련이 기다리고 있을지 모르잖아. 방심하면 안 된다고. ……다들 마음을 단단히……."

"앗, 마사토 군! 큰일 났어!"

"모네, 왜 그래?! 몬스터라도 나타난 거야?!"

"나, 재채기가 날 것 같아……. 엣취…… 아~ 나왔어."

어쩌지. 확 쥐어박아주고 싶다. 하지만 마사토는 참았다. 「어? 화났어?」, 「아냐」 마사토는 인내심을 발휘했다…….

하지만 바로 그때, 찰싹! 하는 소리가 울려 퍼졌다.

"아얏! ……마사토 군, 너무해! 때릴 것까지는 없잖아!"

"뭐? 무슨 소리를 하는 거야? 나는 아무 짓도 안 했어."

"때렸잖아! 거짓말하지 마! 마사토 군은 바보!"

"거짓말 아냐! 나는 진짜로 안 때렸다고! 바보라는 소리를 하는 쪽이 바보거든?!"

"뭐어~?!"

"흥!"

"마 군, 모네 양. 진정하고 오해를 풀렴. ……모네 양을 때린 건 저거란다."

마마코가 가리킨 벽 쪽을 쳐다보니…….

그곳에는 새빨간 슬리퍼를 쥔 새빨간 손이 벽에 달려 있었다.

"우왓, 무서워! 어, 슬리퍼를 쥐고 있네?!"

"저 손이 나를 때린 거야?! 이익~! 용서 못해!"

모네가 때리려고 하자, 빨간 손과 슬리퍼는 순식간에 사라졌다.

"방금 그건…… 몬스터야?"

"몰라! 그래도 용서 못해! 엄청 아팠던 데다, 마사토 군과 다툴 뻔 했잖아 정말~!"

"그냥 넘어가지 그래? 다툴 정도로 사이가 좋다잖아. 나라면 전혀 신경 쓰지 않을 걸? 뭐, 아무래도 상관없지만 말이야."

와이즈가 마사토와 모네를 곁눈질하면서 앞으로 나아가려 했을 때…….

"어이, 못난이."

느닷없이, 마사토가 그런 말을……?

우뚝 멈춰선 와이즈는 부들부들 떨면서, 마법서를 불러냈다.

"마사토…… 너, 나한테 시비 거는 거야?!"

"아, 아냐! 아니라고! 나는 아무 말도 안 했어!"

"말했잖아! 방금 그건 마사토의 목소리가 틀림없었어! 똑똑히 들렸거든?!"

"아냐! 나는 아무 말도 안했어! ……방금 그건…… 아, 저기 봐!"

벽에 생겨나 있던 얼굴 형태를 한 무언가가 히죽 웃더니, 곧 사라졌다.

"아무것도 없잖아! 나를 바보 취급하지 마! 네가 그렇게 나온다면…… 스파라 라……."

"마법은 안 돼! 하다못해 물리공격을 해! 아, 물리공격도 사양하고 싶거든?!"

"와이즈 양, 진정해요. 오해예요. 벽에 생겨난 얼굴이 와이즈 양에게 못난이라고 말했어요."

"오오, 메디! 그렇지?! 그런 거지?!"

"예. 제가 똑똑히 봤어요."

메디는 고개를 끄덕이면서, 천사 같은 미소를 지었…….

뿌웅

시간이, 정지됐다.

소리가 들렸다. 메디의 엉덩이 쪽에서, 충격적인 소리가 말이다. 마사토도, 분노에 사로잡힌 와이즈도, 마마코와 모네와 리카와 왕자도, 완전히 굳어버린 채, 메디를 응시했다.

"저, 저기, 메디……. 방금 그건, 좀 그렇지 않아?"

"착한 애인 척 하는 것도, 음흉한 것도 괜찮아. ……하지만……여자애로서, 방금 그건, 좀 아니지 않아?! 게다가, 냄새가 너무 고약하잖아!"

"자자자, 잠깐만요?! 아니에요! 제가 한 게 아니라고요!"

"그, 그래! 아냐! 그런 게 아니란다!"

"마마코 씨의 말이 맞아요! 아니에요!"

"그, 그래! 메디 양이 불쌍해! 그냥 못 들은 걸로 해주자!"

"나도 못 들은 걸로 할게! 왕자님도 그럴 거지!"

"예! 저는 아무것도 못 들었습니다! 그러니 메디 양, 안심하세요!"

다들 메디를 위로하며 고개를 돌렸다. 다들 악의는 없었다. 하지만 메디와 시선을 맞추지 못했다.

"저기, 못 들은 걸로 할 게 아니라! 진짜로 오해란 말이에요! ……방금 그건, 진짜로…… 제가 한 게, 아니거든요?" 빙긋.

"메디가 미소를 지으면서 지팡이를 치켜들었어! 폭력으로 은폐공작을 하려는 거야?!"

"우리를 이 세상에서 지우려는 거야?! 메디, 너라면 그러고도 남을 애라고 전부터 생각하긴 했어!"

"저를 그렇게 생각한 건가요?! 너무해요!"

메디가 우선 와이즈의 숨통을 끊으려고 한 바로 그때였다.

"메디 씨, 와하핫! 아하하하핫?!"

"포타 양?! 설마, 말도 안 돼, 포타 양이 저를 비웃는 건가요?! ……아아, 더는 안 되겠어요……. 이제 아무도 못 믿겠어요……."

"아, 아니에요! 그런 게 아니라, 와핫, 누가 저한테 간지럼을 태우고 있어요!"

진짜였다. 벽에서 생겨난 팔 두 개가 포타의 옆구리와 배를 간질이고 있었다.

마사토 일행이 눈치를 채자, 그 손은 곧 사라졌다.

"포타, 괜찮아?!"

"아, 예! 저는 괜찮아요! 그러니까, 제 말 좀 들어보세요! ……아까, 메디 씨 옆의 벽에 엉덩이가 생겨났어요! 방귀를 낀

건, 그 엉덩이였어요! 메디 씨가 아니에요! 제가 똑똑히 봤단 말이에요!"

"어, 그래? ……포타가 거짓말을 할 리가 없으니까…… 틀림없을 거야."

"그래요! 맞아요! 포타 양, 고마워요! ……자, 그럼…… 고오오오오오……!

메디의 다크 파워가 완전히 해방됐다. 벽을 향해 미소녀 스마일을 지으면서…….

퍽퍽퍽퍽! 그리고 건달 킥을 날려댔다. 바위로 된 벽이 두부처럼 파괴됐다. 「메디 양! 심정은 이해하지만……!」, 「왕가의 자산을 부수면 안 돼!」 왕자와 리카가 새파랗게 질린 얼굴로 말렸지만, 지금의 메디를 제어하는 건 무리다. 일단 그녀가 스트레스를 풀게 내버려두도록 하고…….

남은 멤버들은 상의를 시작했다.

"내 생각인데…… 이게 혹시 시련 아냐?"

"나도 그렇게 생각해! 틀림없어!"

"일부러 다투게 만들어서, 두 사람의 유대를 시험하는 거야? 정말 악랄하네!"

"심술궂은 던전이에요! 정말 마음에 안 드는 던전이에요!"

"하지만 여기를 클리어 해야 왕자님과 리카 씨가 결혼할 수 있잖아……."

"맞아. 그럼 이대로 나아갈 수밖에 없겠네……."

모든 시련을 하나하나 돌파하면서 나아가는 건 힘들 것 같았다. 정신건강상으로 좋지 않다.

그리고 곰곰이 생각해보니…….

'……이건 원래 왕자님과 리카 씨를 위한 시련이잖아.'

그렇다. 그러니…….

"왕자님, 리카 씨. 할 말이 있는데……."

"잠깐만, 마사토 군! 무슨 말이 하고 싶은 건지는 알아! 그래도 무리야! 우리가 앞장을 서는 건 무리란 말이야! 나, 왕자님과 사이가 나빠지는 건 싫어!"

"하지만 이건 두 사람을 위한 시련……."

"아, 그래! 이건 시련이야! 나와 왕자님은 남들의 위에 선 자로서, 가혹한 전장에 병사를 보낼 수 있는가…… 그런 걸 시험받고 있는 거야!"

"사리사욕에 따라 시민에게 희생을 강요할 수 있는 쓰레기 같은 인간이 왕자님의 반려로 어울리는지, 함께 온 호위에게 판단을 내리게 하기 위한 장소일지도 모르겠네요."

"윽! 시선이 너무 매서워!"

마사토만이 아니라 모네와 와이즈도 미심쩍은 표정을 짓고 있었다. 마사토는 지금 이 자리에서 불신임안을 제출하고 싶은 심정이지만…….

바로 그때, 왕자가 리카의 손을 움켜잡았다.

"리카 씨. 마사토 군의 말이 맞습니다. 이건 저와 리카 씨를 위한 시련이에요."

"하, 하지만……!"

"괜찮아요. 저희의 유대는 그 어떤 일이 있어도 절대 끊어지지 않아요. 게다가…… 아까 같은 일은 이제 일어나지 않겠죠."

약간 굳은 표정을 지은 왕자가 이제부터 나아가야 할 통로를 쳐다보았다. 마사토 일행도 그쪽을 쳐다보니…….

멀쩡한 곳을 찾기 힘들 정도로 벽 곳곳이 발에 걷어차여 파괴된 흔적이 남아있었으며…….

"후후후. 잡았어요. 아까 전의 그 한심한 짓을 벌인 사람은 바로 당신이죠?"

"맞아요! 커억?! 저는! 크윽?! 시련이니까! 으악?! 그게 일이라서! 크억?! 어쩔 수 없이! 푸읍?!"

"시련이니, 일이니 같은 건 아무래도 상관없어요. 당신은 그 딴 방법으로 순수한 처녀에게 수치를 안겨줬죠. 그 대가를 치르세요. 후후후후후후."

시꺼먼 다크 파워를 온몸에 두른 메디가 새빨간 점토인형 같은 것을 움켜쥔 채, 쉴 새 없이 무릎 차기를 날리고 있었다. 부서진 벽에 몰아넣은 채, 퍽퍽퍽퍽퍽, 하고 끝없이 말이다. HIT수는 이미 세 자릿수에 달할 것 같았다.

그 충격적인 상황을 본 이들은 얼굴이 새파랗게 질렸다.

"저, 저기, 마 군! 메디 양을 말리는 편이 좋겠지?!" 오들오들!

"그건 그런데…… 지금은 메디의 마음을 존중해주자. 어쩔 수 없어. 저러고도 남을 상황이었는걸. 그냥 이해해주자."

마사토는 마마코의 등에 손을 대며 뒤돌아 세웠다. 그녀의 마음을 이해하는 여자애들도, 리카도, 왕자도, 마찬가지로 돌아서며 아무것도 보지 못한 척 했다.

그리고 그들은 한 마음으로, 새빨간 점토인형의 명복을 빌었다. ……하지만…….

새빨간 점토인형은 뜻밖에도 살아있었다.

마사토 일행 앞에서 무릎을 꿇더니 바닥에 이마를 비비며 사죄했다.

"메디 님, 여러분, 정말 죄송합니다. 저는 선두에 선 사람에게 자동적으로 저지른 짓에 대해서도, 거듭 사과드립니다."

"아, 예. 그것보다 그렇게 두들겨 맡고도 살아있네. 진짜 터프한걸."

"저는 원래 HP가 없습니다. 그 덕분에 어찌어찌……."

"특이한 분이네……. 이름이 어떻게 돼?"

"시련입니다."

눈도 코도 없는 달걀귀신 같은 얼굴을 한 시련이 그렇게 말했다.

운명의 붉은 던전의 시련, 줄여서 시련이다.

"……저기, 왕자님? 진짜로 이게 우리의 시련이야?"

"저도 자세한 이야기는 듣지 못해서 모릅니다만……."

"이렇게 못난 시련이라 죄송합니다. 이름도, 외모도, 사고능력도 전부 어중간해서 정말 죄송합니다. ……타깃인 두 분의 사이가 나빠지도록 더 훼방을 놨어야 하는데 그러지 못했네요."

"아, 맞다! 나한테 못난이라고 했지?! 나도 한 대만 때릴래!"
"나도 때릴 거야! 머리를 슬리퍼로 맞은 걸 복수하고 싶어!"
"저는 간지럼을 당했을 뿐이니까, 딱히 개의치 않아요……."
"그럼 다음은 와이즈 양과 모네 양 차례네요. 제2라운드를 시작하죠."
"기다려주세요, 메디 님! 이제 그만 두들겨 패세요! 아까 끼친 폐에 대한 사과 삼아, 안전하게 출구까지 안내해드리겠습니다! 부디 용서해주십시오! 자, 가시죠!"
시련은 허둥지둥 몸을 일으키더니, 빨리 가자고 재촉했다. 전통여관의 안내 담당처럼 시련은 쉴 새 없이 굽실거렸다.
틈만 나면 걷어차려 하는 메디를 가장 뒤편에 세운 후, 마사토 일행은 시련의 안내를 받으며 걸음을 옮겼다.
"진짜로 안전하게 출구까지 안내해줄 거야?"
"물론입니다. 시련 그 자체인 제가 이렇게 순순히 길 안내를 해드리는 거니까요. 아무 일도 일어나지 않을 겁니다. 하하하."
"그러는 것도 문제라고 생각하는데……."
"안전하게 클리어할 수 있다면 그게 최고야. 그럼…… 부비부비~."
"하아, 정말! 모네! 어리광 좀 적당히 부려!"
모네는 마사토의 팔을 끌어안더니, 볼을 비벼댔다. 평소와 마찬가지로 어리광을 부려대는 것이다.
시련은 그 모습을 은근슬쩍 쳐다보았다.
"호오. 왕자님 커플 말고도 시련을 받아야 할 유대가 존재하는 군요. 흠흠."

"우리는 됐거든?! 그런 사이가 아니라고!"

"그런가요? 그럼 일단 제쳐두기로 하고…… 이렇게 걷기만 하는 것도 심심하니, 적당히 이야기라도 나누도록 하죠. 기왕이면 왕자님과 공주님의 이야기라도 들려주시지 않겠습니까?"

"고, 공주님?! 꺄아, 리카는 부끄러워!" 20대 후반이 몸을 배배 꼬기 시작했다.

"리카 씨의 태도가 더 부끄러운데요."

"저와 리카 씨의 이야기를 듣고 싶다면, 우선 기적적인 만남을 가진 부분부터 이야기를 들려드리죠."

리카와 손을 맞잡은 왕자가 행복에 겨운 듯한 목소리로 이야기를 시작하려 한 바로 그때였다.

시련이 갑자기 손을 치켜들며 왕자의 말을 막았다.

"기적적인 만남인가요. 두 분의 유대는 특별하게 시작된 거군요."

"예. 그렇습니다만……."

"그럼 지금이 행복의 정점이며, 앞으로는 하강곡선을 그리기만 하겠네요."

"예……?"

"뭐, 그렇겠죠. 특별하게 시작된 만큼, 그건 피할 수가 없죠. 이대로 결혼을 하더라도, 최초의 감동에 미치지 못하는 평탄한 일상만이 계속될 겁니다. 행복 수치는 계속 하락하기만 할 거예요. 하하하."

"으, 으음…… 어?"

왕자는 리카와 얼굴을 마주한 채 아무 말도 하지 못했다. 「그럴 거야」, 「그게 진리죠」 와이즈와 메디는 납득한 것 같았다. 아직 열두 살인 포타는 영문을 모르겠다는 듯이 고개를 갸웃거렸다.

갑자기 모네가 마사토의 팔을 힘차게 움켜잡았다.

"거기~! 이상한 소리하지 마! 처음 만났을 때의 두근거림은 영원하단 말이야! ……자, 마사토 군도 한 마디 해줘!"

"대체 무슨 말을……."

"마사토 군과 모네 양도 특별한 만남을 통해 시작된 패턴인가요? 그거 유감이군요. 행복의 절정에서 굴러 떨어질 일만 남은 인생이네요. 참 안 되었습니다. 이야~ 유감이에요."

"뭐가 유감이라는 거야~! 유감인 건 와이즈 씨와 메디 씨거든~?!"

"잠깐만, 왜 우리를 거론하는 건데?!"

"와이즈 양은 몰라도, 저는 유감스러울 일이 없는데 말이죠."

"와이즈 양과 메디 님은 반대로 마사토 군에게 있어 괜찮은 상대라고 생각해요. 서로를 의식하지 않지만 한순간의 실수로 함께 하게 된다면, 그것도 의외로 나쁘지 않죠. 그것이야말로 이상적일 겁니다."

"잠깐만! 적당히 좀 해! 따끔한 맛 좀 볼래?!"

"저는 오히려 그걸 바라고 있죠. 후후후."

"뭐엇?! 두 사람 다 흥미 없는 척 하면서도, 실은 마사토 군을 노리는 거야?! 속았네!"

"아, 나는 그렇지 않거든?! 오해하지 마!"

모네는 마사토에게서 떨어지더니 와이즈와 메디에게 따지기 시작했다. 이대로 있다간 여자들 간의 다툼으로 번질 것 같았다. 뭐, 마사토로서는 아무래도 상관없지만 말이다.

한편, 왕자와 리카는 불안한 표정으로 서로를 쳐다보며 입을 다물고 있었다. 지금이 너무 행복해서, 앞으로 어떻게 될지 짐작조차 되지 않는 것이다.

침착한 사람은 마사토, 마마코, 포타, 이 세 사람뿐이다.

"적당히 이야기를 나누자고 했지만, 이건 시련 맞지?"

"행복에 겨워 있는 상황에서 이런 식의 공격을 당한 거네……. 결혼 전 우울증에 걸리지는 않을지 걱정 돼."

"시련 씨는 심술궂어요! 너무해요!"

"이야~ 죄송합니다. 악의는 없지만, 이게 저의 일이라 말이죠. ……참고로, 마마코 씨는 어떻게 생각하죠? 이 자리에 있는 이들 중 유일한 결혼 경험자로서, 한 말씀 부탁드립니다."

"그럼 엄마. 실제 체험에 근거한 의견을 들려줘."

"엄마는 마 군이 있어서 항상 행복해." 빙긋.

"아, 그런가요. 하나도 참고가 안 되네~."

"역시 마마 씨는 한결 같으세요!"

"마마코 씨의 경지에 도달하는 건 쉽지 않을 것 같네요. ……적어도, 리카 씨에겐 불가능……."

"그렇지 않아!"

힘찬 목소리가 들렸다.

리카는 왕자와 맞잡은 손을 시련에게 보여주면서, 힘찬 목소리로 외쳤다!

"나와 왕자님은 지금도, 앞으로도, 쭉 행복할 거야! 이렇게 만난 기적을, 마음의 소통이 자아낸 행복을, 영원토록 잊지 않으며……!"

"아, 그런가요. 그런 것도 괜찮겠죠."

"너무 쉽게 넘어가는 거 아냐?! 그리고 사람 말 좀 끝까지 듣지 그래?!"

"하고 싶은 말이 뭔지 얼추 아니까 됐습니다. 게다가…… 무슨 말을 늘어놓든, 어찌할 수 없는 것도 있으니까요."

"어찌할 수 없는 것……?"

"간단합니다. ……왕자님, 그리고 모네 양? 이쪽으로 와주시죠."

시련은 왕자와 모네를 데리고 세 걸음 정도 나아갔다.

바로 그 순간, 시련과 마사토 일행 사이에 유리로 된 벽이 생겨났다. 그들은 완전히 격리되고 말았다.

마치 스피커를 통해 들려오는 듯한 목소리로, 시련은 질문을 던졌다.『자, 그럼 간단한 퀴즈를 내겠습니다. 그쪽에 있는 분들은 무엇이고, 이쪽에 있는 왕자님과 모네 양은 무엇일까요?』

그것은 정말 간단한 퀴즈였다.

마사토는 곧 이해했다.

'아, 그래……. 어찌할 수 없는 것이란, 바로 이거구나.'

위화감이 없어서 툭하면 깜빡하지만…….

마사토 일행과 리카는 테스트 플레이어, 즉 현실세계의 인간이다.

하지만 왕자와 모네는 NPC, 즉 게임 세계에 만들어진 캐릭터다.

그들은 근본적으로 다른 존재다.

전원이 그 점을 이해하자 시련은 만족한 것처럼 고개를 끄덕였다.

『금방 이해하셨군요. 왕자님과 리카 씨, 그리고 마사토 군과 모네 양은 애초부터 인연이 없었던 겁니다. 자, 다들 수고 많으셨습니다.』

"허…… 헛소리 하지 마!"

시련이 종료를 선언하자, 리카가 유리벽을 주먹으로 후려쳤다.

"네가 하고 싶은 말이 뭔지는 알아! 하지만 이 MMMMMO RPG(가칭)는 달라! 이 세계에선 인간인지 데이터인지 같은 건 사소한 문제란 말이야!"

『아뇨. 충분히 심각한 문제라고…….』

"아이를 만드는 것에 집착하지 않는다면, 현실세계와 다르지 않은 생활을 할 수 있어! 나는 캐릭터 디자인 담당이지만, 운영 측의 일원으로서 전체적인 사양을 파악하고 있어! 그건 틀림없단 말이야!"

『뭐, 그렇기는 합니다. 하지만 그렇다고 해도 엄연히 다른 존재라는 사실에는 변함이 없죠. 그럼 수고 많으셨습니다.』

"멋대로 이야기를 끝내지 마! 빨리 이 벽이나 없애란 말이야!"

『리카 씨, 리카 씨. 이 벽은 차원을 가르는 벽이기 때문에, 부술 수 없습니다. 손만 다칠 뿐이니 관두시죠.』

"내가 알 바 아냐! 그리고 나는 전혀 아프지…… 큭!"

『리카 씨, 그만하세요! 제가 할게요! 물러나세요!』

건너편에 있는 왕자가 유리벽을 향해 몸통박치기를 날렸다. 하지만 차원의 벽은 꿈쩍도 하지 않았다. 그러나 포기하지 않았다. 몇 번이나, 몇 번이나 몸통박치기를 했다.

시련은 그 모습을 그저 묵묵히 지켜보고 있기만 했다.

모네는…….

『훌쩍…… 마사토 군…….』

치마를 움켜쥔 채, 마사토를 지그시 응시했다.

마사토의 입에서 땅이 꺼져라 한숨이 흘러나왔다.

"오해할까 싶어서 말해두겠는데, 나는 너한테 그런 마음 없어. 왕자님과 리카 씨 같은 관계가 될 생각은 없다고."

『정말! 마사토 군은 솔직하지 못하다니깐!』

"아니, 진심을 말한 건데……."

바로 옆에는 필사적인 이가 있고…….

눈앞에는 울고 있는 여자애가 있다.

이 광경을 그저 지켜보고만 있는 건, 마사토로서는 있을 수 없는 일이다. 그러니까……!

"왕자님! 리카 씨! 차원의 벽에서 떨어져! ……우랴아아아압!"

마사토는 성검 필마멘트를 뽑아들더니, 전력을 다해 차원의 벽을 향해 휘둘렀다.

하지만 그 공격은 허무하게 튕겨났다. 벽에는 흠집 하나 나지 않았다.

"젠장! 단단해!"

"마사토, 교대해! 내가 날려버리겠어! 모네는 몰라도, 왕자님과 리카 씨가 해피엔딩을 맞이해주지 않으면 곤란하단 말이야!"

『너무해~! ……헉 와이즈 씨, 설마…… 차원의 벽을 부수는 척 하면서, 연적인 나를 해치울 속셈인 거 아냐?!』

"그 오해까지도 한꺼번에 날려버리겠어! ……스파라 라 마지아 펠 미라레…… 대폭구(大爆球)(알토 봄바 스페라)! 그리고! 대폭구(大爆球)(알토 봄바 스페라)!"

와이즈의 연속마법이 발동. 발사된 특대 에너지 두 개가 차원의 벽에 격돌하더니, 대폭발을 일으켰다.

"흐흥! 어때? 이거라면……."

"어이, 와이즈! 있지도 않은 가슴을 펼 때가 아니거든?! 전혀 안 통했다고!"

"뭐, 정말?! ……마사토. 너, 이쪽으로 좀 와봐."

차원의 벽은 건재했다. 「사과 안 해?」, 「짤못푸헥?!」, 「사과 안 해?」, 「그러니까 짤못푸헥?!」 무심코 괜한 소리를 한 마사토는 와이즈에게 왕복 따귀를 맞고 말았다.

파괴 공작은 속행됐다. 포타가 몸을 날렸다.

"제가 해볼게요! 비장의…… 폭탄 수정구슬이에요!"

한 아름 안고 있던 수정 구슬을 벽에 세팅한 포타는 다른 이들을 대피시켰다. 그리고 작동 스위치를 누르자, 와이즈의 마법 못지않은 폭발이 발생했지만…… 유감스럽게도 부서지지 않았다.

메디도 도전했다.

"다음은 저의 차례군요. ……시련 씨. 자, 제 앞으로 오세요."

『저를 두들겨 팼을 때처럼, 인정사정없이 패려는 거군요. 메디 님은 참 대단하네요.』

"벽과 함께 당신도 분쇄할 수 있기를 빕니다. 그럼…… 이얍!"

시련을 눈앞에 세운 후, 다크 파워를 극한까지 끌어올린 메디가 지팡이를 풀 스윙했다! 그러자!

대앵~ 하는 둔탁한 소리가 나기만 했을 뿐, 벽의 파괴에는 실패했다. 「……파, 팔이……」 메디는 부들부들 떨면서 몸을 웅크렸다.

남은 사람은 마마코뿐이다.

"그럼 나도 힘 좀 써볼게."

마마코가 차원의 벽 앞에 서자, 시련은 바로 입을 열었다.

『당신에 대해선 잘 알고 있습니다. 하지만 아무리 마마코 씨가 엄청난 화력을 발휘할 수 있더라도, 이 벽을 부수는 건 불가능하죠. ……이 차원의 벽은 이곳에 이렇게 존재하는 것 이상의 의미를 지니니까요.』

"어머나, 왠지 어려울 것 같네……. 방금 그 말은 무슨 의미야?"

『만약 마사토 군이 일러스트로 그려진 소녀를 사랑하게 되어서 그 소녀와 결혼하고 싶다고 말한다면, 마마코 씨는 찬성할 겁니까?』

"그건…… 으음…… 찬성하기 어려울 것 같네……."

『그런 겁니다. 이 차원의 벽은 일반적인 공통인식이자 윤리적으로 넘어선 안 되는 선인 거죠. 그러니…….』

"하지만 일러스트와 왕자님, 그리고 모네 양은 다르잖아? 이렇게 같은 세계에 존재하고, 이야기를 나눌 수 있는데다, 서로의 감촉을 느끼며, 함께 생활할 수도 있는걸."

『그건 그렇습니다만, 인간과 NPC가 맺어지는 건 있을 수 없는…….』

"그럴까? 나는 그렇게 생각하지 않아. 그러니까…… 마 군."

마마코는 마사토의 곁으로 가더니, 그의 뒤편에 섰다.

"저기, 마 군. 마 군은 모네 양을 어떻게 생각하니?"

"가, 갑자기 무슨 소리를 하는 거야……. 엄청 대답하기 힘든 질문인데……."

"그럼 질문을 바꿀게. 마 군은 모네 양이 NPC라는 이유로, 같이 있을 수 없게 되더라도 괜찮니?"

"그건, 으음…… 그딴 재미없는 소리 하지 말라고 말하고 싶네. 일반적인 인식 같은 건 내가 알 바 아니라고 생각하니까……. 뭐, 실제로 차원의 벽을 넘는 건 꽤 어려울 것 같지만……."

"그럼 결정된 거네. 엄마는 지금부터 그 기술을 쓸 거야."

"뭐? 그 기술?"

"엄마도 마음만 먹으면 할 수 있어. 하나 둘…… 마 군! 다녀오렴!"

마마코는 마사토의 등을 가볍게 밀었다.

그것은 모친 특수 스킬 【어머니의 등 밀어주기】.

카나코가 딸인 리카에게 써서, 앞으로 나아갈 용기를 줬던 기술이며…….

마마코가 쓴 그 기술은 마사토를 벽 너머로 순간이동시켰다. 시공전이급 등 밀어주기였다.

"어? ……오오?! 나, 차원의 벽을 넘었어?!"

"와아~! 마사토 군이 이쪽으로 와줬어! 기뻐~! 부비부비~!"

"어어어어어엇?!, 잠깐만, 어어어어어어어엇?! 말도 안 돼애애애애애애애애애앳?!"

시련이 콧물을 뿜으며 깜짝 놀랐지만, 착각이 아니었다. 엄연히 실제로 일어난 일이다.

그리고 마마코는 보냈다.

"그럼 리카 양도 사랑하는 왕자님의 곁으로 가보렴!" 톡.

"어엇…… 우왓…… 아앗, 왕자님!"

"리카 씨! 더는 헤어지지 않겠습니다!"

리카가 차원의 벽을 넘어서 왕자의 품에 뛰어들었다. 서로를 사랑하는 두 사람이 뜨거운 포옹을 나눴다. 「저기, 마사토 군~」, 「싫어」 참고로 다른 두 사람 쪽은 모네가 일방적으로 마사토를 끌어안았다. 마사토는 약간 질색하는 것 같았다. 아무튼…….

아연실색한 시련은 갑자기 웃음을 터뜨리더니, 차원의 벽을 가볍게 두드려서 없앴다.

“이야~ 설마…… 설마 차원의 벽을 넘게 하다니, 정말 놀랍군요. 마마코 씨는 대체 어떻게 되어먹은 거죠?”

“나도 아들로서 일상적으로 그런 고민으로 골머리를 썩여.”

“그 심정은 이해합니다. ……자, 클리어한 이상, 시련으로서 인정할 수밖에 없겠군요. 왕자님과 리카 씨에게는 이걸 드리겠습니다.”

시련이 손을 내밀자, 조그마한 보석함이 생겨나더니 왕자의 손아귀에 들어갔다.

그 안에는 섬세한 세공이 되어 있는 한 쌍의 반지가 들어 있었다.

“그것은 이 시련에게 인정을 받았다는 증거입니다. 왕가의 결혼반지죠. 결혼식 때 이용해 주십시오. ……왕족 전용인지라 마사토 군과 모네 양에게는 드리지 못하는 점, 양해해 주시길.”

“나와 모네는 그런 사이가 아니니까 필요 없어.”

“부우~! 나는 받고 싶어~!”

“그럼 이것으로 저의 역할은 끝났습니다. 수고 많으셨습니다.”

통로 끝에 문이 생겼다. 그리고 시련의 모습이 서서히 옅어지며 사라졌다. 「마지막 한 마디가 『수고 많으셨습니다』인 거냐……」 정말 사무적인 시련이었다.

그리고 출구의 문이 열렸다. 문 너머는 입구 부근과 비슷한 지하 공간이다. 시련 돌파를 축하하는 듯한 장식은 없지만…… 온화한 미소를 머금은 여왕과 카나코가 있었다.

왕자와 리카는 손을 맞잡은 채, 빠른 걸음으로 어머니에게 뛰어갔다.

"어머님! 카나코 씨! 다녀왔습니다!"

"우리는 시련을 돌파했어! 자, 봐! 반지도 받았어……!"

"하아, 정말! 리카! 허둥대지 마! 좀 조신하게 행동하렴!"

"오호호. 두 사람 다 진정해. 두 사람이 시련을 치르는 모습은 이쪽에서도 확인할 수 있었단다. 붉은 시련과 만났을 때 부분부터지만 말이야."

그 말은 「그럼 메디의 『뿌웅』을 알려줘야……」, 「와이즈 양, 저 좀 봐요」 와이즈가 던전 안으로 끌려가는 건 일단 내버려 두기로 하고…….

신경 쓰이는 건 판정이다. 마사토는 물어보았다.

"그럼 왕자님과 리카 씨는 시련을 돌파한 건데요. 이걸로, 이번에야말로, 일단은 같은 게 아니라 제대로, 여왕 폐하께서도 두 사람을 인정해준 걸로 알면 될까요?"

"그 점에 대해선…… 우선 마마코 씨. 잠시 나 좀 봐."

여왕은 마마코에게 걸어가더니, 그녀의 손을 움켜잡았다.

"나는 쭉 고민했어. 하지만 마마코 씨의 말을 듣고 결심이 선거야. ……그 어떤 난관에 직면하더라도, 그 등을 밀어주며 자식을 보내준다…… 마마코 씨가 보여준 그 모습을 내가 본받아야 한다는 걸 깨달았어. 진심으로 감명을 받았다니깐."

"아뇨. 당연한 일을 했을 뿐이랍니다. 우후후."

"엄마의 그런 면을 참고삼지는 않아줬으면 좋겠는데 말이죠."
"모든 망설임을 떨친 지금, 선언할게."
여왕은 왕자와 리카 앞에 서더니, 맞잡고 있는 두 사람의 손 위에 자신의 손을 얹었다.
"나는 여왕으로서, 두 사람의 결혼을 허락하겠어. 그와 동시에 어머니로서, 두 사람의 행복을 바라며…… 신분뿐만 아니라 태어난 차원이 다른 존재의 결혼이라는 전대미문의 길을 걸으려 하는 두 사람의 등을 밀어주기로, 이 자리에서 맹세하겠어."
그 말이 왕자의 리카의 마음속에 스며들어갔다. 긴장하고 있던 두 사람의 표정이 점점 풀리더니…… 리카가 울음을 터뜨리기 직전, 왕자가 힘차게 그녀를 끌어안았다.
마마코가 박수를 보내자, 카나코도 눈가의 눈물을 닦으며 박수를 쳤다. 「축하해~!」, 「축하해요!」 모네와 포타는 둘이서 사이좋게 만세를 했다.
은근슬쩍 던전에서 돌아온 메디도 박수를 쳤다. 메디의 뒤편에는 쓰러진 채 꼼짝도 하지 않는 와이즈가 있었지만, 그냥 못 본 척 하기로 했다.
이 참에 마사토도 두 사람에게 축하의 한 마디를 건네려던 순간…….
"아, 맞다. 이 말을 하는 걸 깜빡했네."
"예? 저기, 여왕 폐하? 또 무슨……?"
"아, 그게…… 아까 위병에게 보고를 받았어. 수상한 여성

2인조가 시련을 방해하기 위해 던전 입구에서 난동을 부린 것 같아. 너무 재빨라서 놓친 것 같은데……."

"알았어요. 그쪽은 저희에게 맡겨주세요. ……마무리 삼아 한 바탕 제대로 날뛰도록 하죠."

마사토가 그렇게 말하자, 동료들은 힘차게 고개를 끄덕였다.

병사들, 그리고 마을 업자들도 협력해서 철야로 준비 작업이 진행된 후…….

다음날. 성안에 있는 대성당에서 왕자와 리카의 결혼식이 거행되게 되었다.

복음을 전하는 종소리에 맞춰, 신랑신부가 입장했다.

"드디어 식을 올리는 거네, 왕자님."

"그, 그렇군요……."

차분한 리카와 달리, 왕자는 약간 긴장한 것 같았다. 식은 땀을 삐질삐질 흘리고 있었다.

흰색 턱시도 차림인 왕자, 그리고 옷자락이 긴 순백의 웨딩 드레스를 입은 리카가 하객들 사이로 천천히 나아갔다. 「우왓……」 긴 옷자락을 들어주는 여자애도 걸음이 약간 꼬였지만, 다행히 넘어지지는 않았다.

특별석에 앉아있는 두 어머니, 여왕과 카나코가 긴장한 표정으로 지켜보는 가운데, 신랑신부가 주례를 맡은 신부(神父)님 앞에 도착했다.

"어험. 시련을 극복한 두 사람에게 선서는 필요 없을 테지요. 맹세의 입맞춤을 통해, 두 사람의 결혼을 인정하도록 하겠습니다. 그럼 입맞춤을 하시죠."

"예. ……자, 왕자님."

"예……."

드디어 맹세의 키스를 할 차례다. 리카가 눈을 감자, 왕자가 그녀를 향해 천천히 얼굴을 내밀었고…….

두 사람의 입술이 금방이라도 포개질 것 같지만, 아직 닿지 않았다…….

아직이다. 아직…… 좀 더…….

바로 그때였다.

"멈춰!"

"결혼은~ 꿈도 꾸지 마~!"

대성당의 문이 박살이 나며 떨어져나가더니, 아만테와 소레라가 뛰어 들어왔다. 그 뒤를 이어 언데드 무리가 눈사태처럼 몰려왔다.

바로 그 순간이었다.

"이…… 이 자식들아아아아앗! 늦었잖아~! 나를 죽일 심산이냐?!"

""어?""

목청껏 고함을 지른 왕자가 펑 하는 소리와 함께 연기에 휩싸이더니, 그 연기를 헤치며 마사토가 모습을 드러냈다. 평소와 마찬가지로 롱재킷을 걸쳤으며, 왼손에는 건틀릿을 착용했다. 검 또한 장비하고 있었다.

"앗, 오오스키 마사토?!"

"변신 마법을 써서 왕자로 변신했던 거야~?!"

"그래! ……그리고……!"

마사토의 뒤를 이어, 동료들도 변신을 풀었다. 여왕과 카나코는 와이즈와 메디였으며, 신부님은 모네였다. 그리고 드레스 끝자락을 들어주던 소녀는 포타였다. 다들 평소와 같은 장비를 갖추고 있었으며, 만전의 전투 태세였다.

다른 하객들도 원래 모습으로 돌아갔다. 중후한 갑옷을 걸친 근위병, 그리고 고가의 마도서를 손에 든 왕궁 마도사들이 모습을 드러냈다. 카산 왕국의 최고전력이 이 자리에 집결한 것이다.

그리고, 신부의 정체는 물론 바로 그 사람이다. 펑 하는 소리와 함께 변신이 풀리자…….

"휴우. 좀 갑갑했어. 사이즈가 안 맞네."

웨딩드레스 차림의 마마코가 등장했다! 가슴 주위의 압박이 상당한지, 금방이라도 가슴이 흘러나올 것만 같았다!

"자, 이번에야말로 결판을…… 잠깐만, 엄마는 왜 그 복장인 거야?!"

"이 작전 직전에 여왕 예하에 이야기를 좀 나눴거든? 그때 웨딩드레스를 참 오래됐다는 말을 했더니 그럼 입어보라며 권해주셔서……."

"전투가 벌어질 걸 뻔히 알면서, 왜 그런 짓을 한 거야?! 빨

리 갈아입고 와!"

"그래. 옷이 더러워질 거야. ……포타 양, 옷 갈아입는 걸 도와주겠니?"

"예! 제가 도와드릴게요!"

마마코는 일시 퇴장했다. 제단 안쪽에 있는 대기실로 마마코가 향하자, 동료들과 병사들이 박수를 보냈다. 「박수 안 쳐도 돼!」 하지만 박수는 멎지 않았다. 아무튼…….

상황을 파악한 아만테와 소레라는 이를 갈았다.

"큭! 말도 안 돼! 이건……!"

"그래! 이건……!"

"모자지간이 결혼하려고 한 거야~?! 그건 좀 문제가 되지 않아~? 범죄 아냐~?!"

"그럴 리가 없잖아아아아앗! 으으, 젠장! 이런 뻔한 함정에 걸린 걸 보면 역시 바보네! 너희의 유감스러운 대갈통도 격파해주겠어! ……전원, 돌격!"

전투의 막이 올랐다.

마사토가 호령을 하자, 왕국의 병사들이 언데드 군단과 격돌했다. 단련된 검술과 마법이 작렬하자, 적의 파편이 사방으로 튀었다. 수적으로는 열세지만, 역량에서 앞서는 왕국군이 우세해 보였다.

마사토는 감동을 금치 못했다.

"내 지시에 따라, 적들이 차례차례 섬멸되고 있어……. 우와…… 지휘는 진짜 재미있네!"

"마사토 지휘관! 나도 싸울래! 지시를 내려줘!"

"나만 믿어! 모네는…… 현 시점부터 어리광 금지!"

"뭐어엇?! 어리광을 금지당하면, 나는 힘을 억제할 수 없는데…… 아아, 안 돼……. 모든 것을 파괴해서 집어삼키는 금단의 힘이, 발동되고 말아……."

"그러면 돼! 그대로 유지하는 거야! ……병사 여러분! 적의 파편은 이쪽으로 던져도 돼요! 발 디딜 곳을 확보하며 계속 전진해주세요!"

"훌쩍훌쩍…… 나한테 쓰레기 처리를 떠넘기다니……. 어떻게 애인한테 이럴 수가 있어……."

"한 사람은 모두를 위해! 모든 건 승리를 위해서야! 잠시만 참아!"

마사토의 전술 덕분에 왕국군의 기세가 더욱 상승했다. 이대로 소탕전으로 이행할 것이다.

남은 건 적의 우두머리를 쓰러뜨리는 것뿐이다.

"탈의실에서의 빚을 갚아주겠어! 사천왕 두 명은 나한테 맡겨! ……와이즈와 메디는 엄호를……!"

"아냐! 저 녀석들은 우리한테 맡겨!"

"걱정할 필요 없어요! 지휘관은 거기서 지켜보고 계세요!"

"아니, 저기, 그게 아니라…… 단상 위에서 구경만 하는 것도 나쁘지는 않지만, 역시 나도 싸우고 싶다고나 할까……. 아, 저기…… 그렇게 당당히 명령을 무시하는 건……."

지휘관의 신뢰도에 문제가 있다는 식으로 생각하고 싶지 않지만…….

와이즈와 메디는 버진로드를 내달리며 아만테와 소레라에게 쇄도했다.

"그럼 빨리 정리하자!"

"그건 우리가 할 말이야! 너희 따위는 우리 상대가 못 돼!"

"이상한 소리를 하는 군요. 일전에 싸웠을 때, 저희한테 진 걸 잊은 건가요?"

"그때는~ 진심으로 싸우지 않았을 뿐이야~. 하지만 오늘은 전력을 다해야지~. 그러니까 선제공격~! ……스파라 라 마지아 펠 미라레…… 침묵(타체레)!"

"그렇게는 안 돼! ……스파라 라 마지아 펠 미라레…… 반사(리프레시오네)! 그리고! 반사(리프레시오네)!"

소레라가 침묵 마법을 사용했다. 그와 동시에 와이즈는 자신과 메디에게 마법을 반사하는 효과를 부여했다.

와이즈와 메디를 향해 사용된 마법 봉인의 효과는 그대로 튕겨나더니, 소레라에게 명중…….

"걸렸어! 하앗!"

바로 그때, 아만테가 소레라를 감쌌다.

아만테는 온갖 공격을 반사하는 스킬을 지녔다. 마법 봉인의 효과는 또 튕겨난 것이다.

와이즈는 마법을 봉인 당했다. 메디도 마법을 봉인 당했다.

"……아, 니……?"

"와이즈 양만이라면 몰라도, 저까지……?!"

"반사된 마법을 다시 반사시키면~ 명중하거든~. 전에는~ 이 전법으로 아만테를 억눌렀지만~."

"그때 빚을 그대로 갚아준 거야. ……훗, 꼴좋네. ……각오해!"

가는 검을 뽑아든 아만테가 그대로 돌진했다. 그리고 혼신의 힘을 다한 찌르기를 날렸다.

마법을 봉인 당해서 당황한 와이즈와 메디는 그 공격에 대처하지 못했다. 무심코 몸을 맞대더니, 눈을 꼭 감았다.

검에 꿰뚫리려던…… 바로 그 순간이었다.

"그렇게는 안 돼!"

와이즈와 메디 사이에서 건틀릿을 장착한 왼손이 쑥 튀어나왔다. 즉시 방어장벽이 전개되더니, 아만테가 펼친 기관총 같은 연속 찌르기를 전부 막아냈다. 와이즈와 메디는 멀쩡했다.

한편, 그 손은 꽤 대미지를 입었지만 괜찮은 척 했다. 남자의 의지다.

"간발의 차이였네! ……두 사람 다 괜찮지?!"

"아, 응. 괜찮기는 한데…… 왠지 화나." 쳇.

"영 석연치 않네요. 짜증이 치솟아요." 쳇.

"왜 혀를 차는 거야?! 그런 반응을 보일 때가 아니지 않아?!"

도와준 동료들이 이런 반응을 보이자, 마사토는 영 석연치 않았지만…….

"그것보다, 포타의 특제 아이템이야! 혹시나 해서 맡아뒀던 건데, 이걸로 마법 봉인을 해제해!"

"이런 것까지…… 마사토 주제에 진짜 짜증나게 구네~."

"실은 마사토 군으로 변신한 왕자님 아닐까요? 그렇게 생각할 수밖에 없네요."

"나는 나야! 너희 둘 다 적당히 좀……!"

"적당히 좀 해줬으면 좋겠네! 잡담이나 나눌 때가 아니잖아!"

"그렇기는 해! 큭!"

아만테의 공격이 어느새 코앞까지 다가왔다. 마사토는 반사적으로 검을 뽑아서 그 공격을 쳐냈다. 「자, 써!」 그리고 와이즈에게 마법 봉인 해제용 보주를 던져준 후, 앞으로 나섰다.

마사토의 공격은 반사된다. 자폭을 하지 않도록 검과 방어장벽으로 상대의 공격을 저지하며 교묘하게 맞섰다.

"쳇! 실력이 늘었나 보네! 오오스키 마사토 주제에 짜증나게 말이야!"

"너까지 그런 소리를 하는 거냐?! 나 확 운다?! 진짜로 울 거라고!"

"마사토 군 주제에~ 활약하는 게 나쁜 거야~. 그러니까~ 이쯤에서 관두게 해줄게~."

소레라의 머리 위에 있던 커다란 마법사가 펼쳐졌다. 검은 빛이 주위의 바닥을 검게 물들이더니, 언데드 병사들이 모습을…….

"그렇게는 안 돼요! 스파라 라 마지아 펠 미라레…… 정화(프리피카레)!"

바로 그때, 메디가 정화 마법을 사용했다. 언데드 병사들은 완전히 모습을 드러내기도 전에, 신성한 빛을 쬐고 소멸됐다.

"부정한 존재의 청소가 끝났으니, 그럼 본론에 들어가 볼까요. 후후후." ……고오오오…….

"히이이이익~?! 언데드보다 더 무서운 애가 나섰어어어어~?!"

"소레라! 능력 저하 스킬을 써! 서둘러!"

"그, 그럴 시간 없거든~?! 공격을 피하느라 바쁘단 말이야~!"

"그럼 내가 치유술사 메디를……!"

"그렇게는 안 돼! ……스파라 라 마지아 펠 미라레…… 둔화(렌토)! 그리고! 반사(리프레시오네)!"

와이즈의 연속마법이 발동. 속도를 저하시키는 마법이 아만테에게 반사되고 나서 와이즈에게 또 반사가 되더니, 최종적으로 아만테에게 효과가 발동했다.

아만테의 민첩성이 봉인됐다. 이것으로 아만테가 발휘하는 강력한 공격을 회피할 수 있다. 소레라는 반쯤 혼란 상태라 아무것도 할 수 없다.

"좋았어! 우리의 승리 패턴이야!"

"이 와일드한 여자모임에서 2연승을 거두는 거네요! 결판을 내죠!"

"이익! 이렇게 되면…… 소레라!"

"이, 일단 후퇴하자~! 후퇴~!"

거대한 마법서에 탄 아만테와 소레라가 도주를 도모했지만…….

이 순간을 기다리고 있었다.

"이렇게 나올 줄 알았어! ……하늘의 적은, 나한테 맡겨어어어엇!"

여자들에게 활약할 기회를 빼앗기고, 검을 쥔 채 멀뚱히 서있던 마사토는 혼신의 일격을 날렸다. 「오오스키 마사토?!」, 「주제에엣~?!」, 「멋대로 떠들라고!」 자동 추적 기능을 지닌 충격파가 마법서에 명중하더니 아만테와 소레라가 떨어졌다.

지면에 추락한 두 사람을 마사토 일행이 재빨리 포위했다. 이제 놓치지 않겠다.

결혼협주곡은 최종악장에 들어섰다. 피날레 시간이다.

마지막을 장식할 그 사람이, 왔다.

"오래 기다리셨어요! 마마 씨가 옷을 다 갈아입으셨어요!"

포타의 목소리가 식장에 울려 퍼지더니, 마마코가 대기실에서 나왔다.

"조금 긴장되네. 우후후."

전통 결혼복장을 입은 마마코다! 금란 단자로 된 띠를 허리에 맸고, 머리카락 또한 단정하게 틀어 올렸다! 이것이야말로 전통 그 자체!

전통은 좋지만……!

"전투를 치를 거라고 말했잖아……. 왜 엄마는 항상…… 크윽!"

꽃단장을 한 신부가 아니라 신부의 아들이 울고 있는 가운데, 고풍스러운 결혼식 예복을 단정하게 입은 마마코가 걸어왔다. 그녀의 뒤편에는 여왕과 카나코, 왕자와 리카도 있었다.

언데드 군단의 토벌은 이미 완료됐다. 왕국의 병사들은 버진로드에 따라 정렬하더니, 존귀한 분들을 위한 통로를 형성했다.

그 길을 따라 가장 먼저 뛰어온 사람은 바로 모네였다.

"마사토 군…… 더는 무리야……. 이대로 있다간 진짜로 폭주할 거야……." 슈오오오오오!

"좋아~! 흡인력을 발휘하느라 수고 많았어! 이제 그만해도 돼!"

모네가 진정하도록 그녀의 어리광을 실컷 받아준 후…….

마사토 일행은 아만테와 소레라를 향해 미소를 지었다.

"으, 으음…… 오오스키 마마코가 왜 저런 옷차림을 한 건지 모르겠지만, 그것보다…… 왜, 왜 그런 표정을 짓는 거야?! 대체 무슨 짓을 꾸미고 있는 건데?!"

"호, 혹시~ 다 같이 우리를 자근자근 박살을 내주려는 거야~?! 그런 건 좋지 않거든~?! 하면 안 되는 짓이거든~?!"

"뭐, 맞아. 그런 건 우리의 이미지에도 좋지 않아."

"그러니까, 이번에는 딱 한 방만 날리겠어."

"초특대 한 방이지만 말이야. ……그걸 날릴 사람은……."

"물론 마마 씨예요!"

"마마코 씨, 날려버려! 남의 사랑을 방해한 녀석은 엄마한테 걷어차여 지옥 밑바닥에 처박히는 거야!"

마마코가 한 걸음 앞으로 나섰다.

"엄마한테 차여서…… 거, 거짓말이지? 그런 필살기도 지닌 거야?!"

"마마코 씨 킥이 작렬하는 거야~?! 우리를 걷어차려는 거야~?! 게다가 그런 복장으로 말이야~?! 자, 자, 잠깐만~?! 그건 여러모로 문제 아냐~?!"

"맞아. 좀 마음이 좋지 않지만…… 그래도 저 두 사람은 왕자님과 리카 양의 소중한 마음을 훼방 놓으려 했고, 많은 사람들에게 폐를 끼쳤으니까…….”

마마코가 날렸다!

“때찌!”

허리에 손을 대고, 검지를 쫑긋 세우더니, 꾸중 레이저 발사! 「잠깐만, 이건?!」, 「킥이 아니잖아~!」 항의의 목소리도, 두 사람의 모습도, 신부의상을 입고 해피해져서 방대해진 빛에 삼켜졌다.

파괴된 입구를 통해 머나먼 저편으로, 아만테와 소레라가 튕겨져 날아갔다.

엄마 상담 게시판 5

mama's BBS

Question

질문자 : 일일이 설명하지 않는 이름 없는 누군가야~

단도직입적으로 묻겠어! 대체 어떻게 하면 오오스키 마마코를 쓰러뜨릴 수 있는지, 가르쳐줘!

Answer

마마코

간단해. 당신이 어머니에게 상냥해져서 어머니가 기뻐할 일을 잔뜩 하게 된다면, 나는 기뻐서 확 쓰러질 거야. 우후후.

이름 없는 누군가(아만테)

유도하려고 해봤자 소용없어! 엄마한테 상냥해지는 건 불가능해!
애초에 우리한텐 엄마가 없어!

름 없는 누군가(HAHAKO)

엄마가 없다는 발언이 검출됐어. 이제부터 색출 작업을 시작할 테니까, 잠시만 기다려. 금방 갈게.

이름 없는 누군가(소레라)

어라~? 갑자기 누군가가 끼어들었어~. ……우리를 색출해서~ 느닷없이 우리 눈앞에 나타나거나~ 하진 않겠지~? 농담이겠지~?

에필로그

위장 결혼식으로부터 며칠 후.

카산 왕도는 왕자와 리카의 로열 웨딩을 다음 주에 앞두고 있어서 그런지 벌써부터 경축 분위기였다. 마을 곳곳을 장식하고 있는 사람, 경비 훈련을 하고 있는 병사들, 결혼 기념 세일에 쇄도한 손님들까지, 다들 환한 미소를 짓고 있었다.

그런 와중에 새파랗게 질린 얼굴로 골목을 뛰어다니고 있는 두 사람이 있었다. 아만테와 소레라다.

"소레라! 서둘러! 하아, 정말! 더 빨리 뛰지 못하는 거야?!"

"무, 무리야~! 하아, 하아! 나는~ 운동을 못한단 말이야~……!"

"그런 소리를 할 때가 아니잖아?! 아무튼 빨리 도망쳐야…… 헉?!"

"왜 그래~? ……어…… 히이익?!"

모퉁이를 돈 두 사람은 허둥지둥 멈춰 섰다.

HAHAKO가 있다. 외모는 마마코와 판박이지만, 공허한 표정으로 조용히 서있었다.

"두 사람 다 잠시 기다려줄래? 나는 너희와 이야기를 나누고 싶을 뿐이야."

"너와 할 이야기는 없어!"

"이제 쫓아오지 마~! 그럼 안녕~!"

아만테와 소레라는 급히 뒤돌아서더니, 왔던 길을 되돌아 갔다. 하지만 그 앞의 노면에서 HAHAKO가 솟아났다.

HAHAKO는 마마코의 데이터를 베이스로 해서, 게임의 메인 시스템에 의해 독자적으로 생성된 특수한 존재다. 어디에도, 어디에서도 생겨날 수 있다.

"저기, 잠시만 기다려보렴."

"그러니까 할 말이 없다고 몇 번을 말해야 알겠어?! 대체 언제까지 쫓아오려는 거냔 말이야!"

"혹시~ 마마코 씨한테 부탁받았어~? 우리가 결혼식을 방해하지 못하도록~ 쭉 감시해 달라~ 하고 말이야~."

"아니, 그렇지 않아. 이건 나 스스로의 의지야. 나는 너희 둘과 이야기를 나누고 싶어."

"그렇다네~. 아만테, 어떻게 할래~?"

"아니, 그야…… 하아, 정말! 알았어! 이대로 계속 쫓겨 다녀선 아무것도 못하잖아! 이야기만 나누면 되는 거지?! 할 말 있으면 빨리 해봐!"

"그럼 질문이 하나 있는데……."

HAHAKO는 머뭇거리며 질문을 던졌다.

"너희 두 사람한테는 어머니가 있니?"

"……뭐?"

"어머니가 있냐고~? ……으음~……?"

"나는 맞선 파티에서 아이를 모집했는데, 뜻대로 되지 않아서……."

"당연하지. 잘 될 리가 없어."

"도와주던 시라아세 씨한테서 「우선 어머니가 없는 사람은 찾아보는 게 어떨까요?」 라는 조언을 받았어. 그래서 어머니가 없는 사람을 찾고 있어. ……너희는 어떠니?"

"그야 뻔하잖아~. 우리 조직은~ 어머니란 존재를 인정하지 않는 조직이거든~? 그런 조직의 사천왕인 우리한테~ 어머니가 있을 리가 없잖아~."

"……너희는 어머니가 없니? 없는 거지? 그렇구나!"

갑자기 HAHAKO의 표정이 환해졌다.

대조적으로, 아만테와 소레라의 표정이 점점 새파랗게 질렸다.

"자, 잠깐만 있어봐! 미리 말해두겠는데, 그렇다고 너를 우리 엄마로 삼을 생각은 없거든?!"

"그런 건~ 쌍방의 동의가 필요하거든~?! 세뇌를 해서~ 억지로 자식으로 삶는 것도 안 되거든~?!"

"응, 알아! 오랜 시간을 함께 지내며, 많은 추억을 쌓아간 끝에, 그렇게 부모자식 사이가 되는 거잖니?! 그런 게 부모자식 사이라고 배웠어! 알고 있으니까…… 이제부터 나와 너희는 쭉 함께 지내는 거야." 빙긋.

"멋대로 정하지 마! ……소레라! 전력으로 도망치자!"

"후퇴~! 후퇴~!"

"어머나, 어머니와 술래잡기가 하고 싶은 거구나. 그럼 안 질 거야. 우후후."

골목을 종횡무진 누비며 도망치고 있는 사천왕과, 그 어디서든 모습을 드러내는 HAHAKO의 끝없는 술래잡기가 계속 이어졌다.

"……그럼 사천왕 중 두 명은 HAHAKO 씨에게 맡기면 될까요?"

"예. 결혼식은 방해받을 일 없이 무사히 치러질 거예요."

"HAHAKO 씨가 아만테 양과 소레라 양을 딸로…… 우후후. 정말 그렇게 된다면 정말 멋지겠네."

"으음…… 차원을 뛰어넘은 결혼보다는 가능성이 있을 거라고 생각하지만…… 아무튼 우리는 리카 씨에게서 받은 의뢰를 달성했으니까, 이번 건은 해결된 거네."

그 후에 어떤 식으로 일이 돌아가고 있는지 살피기 위해 카산 왕도를 찾은 마사토 일행은 엄마 해결사에서 쉬고 있었다.

마사토와 마마코는 여자애들에게 가게 일을 맡긴 후, 시라아세와 잡담을 나누고 있었다.

"그런데 시라아세 씨. 실제로…… 테스트 플레이어와 NPC의 결혼은 오케이인 건가요?"

"딱히 금지된 건 아니니까, 일단 가능합니다. 운영 측으로서는 왕자님과 스즈야 씨의 예를 참고해서, 필요한 제도를 만들어나갈 예정이죠."

"왠지 실험적인 결혼 같네……."

"그런 부분은 있어요. 스즈야 씨에게는 결혼생활의 리포트를 제출받을 예정이죠. ……겸사겸사 캐릭터 디자인 일도 계속 해나갈 수 있도록, 왕성에 있는 그녀의 방에 컴퓨터가 설치된 것 같습니다."

"운영 측은 악마냐……."

"가혹한 신혼생활이 되겠네……."

"혼자만 행복해지게 둘 수 없다, 라는 어느 직장에나 있는 축하 스타일이죠. 그건 그렇고…… 마사토 군에게 물어볼 게 있습니다."

시라아세는 홍차로 목을 가볍게 축인 후, 마사토를 지그시 응시했다.

왠지 괜한 소리를 할 것 같은 느낌이 들었다.

"마사토 군은 이곳에서 모네 양과 가정을 꾸릴 마음은 없습니까?"

"하아, 그 말 할 줄 알았어. ……미리 말해두겠는데, 저는……."

"언젠가 나와 결혼해서, 여기서 살 거지~?!"

"우왓! 불쑥 튀어나오지 마!"

지금 가게로 돌아온 모네가 그대로 마사토의 품으로 뛰어들었다. 「우후후~. 부비부비~」, 「볼 비비지 마」 모네는 어리광쟁이 모드였다.

그 뒤를 이어, 와이즈 일행도 가게 안으로 들어왔다. 「와아! 두 사람은 사이가 좋네요!」 포타는 즐거운 듯이 미소를 지었지만…….

와이즈와 메디는 미간을 살짝 찌푸리면서 그저 쳐다보고 있었다.

"……이봐. 무슨 말 좀 해봐."

"아니, 딱히 할 말은 없어."

"무슨 말을 하든, 모네 양이나 시라아세 씨에게 괜한 소리나 들을 게 뻔하니까요."

"섭섭하군요. 모네 양은 몰라도, 저는 그럴 생각이 없어요. ……모네 양에게 영향을 받아서, 나름대로 생각하는 바가 생긴 건 아닌가요, 같은 소리를 할 생각은 없습니다."

"말했잖아."

"예상대로군요. 수비적으로 나간 게 정답이었네요."

와이즈와 메디는 태연했다. 진심으로 개의치 않는 것 같았다. 「일을 너무 열심히 했더니 덥네~」, 「그래요. 덥네요」 손으로 목덜미에 부채질을 하면서 시원한 표정을 지었다.

그런 두 사람을 본 시라아세와 마마코가 서로를 쳐다보며 미소를 지었지만, 그게 다였다. 아무 일도 없었다.

"흠. 와이즈 양과 메디 양은 그런 걸로 알아 두죠……. 그럼 마사토 군."

"싫어요. 저는 아무 말도 안 할 거예요."

"만약 이 자리에 있는 누군가와 꼭 결혼을 해야만 하는 상황에 처한다면, 마사토 군은 누구와 결혼할 거죠?"

"죄송한데, 저는 아무 말도 못 들었어요. 아~ 홍차 맛있네~."

이번 활약에 대한 답례로 받은 왕실용 고급 티다. 이야~ 몸 안에 스며드네.

한심한 소리 그만하고, 다른 사람들도 이 차를 즐기면 좋겠다고 마사토는 생각했지만…….

왠지, 조용했다.

마사토 이외의 전원이 꼼짝도 하지 않으며 그를 응시하고 있었다.

'무시해, 무시. 신경 쓰지 마. 그냥 내버려두면 돼.'

그것보다, 이 차는 정말 맛있네.

너무 맛있어서, 순식간에 차를 다 비웠다. 그런데 더 마시고 싶었다.

"저기, 엄마. 차 한 잔 더……."

"뭐엇?! 마 군은 엄마와 결혼하고 싶은 거니?! 그건 안 돼…… 아아, 하지만, 마 군의 프러포즈를 거절할 수는 없어……. 엄마, 참 곤란하게 됐네!" 꺄아꺄아꺄아.

"뭐엇?! 잠깐만, 엄마. 무슨 소리를 하는 거야?!"

"마마코 씨, 마사토, 축하해! 행복해야 해!"

"와이즈! 너, 진짜로 따끔한 맛 좀 볼래?!"

와이즈가 상냥한 표정으로 박수를 쳤다. 그리고 메디도, 포타도, 시라아세도 뒤이어 박수를 쳤다. 「마마코 씨가 상대라면 승산이 없어. 훌쩍」 모네는 울분이 담긴 눈물을 흘리면서도, 마마코와 마사토를 축복해줬다.

이리하여, 마사토는 마마코와 맺어졌다. FIN.

"마 군, 엄마와 행복해지자. 우후후."

"적당히 해! 내가 엄마와 결혼할 리가 없잖아아아아앗!"

물론, 농담이다.

■작가 후기

신세 많이 졌습니다. 이나카라고 합니다.

여러분 덕분에 6권이 발매되었습니다. 정말 감사합니다.

이 작품은 드래곤매거진에 게재된 단편과 신작 한 편으로 구성되어 있습니다.

이 수록에 맞춰, 데뷔 당시에 썼던 단편 원고를 읽어봤습니다만…… 흑역사라고 할 정도는 아니었으나 여러모로 충격적이라 몸서리를 치고 말았습니다.(어디까지나 개인의 감상입니다. 최근의 원고도 별 차이가 없다는 설도 있습니다)

과거의 자신이 모자라다는 점을 통감했다는 것은 제가 성장했다는 증거일 테죠. 그렇게 믿으며, 앞으로도 정진할 생각입니다. 앞으로도 변함없이 잘 부탁드립니다.

이번에도 이이다 포치. 씨, 담담 편집자이신 K씨, 출판에 관여해주신 분들, 판매점 여러분 등, 많은 분들에게 도움을 받았습니다. 이 자리를 빌려 진심으로 감사드립니다.

그리고 코미컬라이즈를 통해 신세를 진 메이챠 씨. 기념비적인 코미컬라이즈 제1권이 이 책과 같은 달에 발매된 것을 감사드리는 것과 동시에, 진심으로 축하드립니다.

여러 기획도 준비되어 있는 듯하니, 독자 여러분도 놓치지 마시길.

마지막으로 사적인 이야기를 좀 드릴까 합니다.

2018년의 어머니의 날. 올해도 예년과 마찬가지로 어머니에게 전화를 드렸습니다.

『중학생 때 네가 줬던 어머니의 날 선물 말인데, 아직도 소중히 간직하고 있단다.』

어머니의 취향 같은 걸 전혀 모르는 남자 중학생이 고른, 어머니가 걸치기에는 너무 귀여운 물방울무늬 앞치마가 본가 장롱'안에 아직 존재하나 봅니다…….

또 과거의 제 센스 때문에 괴로워하고 말았습니다만…….

이것도 제가 성장했다는 증거일 겁니다. 아무것도 안하는 것보단 그나마 낫다고 생각한 이나카입니다.

추신 : 아버지에게. 올해도 후기로 이 말씀을 전합니다. 생일 축하드립니다.

2018년 초여름 이나카 다치마

다음 권 예고

"무인도에 딱 하나만 가지고 갈 수 있다면……
당연히 이 엄마를 가져갈 거지?"

어떤 이유로 무인도에서 생활을 하게 된 마사토 일행.
결사의 서바이벌 생활이 시작될 줄 알았지만,
마마코 덕분에 집에서보다 마음 편히 지내게 되는데?!
신감각 모친 동반 모험 코미디! 무인도 생활 편!

일반공격이 전체공격에 2회 공격인

엄마는 좋아하세요? 7

VOLUME 7

내용이 변경될 수도
있다고 하네요.

2020년 발매 예정

최초 수록

이 책은 드래곤매거진 2017년 3월호, 드래곤매거진 2017년 9월호, 드래곤매거진 2018년 7월호에 게재된 단편을 가필수정하고, 신작소설을 추가한 작품이래요!

■역자 후기

안녕하십니까. 근로청년 번역가 이승원입니다.

『일반공격이 전체공격에 2회 공격인 엄마는 좋아하세요?』 6권을 구매해주셔서 진심으로 감사드립니다.

2019년의 여름도 끝나가려 합니다. 독자 여러분께서는 올해 여름을 잘 보내셨는지요.

올해는 작년에 비하면 좀 덜 더웠다고 생각합니다만, 그래도 습기가 어마어마했습니다.

결국 에어컨 신세를 엄청 졌네요, AHAHA.

올해는 커피숍 피서를 자제하고, 얼마 전에 산 에스프레소 머신으로 커피 뽑아 마시며 집 에어컨 풀가동 모드로 일을 해봤습니다.

금전적으로는 나쁘지 않았습니다만, 집에 계속 틀어박혀서 일만 하다 보니 정신적으로 궁지에 몰리는 느낌이.^^

때때로는 멘탈 케어를 위해 집밖으로 나가는 것도 좋을 것 같다는 생각이 들었습니다.

독자 여러분께서도 올해 여름을 잘 나셨기를 진심으로 빕니다!

그럼 『일반공격이 전체공격에 2회 공격인 엄마는 좋아하세요?』 6권에 대해 조금 이야기해볼까 합니다.

스포일러가 포함되어 있을 수도 있으니 본편을 안 읽으신 분은 유의해주시길!

이번 권은 단편집이라는 형태로 이야기가 전개되었습니다.

판타지 세계의 대표 몬스터인 고블린을 토벌하게 된 엄마, 담임교사가 된 엄마, 그리고 가족 관련 문제를 전문으로 주는 『엄마 해결사』를 차리게 된 엄마 등…… 다양한 시추에이션의 엄마가 가득 담겨 있습니다.

그리고 마지막에는 인간과 게임 속 캐릭터의 사랑이라는 주제에 대해 심도 깊게(?) 다루고 있습니다. 3차원의 인간과 2차원의 게임 캐릭터, 서로를 사랑하는 그들 사이의 벽을 어떻게 극복하며 나아가지는 지가 재미있게 펼쳐집니다.

그리고 그 과정에서 어느새 개그 캐릭터가 된 모 반항조직의 사천왕 두 사람도 등장하죠.

처음 등장했을 때만 해도 위협적이었는데, 어느새 개그 캐릭터가 되어버린 두 사람은 정말 안습 행보를 걷고 있습니다. 게다가 때때로 등장해 강렬한 임팩트를 남기는 HAHAKO도 저 두 사람을 여러모로 정조준(^^)했습니다.

마마코 일행만이 아니라, 적대 캐릭터들이 앞으로 펼쳐질 이야기도 정말 기대됩니다. ……주인공인 마사토가 언급되지 않았다고요? ……미소녀의 사랑을 받는 걸로 모자라, 동료들

과도 썸을 타기 시작한 녀석 따위…… 부럽습니다.ㅠㅜ

그럼 이만 줄이겠습니다.

언제나 재미있는 작품을 맡겨주시는 L노벨 편집부 여러분에게 진심으로 감사드립니다. 앞으로도 잘 부탁드립니다.

마감에 허덕이고 있는 역자에게 매운 명태포를 사다주고 간 악우여. 마, 맛있기는 한데 너무 매워서 입에 불이 났어.ㅠㅜ

마지막으로 언제나 제게 버팀목이 되어주시는 어머니와 『일반공격이 전체공격에 2회 공격인 엄마는 좋아하세요?』를 읽어주신 모든 분들에게 진심으로 감사드립니다.

무인도에서의 서바이벌을 할 줄 알았는데 리조트 개발이 펼쳐지는 7권 역자 후기 코너에서 다시 뵙겠습니다!

2019년 8월 중순

역자 이승원 올림

일반공격이 전체공격에 2회 공격인 엄마는 좋아하세요? 6

초판 1쇄 발행 2019년 9월 10일

지은이_ Dachima Inaka
일러스트_ Iida Pochi.
옮긴이_ 이승원

발행인_ 신현호
편집장_ 김은주
편집진행_ 최은진 · 김기준 · 김승신 · 원현선 · 권세라
편집디자인_ 양우연
국제업무_ 정아라 · 전은지
관리 · 영업_ 김민원 · 조은걸 · 조인희

펴낸곳_ (주)디앤씨미디어
등록_ 2002년 4월 25일 제20-260호
주소_ 서울시 구로구 디지털로 26길 111 JnK디지털타워 503호
전화_ 02-333-2513(대표)
팩시밀리_ 02-333-2514
이메일_ lnovelpiya@naver.com
L노벨 공식 카페_ http://cafe.naver.com/lnovel11

ISBN 979-11-278-5221-4 04830
ISBN 979-11-278-4403-5 (세트)

값 7,000원